大島菊代
OHSHIMA Kikuyo

碧《あおき》天《みそら》

～鎮魂《たましずめ・たまふり》の巻～

文芸社

『碧天』〜鎮魂の巻〜＊目次

序

清らかなものは、ずっと変わらないと思っていた
信じていた
大切なものは、きっと守られると
この小さな手のひら、でも一生懸命さし出せば
温かな思い遣りのなかに包みこんで
どこまでも、いつまでも
守っていけると信じてた……

眼に滲みるような、一面の青
まぶしくて、痛いほど、心を射し透す
あの高い空
伸ばしても届かない、不可侵の輝き

懐かしくて愛おしい、幾重もの青
優しくて、悲しいほど、心に満ちてくる
あの遠い海
求めても引き返す、不可逆の煌き

どうして失われてしまったのだろう
なぜ変わらなければならなかったのか
どこへ行ってしまったのだろう
あの、かけがえのない澄んだ瞳は
……かつて、清らかな青を、紛れもなくそこに映し出していたというのに

清らかなものは、ずっと壊れないと思っていた
信じていた
大切なものは、守られるはずなんだと

たとえこの名は失われようとも

すべてをかけて、守りたかった
ただ、あなたに届けたかったのは
ひたすら、……

第一章　暁《あかとき》の月

暁……。

今では、夜明けの陽射しに空もすっかり赤くなったときを指す。

でも昔は、暗い空にようやく夜明けの息吹が感じられる頃、まだ「夜」と呼んだ方が正しい時間を指す言葉。夜を三つに分けた最後の段階をいい、「明けの時」の意味だとされる。

その暁に残る月は、やがて訪れる朝の眩《まばゆ》い光に、人知れず消えてゆく。自らも暗闇を照らしながら、その輝きは、曙《あけぼの》に飲みこまれていくのを待つばかりが定め。

あの人は、そんな暁の月だったのかもしれない。あるいは……。

※

京都市の南、約十五キロ。ＪＲ奈良線が大きなカーブを描いて鉄橋を渡ろうとする頃、右手にこんもりとした森が見えてくる。森は、應神《おうじん》天皇の皇太子・菟道稚郎子《うじのわきいらつこ》命の陵《みささぎ》であるといわれている。南から北へ貫流する大河の東袂に、緑なす茶畑に囲まれて鎮まり坐すその陵墓は、現在では宮内庁から立入りが禁じられてひっそりとしているが、往時には村人が山菜摘みにやって来るなど、のどかな光景が見られたという。

父天皇により跡継ぎと定められていたが、この菟道稚郎子（宇遅能和紀郎子とも、今便宜によって先出の表記に従う）命には二人の兄があった。一人は大山守《おおやまもり》命、いま一人は大鷦鷯《おおさざき》命である。父天皇の決定を好ましからずとした長兄・大山守命は、父帝亡きあと、兵を挙げる。これを知った次兄・大鷦鷯命は、末弟・菟道稚郎子命に報《しら》せて、その謀叛を鎮める手助けを行なった。鎮圧後、菟道稚郎子命は自ら即位を拒み、危急を助けてくれた兄に辞譲を申し出る。しかし兄は兄で、父命に背くことはできないと、この申し出を断り続けた。天皇の空位が三年に亘ったあるとき、弟がふいに亡くなられたと史書は伝える。このため仕方なく兄が皇祚を継がれ、仁徳《にんとく》天皇となられた。弟が亡くなった理由は自殺であったともいわれるが、真相は定かではない。

京都府宇治《うじ》市。府下第二の都市であるこの市の名は、その皇太子に因んでつけられたとされる。しかし、そのわりに皇子の故歴は巷にあまり知られておらず、若くして亡くなった皇子には気の毒な感じさえする。僅かに、世界遺産に登録された宇治上《うじかみ》神社が皇子の名を一般に普及しているが、その神社でさえ、登録される以前は、地元でもほとんど知る人がないほど、静謐な地域のお社であった。

宇治川を挟んで、その神社の対岸に、十円硬貨のデザインで知られる平等院鳳凰堂がある。修学旅行生でごったがえす門前を通りすぎてしばらく行くと、ちょうど平等院の裏手にあたる一角に、またひとつお社がある。円い石鳥居の内に、桧皮葺《ひわだぶき》の雅びな風情の拝殿が見える。特定の氏子を持たない小社ではあるが、勇壮な夏祭で知られるこの神社は、「木花《このはな》さん」と呼ばれて地域の人々から親しまれている。ご祭神が木花之佐久夜毘売《このはなのさくやひめ》命という可憐な女神だからだろう、女性の守り神として、境内には安産や子授けなどを願う女性参拝者の姿が多い。また一願成就や縁結びの神としても知られており、夜中に人知れずお参りに来ては、一生懸命に何かを祈っている若い男の子の姿を見かけることもある。

この木花神社も、ご多分に洩れず、代々男性の神職が守ってきた神社である。夏祭の勇ましさからいっても、女性の守り神とはいえ、男性の神職の方が勤めるにふさわしい神社であろう。ただ、現在は一人の女性が守っている。宮司の名は、榊森羽月《さかきもりはづき》。今夏五十三歳となる寡婦で、先代宮司の亡きあと、この社を守ってきた女子神職である。

※

「ごめんね、今朝遅刻して。ご祈禱の舞、代わってもらったみたいね」

社務所のなかの事務室に、白衣・緋袴《ひばかま》の「制服」で飛びこんできたのは、仕女《みこ》になって五年目の椿本静香《つばきもとしずか》である。

「私は別にいいんですけど、宮司は怒ってましたよ。静香ちゃんも今年からは上席になったんだし、しっかりしてもらわないとって……。はい、これ千早《ちはや》」

お神楽を舞うときに白衣の上から羽織る薄い小忌衣《おみごろも》を受けとりながら、静香は苦笑いした。

「上席たって、仕女は二人しかいないんだし、……それにもう一人は、あの梨木薫《なしのきかおる》なんだもん。今さらどうにもなんないでしょ」

「まあ……ね。薫ちゃんは、ちょっと特殊ですしね」

事務員は少し笑って、それから静香に訊いた。

「で、今日はどうして遅刻しちゃったんですか?」

静香の目が、一瞬決まり悪そうに宙を泳いだ。事務員は言った。

「また、お泊まりで?」

出勤簿を開きながら、何かを書きこもうとする事務員の手を押さえて、静香は言った。

「ねえ、そこオマケしといてくれないかなぁ? 今月遅刻多くって、ほんとヤバイのよ」

事務員は呆れた顔をした。

「静香さん、いくら先輩の言いつけだからって、こちらにも限界があります。出張祭典なんかで宮司が外出してるときならともかく、今日は絶対に無理です。それに……、ホントの理由、書かないだけでも、感謝してくださいよ」

「あぁ～、それを言われると確かにイタイなぁ。でも、そこを何とか」

「無理です……！」

「そう言わず……」

静香が手を合わせて事務員に懇願した、そのときだった。がらっと、事務室の扉が開いた。

「静香さん、いつまでかかっていらっしゃるのですか？　ご祈禱の方がお待ちです」

ほっそりとした、一人の仕女が立っていた。肌が白くて、唇に注した紅が一段とひきたって見える。彼女は既に身支度を終えており、額には金色の天冠を戴き、千早の赤い紐もきちんと結って、手には神鈴を携えていた。

「参拝者の方は、わたくしが拝殿にご案内しておきますから、静香さんも早く支度なさって来てください」

「そうしてくれると助かるわ、薫ちゃん……」

静香は苦い顔をして答えた。くすり、と事務員が笑った。

「本当、どちらが上席か判らないですね……」

その言葉に、静香は大きな溜息をついた。

「だから、ヤンなっちゃうんだってば」

※

山蕗縁《やまじゆかり》が伯母の神社を手伝うようになって、二年の歳月が流れた。肩書きは一応「事務員」ということになっているが、人手が足りないときには「仕女」にもなれば、「女子神職」たる伯母を輔《たす》けて祭典にも奉仕する。木花神社の、いわば何でも請負人である。

ちょっと誤解があるようだが、各地の神社で神さまに仕えている神職・通称「神主《かんぬし》さん」には、男の人ばかりではなく、女の人でもなれることになっている。神社や神道についての勉強をして、定められた実習を行ない、検定試験を受けて、晴れて合格すれば「神職階位」という資格が与えられる。この資格さえ得られれば、誰でも神職となりうるのだ。

だから、神社で奉仕している女性を見かけたら、みんながみんな「仕女さん」であると考えるのは少し早計である。なかには、神社の代表であり、会社組織でいうところの社長さんクラスにあたる「宮司」を務めている女性だっておられるのだ。

とはいえ、実際には、神社界はけっこうシビアな世界である。閉鎖的、というイメージを持っておられる方も多いようだが、ある意味では当たっているのかもしれない。資格を得ること自体は比較的容易なのだが、資格を持っていることと神職であるということは全くの別物。況してや「女性」となると……である。

よほど運のよい場合を除いては、外部の女性が神職として神社に採用されることは、なかなか難しい。女子神職の大半が、男性神職の夫人や親族などの関係者で占められているのが実情で、縁の伯母のように、宮司であった夫が亡くなり適当な代人がいないときなどに、その奥さんが急遽資格をとって女子神職となるケースが最も一般的なのである。

対して、「仕女さん」の方には、定められた資格がない。各神社で、採用時に教養試験などが課されることもあるが、基本的には「なりたい」と思った気持ちが、即資格なのである。条件といっても、せいぜい高年齢の場合や大卒などの高学歴を有する場合が若干問題になるぐらいで、「高卒」程度の普通の女の子であれば、誰でも志願することができるのが通常だ。

そんなわけで、静香のように高校時代いわゆるヤンキーでならした子も来れば、薫のように人間離れしたストイックな娘さんだって来てしまうのである。もっとも結局は、採用した側のセンスの問題でもあるのだろうけれど……。

「すいませーん。おみくじ引いたんですけど、吉と中吉と、どっちが上ですか？」

中学生ぐらいの男女数人のグループが、大きな声を出して訊いた。授与所に詰めていたのは、静香だ。

「あ〜、どっちが上かなぁ。よく吉が上っていうけど、それじゃ日本語的に、何か変な感じだよねぇ。やっぱり、中吉が上で、吉がその半分ぐらいかな」

「へぇー、そうなんだ。コイツ、凶引いちゃったんですけど、やっぱ最悪ですかねぇ？」

「う〜ん、どうかなぁ、そうなのかもねぇ」

「えー、マジっすか⁉　そんな、どうしよ……、今度受験なのに」

静香が答えると、学生たちはぎゃあぎゃあと騒ぎ合った。すると、

「気になさらなくて結構です」

脇からすかさず、薫が言葉を挟んだ。思わず、一人が尋ね返す。

「ホントですか？」

涼しい顔で薫は頷いて、それから学生たちに言い聞かせるように話した。

「おみくじは本来、神さまのご意思を確認するために引くものです。星占い感覚で、吉凶を試すものではありません。あらかじめ、神さまにご相談したい項目についてお伺いを立て、そのあと神さまからのお返事を知るために、おみくじの当該箇所を拝読するのです。……もしあなたが高校受験について不安があり、神さまのお指図を知りたいのなら、この〝学問〟というところだけ読めばいいのです。たとえ全体運は〝凶〟でも、あなたは〝この調子で頑張ればよい〟とありますから、心配せずに自分を信じて勉強に励めばよろしいのです」

「そうだったんですか……！　よかったぁ」

学生たちは安心したように顔を見合わせて笑った。

「やっぱり仕女さんに訊いてよかった。有り難うございました！」

凶を引いた男の子は嬉しそうに言って、友達と連れだって帰っていった。

あとには、笑うに笑えない気持ちの静香と、どんなときにも笑わない薫とが残された。

「……ねぇ～え、薫ちゃん。あたしより賢いのは判るんだけど、少しは先輩を立ててくれたりできないのかなぁ？」

つい静香がイヤミを言うと、薫は顔色ひとつ変えずに、こう言った。

「出すぎたマネをして、申し訳ありません。しかしこれまでわたくしは、一度だって先輩を蔑ろにしたつもりはございません。それに今の場合、立てるべきは参拝者の方々であって、静香さんの気持ちを楽にするように振る舞うのは、おかしなことではありませんか？」

そして、さっさと授与所を出ていった。

「も～、ヤだ！　絶対ヤだ!!」

静香は大きな声で叫んだ。

※

「何で、こんなに逆なのかしら？　あの二人……」

夕飯を箸でつっつきながら、縁は愚痴った。

「静香さんと薫さん？　面白いわよね」

父のお代わりをつぎながら、母が答えた。

「面白い、どころじゃないわ。こんなの、毎日なのよ。いつ大火事になるかと思うと、気が気じゃなくて。今までは他に先輩仕女がいたから、何とか治まってたけど……」

「でも、薫さんも偉いわよねぇ。仕女さんになりたくてなりたくて、お家を出られて、ずっと住込みで頑張ってらっしゃるんですものね」

「そうなんだけど……。そのストイックさが、静香さんには余計気に障るみたいなのよ」

縁は、薫の実家は九州の福岡にあると聞いていた。

神社とは全く関係のない家に育った薫は、高校を卒業した二年前、どうしても仕女になりたいと家を飛び出し、神社の多い京都へやって来た。ある大きな神社で採用試験を受けてみたが、両親の反対を押しきっての大胆な行動に担当者は採用を拒否、代わりに木花神社を紹介したのである。木花神社宮司である伯母は、そんな薫の一途な決意に感銘を受け、社務所兼自宅の一室を彼女に開放し、仕女としての採用を承諾したのだった。

そんな伯母の恩を感じてか、薫は仕女としての務めに励んだ。遅くまで舞の稽古をしたり、神道の古い書物を読んだり、神社庁の主宰する仕女の研修会に参加したりして、積極的に学んだ。また生活面でもよく伯母を支え、朝は暗いうちに起きて食事の用意をし、洗濯や掃除もこまめに行なうなど、その姿は「日本女性の鑑」と称しても過言ではないほどであった。

対照的に、高校推薦で採用された静香には、仕女であるという自覚がイマイチ欠けている。勉強してまで大学に行く気のなかった静香は、二つ年上で仕女をしていた先輩のつてで、木花神社の募集を知った。特に何の資格も技術も要らないということで、気楽に考えて、静香は面接に臨んだのである。それでも、面接当日までには、赤かった髪の毛も黒く染め直し、制服のスカート丈も標準に仕立て直すなど、一応の努力はしてみせた。舌を噛みつつ、担任の先生と敬語の練習をし、小学校以来ほったらかしになっていた習字道具も引っ張り出して、それまでの人生で一番まじめに頑張ったのである。

けれども、このあからさまに「つけ焼刃」的な努力には、やはり無理があった。採用からひと月も経たないうちに、生来の遅刻グセが復活、先輩に叱られては居残り掃除をさせられる日が続いた。また一年後には、せっかく染め直した髪の毛も再び茶色となり、襟元でつけ足して長く垂らした真っ黒な髢《かもじ》とのギャップが顕わである。さらに三年目に入ってからは、どこかの飲み屋で知り合った男の子とイイ仲になって、伯母や同僚に隠れて交際を続けている。偶然、縁は二人のデートを目撃してしまい、以来ちょっぴりフクザツな気分の共犯者にされてしまっているのだった。

「薫ちゃんは、自分にも他人にも、厳しすぎるのよ。反対に静香さんは、自分にも他人にも、ちょっとだけ甘いのよね」

縁が溜息をつくと、向かいにいた弟の黄金《こがね》が「そうかなぁ」と口を挟んだ。

「オレ、静香さんは、普通だと思うけどな」

言いながら、縁の器から小芋をひとつ、つまみ出した。

「何でよ？」

縁は弟の手を見咎めたが、黄金は椅子の上に立膝をついたまま、素早く小芋を丸呑みした。

「だってよー……」

「これ、お行儀の悪い！」

母が黄金の膝を軽く叩いた。

「母さんの小芋、やっぱうまいねー」

黄金はおべんちゃらを言ったが、「ごまかさないの！」と母は二度、叱った。

「姉ちゃんや薫さんの方が、おかしいんだよ」

しぶしぶ膝をたたみながら、黄金は言った。

「それ、どういう意味？」

最後まで楽しみにとっておいた小芋を奪われた悔しさも手伝って、縁は幾分強い口調になった。けれども、そんなことは露ほども意に介さず、黄金は「ごちそうさまー」と元気よくお茶碗を空けてから、

「どうもこうも、そのまんまじゃん。姉ちゃんたちの方が、絶対変だよ。何か、無理やりイイ子になろうってしてるカンジ。それってて、不自然じゃねー？」

と言った。

「別に、無理なんかしてないわ。第一、私には、薫ちゃんのようなマネはとてもできないし」

「そぉかなぁ？　薫さんはもちろん、そんな姉ちゃんでもけっこー、無理してるんじゃないの？一生懸命、まじめな自分とか、作っちゃったりしてさ」

「作ってないよ」

縁は反論した。しかし弟は、相変わらずの調子で、

「姉ちゃんには優等生なんか、絶対似合わないって。あんまりいいカッコしてると、そのうちボロが出るよ」

と答え、居間を出ていこうとした。それを見て、母が尋ねた。

「帰り、今日も遅いの？」

「うーん、どうかな。遅いかも」

ニヤニヤ笑いながら答える黄金に、母はちらっと、父の方を見た。父は気づいていないのか、それとも敢えて関わりを拒んでいるのか、黙々と箸を進めている。仕方なく、父の代わりに縁が、

「あんたの方こそ、もうちょっとまじめに頑張りなさい。また成績下がったんでしょう?」

と言うと、黄金は平然として言い放った。

「まだ高二なんだからいいだろ? オレは、姉ちゃんと違って、今しかできないことを頑張りたいんだ」

「姉ちゃんと違ってって、どういうこと?」

聞き咎めて縁が問うと、黄金はヘラヘラしながら、思わぬ言葉を姉に返した。

「姉ちゃんは、自分の高二のときのこと、……後悔してない?」

「……えっ?」

縁は一瞬、弟の言う意味が摑めなかった。

「高二のときって……?」

その様子を見て、どう思ったのか、黄金は言った。

「へえ……、姉ちゃんは後悔してないんだ。なら、よかったじゃん。でも、オレは姉ちゃんとは違うから」

そう言い残すと、黄金はさっさと居間を出ていった。

仕方なく母は、食卓の上に散らかった食器を流しへ持っていった。父は、まるで何事もなかったかのように夕食を終え、いつしかテレビを見ていた。

それは、いつもの風景だった。ただ縁だけが、弟の言葉の端を握り締めていた。

※

布団の上に転がって、縁は考えていた。

どんなに頑張ってみても、自分には薫ちゃんのマネはとてもできないだろう。だけど、かといって、静香さんのようにもなってしまいたくはない。静香さんが悪いとまでは言わないけれど、せっかく仕女として働いているのにあれでは、仕女に憧れて頑張っている薫ちゃんに対して、示しがつかないのも当然だ。もし自分が仕女だったら、やはり静香さんのような先輩は、そんなには尊敬できなかっただろう。

確かに、一人の人間としてなら、弟の言うように、静香さんは充分に魅力的な女性だと言える。失敗はするけど、いつまでもあとを引きずるわけじゃないし、後輩に対してもおおらかで、面倒見も決して悪い方じゃない。何でも気軽に話ができるし、しぐさにも可愛げがあるくらいなんだけれど……。たぶん、神社という空間が、静香さんの魅力を制限しちゃってるんだろうな。

でも……、と縁は思った。

毎日二人に振り回されて、あれこれ他人を評価してるけど、結局一番まずいのは、こんな「自分自身」なんだわ……。

縁は寝返りを打った。弟の言葉が、頭のなかに谺《こだま》していた。

――姉ちゃんは、自分の高二のときのこと、後悔してないんだ――

「薫ちゃんは、立派だ。ちゃんと自分のなすべき務めを判っていて、いつもきちんと遂行してる。本当は、私も同じ立場のはずなのに……」

近頃の縁は、仕女ではないということを「言い訳」にしている自分がいることに、何となく気づき始めていた。薫の完璧なまでの態度に不安を感じていたのは、何も静香だけではないのだ。

「ああいうふうに、ならなくちゃいけないって、ちゃんと判ってるつもりなのにな」

自分なりに努力してみたところで、自律心の強さと信心の深さでは、薫には到底かなわない。

あんなに立派なお手本を見せつけられると、自ずと自己嫌悪に陥ってしまう。

「静香さんは、きっと正直なんだ……。薫ちゃんに対しても、自分自身に対しても」

どのみち仕女として理想どおりになれないのなら、せめて自分の想いだけは裏切らないように、懸命に自己を表現しようとしているのかもしれない。時おり見せる薫への苛立ちや「仕女らしくない」態度は、それゆえの抵抗運動なのだろう。

「だとしたら、つくづく私は、中途半端だわ」

同僚として薫に憧れを抱きながら、同時に懼《おそ》れも抱いている。後輩として静香を軽蔑しながら、それでも人間的には静香を否定しきれない。両極端の二人のあいだで、日々揺れ動く曖昧な自分がいる。

幸いに自分は事務員だから、価値観の直接対決だけは、今のところ免れている。二人ほど深刻に考えこまなくても、何とか許される面がある。

けれど神明に奉仕する上では、事務員も仕女も本質的には大差ないことも、ちゃんと知っている。本当に自分は、このままでいいんだろうか……。

縁は布団に顔を埋めた。

――姉ちゃんは、自分の高二のときのこと、後悔してないんだ――

弟の声が、一晩中、頭から離れなかった。

第二章　皐月闇《さつきやみ》の蛍《ほたる》

五月になると宇治の旧町では、家の軒先に提灯が吊され、一晩中明かりが燈されるようになる。地域の守り神である産土神《うぶすながみ》の例祭が近いからだ。

五月の八日に神幸祭が行なわれ、かつては「新町通り」と呼ばれ、今は宇治橋通り商店街となっている長い通りの角にあるお旅所に、神さまがお出でになる。それからひと月のあいだ、神さまは神社のご社殿よりも町に近いお旅所で、親しく土地の人々の様子をご覧になるのだという。ご神燈に照らし出された初夏の町並みは、何ともいえず艶《つや》やかな空気が漂って、ただ歩いているだけでもしっとりとした風情がある。

お旅所にお出でになった神さまが元の神社へお戻りになる還幸祭は、毎年六月の八日に行なわれている。これだけの都会で、土日といった休日に還元せずに、いまだに旧来の祭礼日を守り続け、月曜であろうと金曜であろうと、仕事を返上して祭に携わっている町衆の努力には頭が下がる。

だが、実はその六月八日は、木花神社にとっても大きな祭の日にあたっているのだ。宇治川を挟んだ両岸の神社で、還幸祭の神輿渡御と特殊神事の行列参進が同日に執り行なわれるため、町に溢れた観光客などは、とかく両者の祭を混同してしまいがちになる。ときに祭の当番が重なった折などは、当の町衆でさえ、すっかり混乱を来してしまうほどだ。

さらに、である。その三日前の六月五日には、もっと複雑で、もっと大変な祭があるのだ。それは、木花神社の「例祭」であり、一年で一番大きな祭である。

※

あれから二週間。伯母の家で寝泊まりするのも、もう三日目だ。真夜中だというのに、トラックの音が絶えない。きっと明日の準備をする露店商の人々なのだろう。

この祭は、一名「屋台祭」とか「露店祭」とも呼ばれている。それほどまでに露店が多く開かれるということなのだが、ちょうどこの時分は祭の閑散期にあたるらしく、地元京都ばかりではなく広く近畿各地からも露店商が集まってくるためである。かつてはもっと多かったというが、今日でも八百三十軒余の屋台が軒を連ねる様子は、まさしくその名にふさわしいといえよう。

そんなこともあって、子供たちにとっても、この祭は特別な地位が与えられている。神社近辺の道路が歩行者天国になるのに合わせて、午後から、学校も授業がお休みになるのだ。

半ドンで家に帰ってきた子供たちが、町に繰り出すのを待ちかねていたかのように、露店商の人々は呼びこみのかけ声をあげる。南蛮焼きやたこ煎餅のソースの匂いが立ちこめ、甘栗の弾ける音だの、鶯笛やガス風船の膨らむ音だのが聞こえ始めると、今年最初の浴衣姿に着替えた人々は、子供たちの小さな手を引き連れ、通りへ集まってくる。

午前四時。

隣の部屋で、カタンと小さな物音がした。薫が目を覚ましたらしい。彼女は生まれてこの方、目覚まし時計なるものを使ったことがないという。鳴り響くベルの音で、周りに迷惑をかけたくないと言っていた。

相変わらず、枡《ます》で量ったように正確な体内時計だ。昨日も一昨日も、一分と違っていない。遅刻なんてものとは生涯無縁なんだろうと、縁はちょっぴり羨《うらや》ましくなってしまう。

まもなく、彼女は階下へくだっていった。障子の開け閉《た》ても、階段をおりる足音も、集中しておかないと聞き逃してしまいそうなぐらいにひそやかだった。きっと、疲れて休んでいる伯母を起こさないための配慮なのだろう。伯母は夕べも深更《よふけ》まで、こまごまとした準備に追われていた。

さあ、私はあと少しだけ眠らせてもらおうと、縁が寝返りを打ったとき、音もなく障子が開いた。そちらを見遣ると、薫だった。

「すみません、せっかくお休み中でしたのに」

慌てて、縁は身を起こした。

「ううん、ちょうど眠れなかったところ。入って」

薄明かりのなか、「すみません」と言って薫は部屋に入り、障子を閉めた。

「どうしたの？」

薫ちゃんが用事なんて珍しいな、と縁は思った。何か、それだけの事情があるのだろう。

「すみません……」

三度、薫は畏まって言った。白い夜着の袖が、微かに震えている。

彼女は眠るときでさえ、裾丈の短い着物を着て、腰紐で縛っている。下着にも、白いものしか着《つ》けたことがない。それは、彼女がどんなときでも心から神さまにお仕えしている気持ちを表している。

「言いにくいことなのかな？　でも、遠慮しないで」

縁がそっと促すと、薫はようやく切り出した。

「今日の例祭に奉納するお神楽舞、代わっていただけますか？」

「えっ？」

「すみません、わたくし……。急にマケてしまったんです」

申し訳なさそうに俯《うつむ》いて、薫は言った。

「すみません、気をつけていたんですが……」

重ねて薫は謝った。

「そんな、オマケさんなんだもん、仕方ないよ。代わるわ」

薫があまりにも恐縮しているので、縁は却ってうろたえた。

「月水」と書いて、マケと読む。字の如く、女子の生理現象のことである。これをいわゆる「穢《けが》れ」ととるか否かには様々な見解があって、その対応も各神社によって異なっている。

一応、何らかの「碍《さわ》り」があると見て、期間中は本殿や拝殿への出入りを遠慮するというのが、最も一般的な対応ではある。けれども、代わりの仕女の人数や忙しさといった都合から、「清め塩」を懐《ふところ》に入れて祓《はら》えとしたり、お守りなどの授与には、遠慮なく携わったりしているところも多い。

木花神社でも、通常は「障りなし」として業務全般に携わっているが、こと例祭だけに、薫は清浄を通したかったのだろう。

しかし、気をつけたところでどうとかなるものでもないだろうに……と、縁は思った。あまりに厳格に自己をコントロールしようとすると、いつか薫自身が壊れてしまうのではないか。

目の前で、頭を下げたままじっとしている薫のことが、縁は心配だった。さりとて、舞を奉納するからには、これ以上寝床にうずくまっているわけにはいかない。縁は布団をたたんで、薫が沸かしておいた湯を戴きに、潔斎場を兼ねているお風呂場へ向かった。

※

さすがに例祭とあって、境内には朝から人足が多い。屋台の始まる午後からの混雑を避けて、午前中にお参りを済ませてしまおうという魂胆なのだろう、近所のお年寄りがグループでやって来ては、お守りを受けて帰っていく。顔なじみの手伝いの人々もやって来て、急拵えの臨時授与所で、お札やお灯明を頒布してくださっている。

午後になると、ますます人足は増え、子供たちや家族連れの姿も見え始めた。お神楽舞の奉納も始まり、希望者が来るたびに、縁は神楽殿へ上がった。

夕方、長い夏の日が沈む頃ともなれば、境内にもお参りの順番を待つ参拝者の長い列ができて、授与所も大賑わいとなる。大勢の手伝いの方々に入っていただいているにも拘わらず、息つく暇もないほどの忙しさである。縁も神楽殿に上がりきったままで、一体今が何時なのか、時計を見ることさえできない。

社務所では、受付係に廻った薫が、ご朱印を押していた伯母のところへ近寄り、交代の時刻をそっと告げていた。

「宮司様、ここはわたくしが致しますから、どうぞ仮眠をとってください」

実は、この例祭には、さらなる俗称がある。そしてこの呼び方が、最も広く知られているとともに、この祭を最も端的に表現した名称となっているのだ。

「あら、もうそんな時間⁉　じゃあ薫ちゃん、あとはお願いいね」

伯母は明るく言うと、授与所をあとに自分の部屋へ退がった。

庶民がつけた祭の愛称。人々は、この祭を「闇夜《あんや》の奇祭」と呼び、また「暗闇祭《くらやみまつり》」ともいっている。

※

午後十時を過ぎると、あれだけ町中に広げられた屋台が、大急ぎで撤収される。参詣の人々は、まだ町に溢れているから、露店商としては商売を続けたいのが本音なのだろうが、警察による指導もあり、有無を言わず店じまいとなる。祭の第一段階として、お旅所から神社まで梵天《ぼんてん》や雌雄の獅子が巡行する、その道を空けるためだ。

お神酒《みき》を一献、若衆たちは、自らの役をになってお旅所を飛び出す。太鼓を先頭に、大通りを宇治橋まで一気に下ってゆく。既に交通規制は解除されているため、大通りには自動車が流れこんでいるが、行列に加わった人数の多さに、後ろからのろのろとついてゆくより他にない。もし、クラクションでも鳴らそうものなら、年に一度の大祭に意気のあがった若衆たちがどんな顔をして飛びかかってくるか、知れたものではないのだ。

宇治橋の袂《たもと》では、梵天や獅子の「ぶん回し」と呼ばれる、勇壮な揺さぶりが行なわれる。

梵天や獅子には、各一人ずつ、若衆があがることになっていて、梵天や雄の獅子には男性が、雌の獅子には女性が搭乗している。小さな持ち手だけを頼りに、運命に身を委ねた彼らは、梵天や獅子が振られるたびに、地面にぶつかりそうなほど激しく、上下左右に揺さぶられる。

もちろん、振り飛ばされでもしたら、ひとたまりもないのだが、観衆の熱狂した声に推されるように、「ぶん回し」は何度もくりかえして行なわれる。

こうして町を半周した一行は、やがて神社に結集する。

すべての行列が境内に納まる頃、拝殿では、宮司以下神社関係者によって神事が執り行なわれる。境内には、深夜だというのに、立錐の余地もないほどの参拝者が集まっている。揃いの半被を着た若衆たちもおれば、熟年の夫婦、若いカップルの姿もある。……ごく稀に、見るからに年若い女性の姿を見かけることもあるが、さすがにその場合には、両親がしっかりと、彼女の両脇を固めている。しかし、後述するように、周囲にいる人々の好奇の視線を、彼女が遁《のが》れることはもはやできないだろう。

祝詞の奏上が終わる頃、境内では、荒々しい男の声が響き渡る。男は世話役なのか、羽織袴の整った装いをしているが、その声には、真剣さのあまりドスが利きすぎていて、ちょっと怖いほどである。

「灯《ひ》ィ、消せやぁ‼　えーか、ちょっとでも明るいもん点《つ》けとったら、赦されんぞ‼　懐中電灯・ペンライト、みんな消せ‼　それからケータイもや！　万が一、電話がかかってきおったら光りよってあかんから、電源も切ってしまえ‼　もし、煙草なんか吸いおってみぃ、どつかれてもしらんどー‼」

周りを見渡せば、通りに面した家々の明かりも、既にみんな消えている。街灯も、自動販売機の照明も、すべてが消されている。真っ暗な二十四時間営業のコンビニエンスストアというのも、よそではなかなかお目にかかれない光景だろう。

こうした真っ暗ななかでの渡御の催行が、この祭の俗称の由縁のひとつである。

もっとも、明かりを消さねばならない理由もある。

梵天には「カミサン」と呼ばれる男性が一人、搭乗している。今、この真っ暗闇のなかで、神職は、カミサンより受けた幣《ぬさ》をご神前へ手向けて、木花神社のご神霊をまごころこめてお祭りし、そのみかげを幣に遷して、カミサンへと託す。託されたカミサンは、再び梵天に戻るのであるが、この一連の所作のくだりこそ、梵天を恰《あたか》も「神の輿」と人々に感じさせる時間といってもよいだろう。

しかし、その所作のあいだ、ある意味では、ご神霊が「露《あらわ》に」なってしまう。昔から、神さまのお姿を目にすることはタブーになると信じられているので、宇治の町衆たちは明かりを消して、町ごと真っ暗にするのだ。

ここから、祭の第二段階に入る。神社から、再びお旅所まで巡行するのだ。

今度は、宇治橋を通らずに、「本町通り」と呼ばれる狭い通りを巡行する。ちなみに、この道が、神社からお旅所までの最短ルートとなっている。

本町通りは、駅前の大通りや新町通りとは違い、商店などはほとんどなく、背の低い民家が軒を連ねている。一応、平屋ではなく二階建てなのだが、二階部分の天井があまり高くないために、軒先が低くなっているのだ。おもてに庭を有する民家もあるが、あっても大概は小さく、門が道に接しているような造りの家が多い。

古い木造屋で、こうした特徴が見られる民家は、それがかつて「お宿」であったことを示している。お宿は、遠路はるばる各地から集まってくる人々が利用するために設けられた、簡易宿泊所のようなものだ。通りに面した座敷では、三味線弾きや芸人などが謡や見世物をして、行き交う人々の目を楽しませたともいわれている。今日、お宿の伝統は廃れてしまったが、つい近年まで現役だったという家もあり、往時を懐かしむ参拝客もいる。

もちろん、そんなお宿でも、明かりは厳禁であった。紙縒《こよ》りの先程の僅かな明かりでさえも点いていようものなら、梵天がその家に突っこんでいったのだ。酒に酔った若衆たちが大暴れして、玄関が壊れてもおかまいなし、灯を点けていた方が悪いのである。

最近でも、何も知らずに地方からやって来た自動車の明かりがついていて、若衆たちと一触即発の事態に陥ったこともある。現在でも、巡行には多くの警察官が立ち合っているが、「祭」という日常を離れた特異な空気のなかで、トラブルを未然に防ぐためには、警察の協力は欠かせない。

やがて一行は、お旅所の前で、最後の「ぶん回し」を激しく行なう。

カミサンは、大きな球状に形作られた幣帛《へいはく》の塊―梵天―に、片手だけで掴まり、天を地への揺さぶりに必死で堪えている。空いた方の手をしっかりと横に伸ばして、身じろぎもせずに揺られているその様は、まさしく〝カミサン〟なのではないかと思えてくるほどだ。

このあと、梵天は、初めに安置されていたお旅所のなかへ納められ、堅く扉を閉ざされてしまう。

この、お旅所での神事に関しては、実は、別の神社の神職がとり仕切っておられるので、何が行なわれているのか、詳しいことは判らない。真っ暗ななか、とり残された人々は、扉の内側でどんな秘儀が執り行なわれているのかと、それぞれに想像をめぐらしている。

たまたま、同じ場所に産土神が神幸中なので、男神と女神の年に一度のお見合いが行なわれているのだと、まことしやかに観光客に向かって語り出す老人などがいたりする。なかには、神さまだって見られたら恥ずかしいから扉を閉めるのだ、という奇言が飛び出したりもするのだが、それが全くの嘘に聞こえないのは、この祭に関して庶民のあいだで信じられている、ある「ご利益」のせいでもあろう。

しばらくすると、扉は再び開かれる。

と、同時に、周りで待っていた人々が、お旅所の神殿に向かって、一気に駆け寄っていく。神殿で、カミサンや神職、世話役らにより、幣帛が配られるためだ。

この幣帛は、先程まで梵天を形作っていた白い紙垂《しで》なのだが、特に「子授け」のご利益で知られている。もちろん他にも、病気平癒や安産、良縁や魔除けなど、様々なご利益があるのだが、

「年寄りはあとにせぇ！　まずは若い子や‼」

「せやけど、若《わこ》ても一人モンはいかんど！　ダンナ持ちか、少なくても特定のカレシのおるのにしとけよ！　せやないと、エラいことやで‼」

とのかけ声からも判るように、人々は、明らかに子授けの利得を意識しているのだ。

こうして、無事に幣帛を手にできた人々から、お旅所をあとにする。幣帛は、それぞれの願い事に合わせて、玄関に飾ったり、神棚に祭ったり、妊婦の腹帯に納めたりするという。

※

それは、梵天が神社を出てしばらくしたときだった。まだ、ついそこの角でぶん回しが行なわれているほどの時間である。境内には、人影がいくらか残っている。

「あの～、すみません」

明かりの消えた授与所の扉が叩かれた。「はい」と、授与係を請け負っていた静香が扉を開けた。

「遅くなって申し訳ないんですけど、もう終わりですか？」

若い二人連れが立っていた。

「いえ、ちょっと閉めてたんだけど、……今、明かり点けますね」

立ちあがって、静香は天井から吊るされた古いランプを点けた。梵天が出ていってしまったので、もう点けてもかまわないのだ。

「よかったたぁ。お店の人に、言われてたから……」

女の子は、ホッとした表情をした。長いまつげをクルンと巻きあげ、高く結いあげた髪は、脇だけカールをかけて垂らしてある。大きく開いた胸元はちょっとコケティッシュで、でも柔らかな色調が全体をふんわりとした印象にまとめあげている。色っぽさと可愛らしさが、いいカンジで調和している。

ああ、あたしも仕女じゃなかったらなぁ……と、静香は思った。

「お札ください。商売繁盛の」

女の子は言った。

「商売繁盛ということでは、特にないので、当社のお札でいいですか？」

静香が確認した。

「あ〜、じゃ、それでいいです」

女の子は答えて、「いいよね？」と小さな声で、後ろの彼氏らしき男に訊いた。

静香はお札を一体、袋に入れて彼女に渡した。彼女は「有り難う」と笑って受けとった。長い爪がきれいに手入れされていて、静香はまた自分が恨めしくなった。

「これ、どこに貼ったらいいんですか？」

「神棚があれば、神棚に……」

「神棚、ないんです」

言いかけると、女の子がすかさず断った。

「では、北側か西側の壁で、南か東に向かうようにして、頭より高いところに祭ってください。

できる限り、クギなんかで打ちつけないように、工夫して……」

静香が答えると、「南向きか、東向きね」と女の子はくりかえした。初穂料《はつほりょう》の授受が行なわれたあと、女の子はふと、「ねぇ、やっぱり訊いてもいいかなぁ」と、後ろの男に尋ねた。

「いいんじゃないの？　訊いたら」

男はそう答えた。なかなかいいオトコじゃん、と静香は思った。と、

「ここのお祭、子づくりの祭だって、前に聞いたことあるんですよ」

いきなり、彼女が言った。

「それで……、それってホントなのかなって」

静香は一瞬、狼狽した。

この五年間に、同様の質問を受けたことがなかったわけではないのだが、こんなに若い女性に、こんなに面と向かって訊かれたことは、静香とてさすがに初めての体験だった。

「子づくり、ですか？　確かに、子授けのご祈願にみえる方はありますね。でも、それと子づくりっていうのは、また少し意味が違うような気が……」

曖昧に笑って、ごまかそうとしたが、彼女は一層鋭く突っこんできた。

「もっとディープな話も、お店に来た人から聞いたんですけど……。実際、どうなんですか」

「あの～、失礼ですけど、お店って、……人気商売か何か、なさってるんですか？」

どう答えてよいものか、思案の果てに出てきた言葉がこれだった。静香が、妙な具合になったなと臍《ほぞ》を噛んでいると、彼女は、

「そうです」

と、キッパリ答えた。なるほど、だから若いのにこんなことを訊くのかと、静香が納得したとき、

「お客さんが言うんです、この祭の晩だけは、奥さん以外の女の人とでもやっていいんだって。だから自分のカノジョに満足できないオトコたちは、みんなこの祭に集まって来るんだって」

女の子は、顔色ひとつ変えずにそう言った。静香は、「やっぱり」と心のなかで舌打ちしながら、この場をどうまとめようかと策をめぐらした。

と、授与所の扉が開いて、縁が入ってきた。

「ね、薫ちゃん呼べる?」

静香は思わず、小声で助けを求めた。だが、縁は首を振った。

「今はだめです。体調を崩して、奥に退がっちゃってますから。それに、聞こえてたんですけど、そんな質問、薫ちゃんが請け負うわけがないでしょう?」

「だめか……」

静香は頭を抱えた。

確かに去年の今日、とあるおじいさんにこの点を問い詰められたとき、彼女は「そのようなご質問にはお答えできません」と、ひと言で断ち切ってしまったのである。

「静香さん、ご自分で答えられないんですか？」

脇からそっと縁が問うと、静香は、

「あたし、案外こういう質問、苦手なのよ……」

と弱りきった顔をした。

「あの～、教えてもらえないんですか？」

待たされて、女の子が催促した。はぁ……、と小さな溜息ひとつ、縁はおもてに向かった。

「お待たせしてすみません。私が承ります」

縁が授与所に上がると、女の子が「あっ」と小さな声をあげ、そして縁に訊いた。

「仕女さんにも、見習いってあるんですか？」

恐らく、縁の袴の色が、静香たちの赤ではなく、白であることに注目したのだろう。

「いいえ。私は仕女じゃなくて、事務員なんです」

縁は答えた。

たくさんの仕女や事務員が奉仕する大きな神社などでは、事務員でも、色のついた袴を着けていることもある。女性が、白い上着の下に、濃い緑色や紺色の袴を着けている場合は、大抵が事務職であると考えてよい。この色については各神社で決めているらしく、寒色系ではなく、濃い紅色を採用しているお宮などもある。

対して仕女の場合は、ほとんどの場合が緋色（赤）である。なかには神社の故実によって、違う色を採っているところもあるが、それは珍しいケースに入るだろう。例えば、讃岐の金刀比羅《ことひら》宮《ぐう》では、濃色《こきいろ》といって、濃い紫とも茶色とも見える色が伝統的に用いられている。

緑も事務員なので、そうした色つきの袴を着けていれば、誤解も減るのかもしれない。しかし、袴ひとつでも節約したいのが、こうした「民社」と呼ばれる〝地域密着型〟の小規模なお社の実情なのだ。そこで縁の場合は、伯母の着古した袴を着けることにしている。つまり、仕女の袴ではなく、神職の袴を借用しているのである。

ついでだから言ってしまうと、多くの神社の場合、仕女と神職では袴の仕立て方自体も違っている。仕女の場合は「行灯袴《あんどん》」といって、弓道着に似て、いわゆるスカート状のものになってい る。逆に神主の場合は「捻襠袴《ねじまち》」・「馬乗袴《うまのり》」といって、いわゆるキュロット状になっており、どちらかといえば薙刀や剣道の袴に近い。

なお神職の場合は、その「身分」によって、袴の色が分けられている。「出仕」と呼ばれる、見習いに準じる立場のときは白い袴である。その後、四級から始まり、三級、二級、二級上、一級、一級上、特級と上がっていくにつれて、浅葱《あさぎ》・紫・純白と袴の色が変わってゆく。また、同じ色でも微妙に色合いや織りの違いがあり、初詣のときなどに目を凝らして観察してみると、その神職の身分が判って面白い。

白い袴を着けていると、とかく仕女の見習いと思われてしまいがちなのだが、この手の質問は、出仕の女子神職のちょっとした悩みとなっている。

「さっきの話、ホントだったらスゴイご利益ですよね？　水商売には、まさにうってつけの神さまですね！」

女の子が大きな声で言った。

「そういうふうに言われてしまうと、こちらも困ってしまうのですが……。確かに、つい二十数年前まで、そうした俗説があったことは存じております。でも、今の私たちが考えるように、ゴシップじみたものであったかどうか……。昔は、子供ができるかどうかは、家の存続という観点からも大きな問題でしたから、もっと切実な必要性から生み出された〝信仰〟だったのだと思います」

「え～、そうなのかなぁ。……じゃあ、〝お宿〟はどうなんですか？」

「〝お宿〟ですか……。それは」

縁は少し言葉に迷った。

全国の「奇祭」を集めた本などに、「お宿」のことをやたらに書きたてたものがあることは、縁も知っていた。「お宿」は、人々の宿泊施設ではあるが、所詮は地元の民家なので、部屋数もそんなに多いわけではない。必然的に、雑魚寝となってしまう。また通りに面して、芸を見せるために、あらかじめ扉はすべて開けっ放しになっている。

夏でもある。お酒も入って開放的な気分になる。今宵は、ご祭神である女神が、男神に逢うために渡ってゆく夜だと囁《ささや》く老爺がいる。そして何より、徹底して〝真っ暗闇〟なのだ。何が起こっても、「無礼講」ということになりかねないのは否めぬところである。

「先程も申しましたように、どうしても跡継ぎを得ねばならない事情に迫られた方もおられたでしょう。確かに、〝祭の晩に授かった子供はよい子供になる〟という言い伝えはございます。ですから、そうした信仰が、真剣な願いから生じたという可能性はあるでしょうが……。これらの俗信は、民衆の切なる願いから出てくるのであって、当社の側から殊更に言い立てるようなことはございません」

「あ～、そうですか」

女の子はつまらなさそうな、それでいて納得がついたような表情でつぶやいた。そこで、縁は敢えてもうひと言、彼女に言い足すことにした。

「跡継ぎは、必要なこともあるでしょう。でも……、誰だってやっぱり、同じ授かるのなら、本当に好きな方とのあいだに授かりたい……。あなたもきっと、そう思っていらっしゃるでしょう？」

縁は、彼女の目をじっと見つめて問いかけた。女の子も、縁をしばらく見ていたが、やがて、

「そうですね。いくら仕事って割りきってても、楽しいことばっかりじゃないし、……正直いって、あれこれ怖いときもあります。やっぱり、妊娠するなら、カレとの子供じゃなきゃ、絶対嫌だもん」

と、はっきりと言い切った。縁は頷いて、

「お仕事、大変でしょうけど頑張ってください。でも、それ以上に、お幸せにね」

と微笑みかけた。女の子も笑った。

「答えにくいこと、答えてくれて有り難う。じゃあ、帰ります」

女の子が後ろをふり返ったとき、

「あの……」

後ろの男が声を出した。

「もしかして、縁さん……？」

唐突に名前を呼ばれて、縁はびっくりした。「知り合い？」と、女の子と静香が、同時に訊いた。縁は、軽く首を傾げた。

「えっと……」

頭のなかで、知り合いの名簿に検索をかける。このくらいの年頃といえば、誰がいただろう……？

思い出せないそぶりに、男は、ランプの光で自分がよく見えるように、前へ進み出た。

「俺だよ、ピン中で一緒だった、桜井……」

ああ！　と、俄《にわか》に縁は大きな声を出した。

「あ、あの……、蒼志《あおし》君⁉」

やっと思い出した縁に、男は笑って言った。

「トロくささだけは、変わってないみたいだね……」

※

上がってもらったら、という静香の言葉に、男は「いいです」と断ったが、

「いいんですか⁉」

彼女の方が積極的に、授与所の隣の、応接間への上がり口に腰をかけて、靴を脱ぎにかかった。

「ついでに、お手洗い、借りてもいいですか？」

男は、仕方ないなという顔つきで「すみません」と頭を下げた。

「いーえ。お手洗いは奥にありますから、案内しますよ」

そう言って、静香は女の子を、社務所のなかへ連れていった。

授与所の隣に、小さな和室が一間ある。祭の関係者が出入りしやすいように、今日は鎧戸《よろいど》を開け放ってあり、縁側から、すぐに室内へ上がれるようになっている。

縁は、用意されていたポットのお湯で、二人分のお茶を淹れた。神社の熱心な崇敬者のなかにお茶屋さんがあるので、社務所ではいつも、けっこう上等のお茶が飲めるのだ。

「口に合うか判らないけど、よかったらどうぞ。塩味饅頭、播磨の銘菓なんですって」

手伝いの人が、お茶請けに持ってきてくれたお土産である。懐紙の上に載せて出すと、「どうも」と男は受けとった。

「びっくりしたよ。こんなところで遇うなんて、夢にも思ってなかったから」

「私もよ。蒼、……桜井君、あの頃とすごく変わっちゃってたから、ちっとも判らなかった」

久しぶりの再会に、縁の態度はいきおい、ぎこちなくなった。固有名詞でさえ、何と呼べばいいのか、戸惑ってしまう。

「あの、冬の鴨川以来だね」

対照的に、男の方は懐かしそうに、穏やかな声で話しかけてくる。

「う、うん……。そだね」

縁は、どうにも勝手がつかずに、早く彼女さんが戻ってきてくれるように願った。

「でも、元気にしてたみたいで、ホントによかったよ。あれっきり、お互いに音信不通になっちゃってたからさ」

「うん……。あの、……お母様はお元気？」

言葉に困って、縁はそう尋ねた。唐突な問いかけに、一瞬男は驚いたようではあったが、

「お蔭様で……、と言いたいところなんだけどね。実はちょっと、トラブルがあってさ」

と答えた。何かしらマズそうな物言いに、縁は少し心配になった。

「トラブルって、何かあったの？」

「うん、ちょっとね……。でも、いいよ、何とかなるから」

慌てて、男は手を振った。しかし、そのことが却って、縁の不安をかき立てた。

「言って、お願い」

縁は男を促した。男はほんの少し躊躇《ためら》ってから、やおら縁に言った。

「母さん、少し前から、精神病気味なんだ」

「精神病？」

縁は少し緊張した。

「少し前って、いつぐらい？」

「入院したのは、今年の春先かな。でも、だいぶ前から体調が悪くって、いろいろ病院で診てもらっていたんだ。……一応、いろんな診断名がついてたんだけど、でも本当は〝心の病〟だって、先生が言ってたよ」

「そう……。そういう病気って、時間がかかっちゃうね」

「先生も、急ぐなって。まあ、俺が頑張っても治せるわけじゃないし、気長につきあってくつもりだけどね」

男は自嘲気味に笑った。

「大事にしてあげてね」

縁には、そう言ってあげるだけが精いっぱいだった。

ほどなく、女の子が部屋に戻ってきた。

「神社のなかって、見た目より広いんですねぇ！　すっかり迷っちゃいました」

「社務所の建物、古いですからね。私でもうっかり、違う部屋に入ってしまうことがあるんですよ」

薄暗い、曲がりくねった廊下を歩いていると、つい、曲がる筋を間違えてしまうのだ。

「……だけど、神社のお仕事も大変みたいですね～。もっと気楽なのかと思ってました」

女の子は、自分の前の塩味饅頭を口にほおばりながら言った。そのおおらかなしぐさがとても自然で、縁は女の子を可愛らしく思った。

「大変ってこともないですけど、細かい用事が多くて、ややこしいときはありますね。でも……、あなたがたの方がきっと、ご苦労なさっていることでしょう」

世間で働いている人たちに比べたら、縁故で働かせてもらっている自分はマシな方だろうと、縁は苦笑した。

ところが、モグモグと彼氏の分まで塩味饅頭を平らげた彼女は、意外な言葉を口にした。

「そんなことないですよ。だって、どっちもサービス業ですもん」

「……サービス業、ですか？」

縁は面喰らって反芻した。

本当に、この娘のセリフには、驚かされっぱなしである。しかし、そんな縁の気持ちには気づいていないのか、女の子は熱っぽく語った。

「サービス業って、ときどき辛いことってありますよねー。すっごくムカつくお客さんが来たときとか。絶対無茶なこと言ってるのに、営業スマイル崩せないし。それを、どうカン違いしたのか、さらに調子に乗ってくる人とかもいるし。徹底的に、もうヤだって思ってるのに、上の人は、とにかくご機嫌をとれって……。何で、自分の気持ちに正直に生きさせてくれないのかなー、なんて。それでお金もらってるんだって判ってるけど、やっぱ、思っちゃったりしません？」

「う〜ん、確かに」

彼女の熱弁を聞きながら、まさにサービス業の悲しい性《さが》だなぁ、と縁はつくづく思った。

なるほど、その点では彼女の仕事も自分の仕事も、一脈通じるものがある。

「でも、そのサービス業も面白いものですよ。毎日違う方がおみえになって、……やってる仕事は同じでも、一日だって、同じ中身の日はないんですから」

そこにこそ、サービス業のやり甲斐もあるのだと、縁は日々の務めで感じていた。それには、彼女も同感のようで、

「確かに、そうですねー。それが面白いところですよねー」

と答えた。

※

結局、彼らは、半時間ほどそこで話していたことになる。お旅所から、幣帛を捥《も》がれて小さくなった梵天が人知れず神社へ戻ってくる頃、二人は帰っていった。

帰り際、縁は二人に、小さな「縁結び」のお守りを一体ずつ手渡した。末永く、二人が幸せであるようにとの、縁の「気持ち」だった。彼女は、「またお参りに来ます」と笑顔で手を振った。

縁は、何だか夢でも見ているような、不思議な気分になった。けっこう長く話をしていたのに、今もって、それが現実だとは信じられなかった。まるで、小さな蛍が闇のなかからふいに現れて、すーっと向こうの方へ飛んでいったと思うと、再び皐月闇のなかへ吸いこまれていくのを見ているようだった。

ホントに自分は、蛍が来たのを見てたのかしら……。

祭の高揚もすっかり醒めきった丑三つ時の境内で、縁は暗い星空を見上げていた。

第三章　掌《てのひら》の雪《ゆき》

七月である。電車にも、朝からしっかりクーラーが入るようになった。

「お早う。今日もさっそく騒がしいわねぇ」

伯母が、境内のご神木のある方向を指差して言った。あはは、と縁は笑った。

「夏ですから」

鎮守の森のあちこちで、ジャンジャンと蝉が鳴いている。

「こうなるともう、蝉時雨じゃないわね。どしゃぶりの夕立ね」

伯母は団扇《うちわ》をばたばたと煽《あお》いだ。水銀柱は、既に三十四度を超えようとしている。

「京都の夏は、沖縄より暑いんですから！」

どうしてこんな住みにくいところに都があったのか、縁は疑問で仕方がない。

「どうせ今日は仏滅だから、あなたたち、ゆっくりしてていいわよ」

「有り難うございます」

脇で、薫が答えた。しかし、その手はほんの片時も止まることはなく、御幣《ごへい》にする紙垂を折り続けている。

「薫ちゃん、麦茶どうぞ」

縁が、ガラスのコップに冷たいお茶を注いだ。

「どうぞ、おかまいなく」

薫は脇目もふらず、紙垂を折った。すると、

「ほんっと、暑いの嫌ですよ」

今度は静香が音をあげた。

「授与所でずーっと座ってると、汗がじわ~っと出てきて、袴なんかグチャグチャになっちゃうし……。お参りの人は少ないし、頭んなかはぼーっとするしで、夏ってサイアクです！」

冷暖房があるわけでなし、制服は夏も冬も変わらないから、職場環境はけっこう厳しい。寒くて凍えるけれど、重ね着ができるだけ、まだ冬の方がいくらかはマシである。夏ときたら、外も衣服内環境も、どちらもまるっきり「蒸し風呂」なのである。

と、そこへ若い女性が一人、ふらりと社務所を訪ねてきた。安産のご祈禱をお願いしたいと言う。急いで応接間にお通しし、そのあいだに伯母と薫は支度を調えた。

開け放たれた障子から、祝詞が微かに聞こえてくる。

「赤ちゃんかぁ……。いいなぁ」

ふと、静香が洩らした。

「あれっ、静香さんって赤ちゃん、好きでしたっけ？」

意外そうに、縁は訊いた。かつて静香が、小さい子供はうるさいからイヤ、と言っていたのを覚えていたからだ。

「前はねぇ。でも、だんだん好きになってってくみたい」

「そんなもんなんですかね」

「そうみたい。……あんたもきっと、いつか判るわよ」

静香はいつしか手を止めて、ポーっと拝殿の方向を見つめていた。何となく、いつもの静香とは違う雰囲気を感じて、縁は不思議に思った。

「どうか、したんですか？　先輩……」

静香は遠くを見つめたまま、しばらく黙っていた。

拝殿からは、薫のうち振る鈴の、涼やかな音色が響いてくる。さっきの女性が、深く頭を下げているのが見えた。きっと、子供が無事に生まれてくるように、心のなかで祈っているのだろう。

「あたしさ、九月で辞めるわ」

ふいに、静香が言った。

「え……？　辞めるって、ここを？」

いきなりの告白に驚きながら確かめると、静香は笑った。

「他にどこを辞めんのよ？」

「でも、……それで、どうなさるんですか？」

静香はちょっと意味ありげに微笑んでから、

「結婚するの」

と言った。そして「薫には、まだ内緒ね」と、冗談っぽくつけ加えた。

「ほら、あんたも知ってるでしょ？　あたしがつきあってること。あの子が、結婚しようって。もう二十三だしね。五年も勤めたんだから、いいかなって」

「で、でも、……そんな急に決めなくても。二十三歳って、まだ充分若いし、代わりの仕女の採用だってできてないんだし……」

縁は引き止めたが、静香は首を振った。

「そうもいかないのよ」

「どうして……？」

いくら縁が尋ねても、静香は黙って微笑むだけだった。そのうちに、ようやく縁は、いつも口ウルサイ先輩が、沈黙を通して自分に訴えかけようとしているコトに気がついた。

「……まさか」

その言葉を待っていたかのように、静香は言った。

「やっと判ったの？　あんたってホントに、そーゆーとこ、トロくさいのねぇ!!」

思いっきり笑い飛ばしたあと、静香は急に真顔になった。

「デキちゃったの、赤ちゃん」

※

湯船のなかで、縁は今朝の静香の告白を思い出していた。

「結婚、かぁ……」

神前挙式のお手伝いをする関係上、結婚式自体は見慣れていた。白無垢のきれいな花嫁さんと、ちょっぴり肩に力の入ったお婿さん。なぜだか、婚礼の席では、女性より男性の方が大抵緊張しているものだ。泣きたいクセに意地を張っている花嫁の父親は、力みすぎて、ロボットのような奇妙な動作をし、見ているこちらが悲しくなるくらいに可笑《おか》しい。

たぶん、シミュレーションだけは何百回もしちゃってるんだけど、……「結婚式」というものと、実際に「結婚」するということは、全然違うものなんだろうな。

「それに加えて、赤ちゃん、かぁ」

入浴剤の白色の向こうに、自分のお腹が透けて見えた。ここに、別な生命が宿るなんて、縁にはちっともリカイできない。一体どんなカンジがするんだろう。想像もつかなかった。

たくさんの人々が、安産祈願や初宮参りにやって来る。毎日、そうした人々の願いを神さまにお届けしながら、縁はこれまで、一度だって、それらを自分の問題として考えたことがなかった。

もちろん、ご祈禱に立ち会うときには、無事に生まれますように、元気に育ちますように、と心から想っている。参拝者の願いは、そのまま縁の祈りでもある。けれども、同じ内容の願い事を、縁自身がすることもありえるなんて、……当たり前のことなのに、気がついたことがなかった。

そうかぁ、静香さんも女の人だもんなぁ……。

奇妙な納得が、頭を過《よぎ》った。だが、イマイチ実感が湧いてこない。

「私や薫ちゃんが結婚するなんて、とても思えないしなぁ……」

縁はもう一度、自分のお腹を眺めてみた。

ありえない。

きっと薫も、自分の結婚なんて考えたことがないだろう。縁は、静香が何だかスゴイ先輩のように思えてならなかった。

※

翌日、縁は伯母から、初めての出張命令を受けた。

「来月の二十二日にね、支部の神職の集まりで熊野にお参りに行くんだけど……。その日にね、地鎮祭が入ってしまったの。あなた代わりに行ってくれる？」

「熊野ですか……」

瞬間、遠いな、と縁は思った。熊野は和歌山県とはいえ、ほとんど三重県との県境であり、京都からは相当離れた場所である。

「大丈夫よ、京都から特急で一本なんですって」

「はあ……」

伯母は明るく笑ったが、縁は内心複雑だった。

年功序列、階級社会の典型例である神社界。気を遣うのは目に見えている。加えて、縁はお酒の匂いが大嫌いだ。結婚式の三々九度を注ぐときでさえ、我慢するのにひと苦労なのに……。行き帰りの車内が宴会場になることは、もはや必至だ。

「あ〜、憂鬱だわ」

台所で、日供祭《にっくさい》の夕御饌《ゆうみけ》の準備をしながら縁がぼやいていると、

「ちょいちょい」

廊下から静香が手招きした。

「何ですか？」

大根を片手に縁が尋ねると、「ちょっと入らせてね」と静香はテーブルの前に座った。

「ここは椅子があるからいいねぇ」

正座が苦手な静香にとって、台所はちょっとした休憩場だ。縁は再び冷蔵庫の前に屈《かが》んで、お供え物になりそうな野菜の物色を再開した。

「ほう、今夜は大根かね？」

ふざけて、静香が訊いた。

「それくらいしか、入ってないんです」

野菜室を開けたり閉めたり、縁は庫内をかき回していた。見て、静香は言った。

「神さまのお夕飯が大根一本きりとは、悲しいねぇ」

「ホントに」

野菜ジュースや瓶詰といった目ぼしい代品もなく、縁は諦めて冷蔵庫を閉めた。

「薫ちゃんに言って、また買ってきてもらっとかないとね」

「ええ……」

頷く縁に、静香は白衣の袂から、甘納豆の小袋を二つとり出した。

「食べる？」

一も二もなく、縁は手をさし出した。

「戴きます。神さまのお夕飯に致します！」

三方の上に鎮座ましましている大根と甘納豆は、実に微妙な眺めである。お神酒とお米、それにお塩とお水が盛られた三方の横で、二つの野菜（？）は、ちょっといたたまれぬ雰囲気で、夕方の御饌祭を待っている。

「そーゆーところは、あんたも大胆ね」

静香は呆れて言った。

「だって、他に仕方ないじゃないですか」

さすがに恥ずかしそうに、縁も俯いた。

「別な面でも、もうちょっと大胆さがあればいいのにねぇ」

自分の分の甘納豆をつまみながら、静香がしみじみと言った。

「どういう意味ですか」

縁はテーブルの上に淹《い》れてあったお茶を飲んだ。と、

「こないだのカレとは、どうなってるの？」

唐突に静香が訊いた。思わず気管にお茶を吸いこみ、縁はケホケホとむせた。

「何ですか、いきなり……！　あ～、びっくりした」

「そんなにびっくりしなくったっていいでしょうが？　それとも、びっくりしちゃうほど、何かあるわけ？」

興味本位で、静香は訊いてきた。静香お得意の、誘導尋問戦術だ。その手には乗るものか、と縁はそっぽを向いた。

「何にもありませんよ」

「でも、知り合いじゃない？」

「知り合いったって、ただの中学の同級生ですし」

「ふ～ん、ただの、ね。……そのわりには、仲良さげに話してたじゃない。親のこととか、訊いたりしてさ」

ぴくっと、縁が反応した。

「立ち聞きしてたんですか⁉」

「人聞きのワルイこと、言わないでよ。襖《ふすま》の向こうに立ってただけよ」

「それを立ち聞きって言うんじゃないですか！　……そんなヒマあったら、きちっと彼女さんを案内してあげてください」

「何言ってるの、あの子が一人で大丈夫って言ったのよ。第一、あたしが案内したら、すぐに戻ってきちゃうじゃないの！」

「……先輩‼」

縁は本気で声を出した。

「そんなに怒らないでよ。あの子が迷ったお蔭で、二人で話ができたんだし」

「そうかもしれないけど……！」

「そうなんだってば。……で、どういう関係？」

ああ〜、と縁は頭を抱えた。逆上したことで、いつのまにやら、すっかり静香のペースに填《はま》っている。一度狙いを定めたら、テコでも動かない静香である。縁はとうとう観念した。

※

桜井蒼志と縁は、京都市伏見《ふしみ》区にある桃山《ももやま》中学校の同期生だった。桃山中学校、通称ピン中には、三つの小学校から卒業児童が入学してくることになっている。まずは、付近の主要交通機関である京阪電鉄の「丹波橋《たんばばし》」駅を中心とする地域の子供が通う「桃山小学校」。俗に、「桃小」と呼ばれている。それから、「桃山南口」駅の北側から「六地蔵《ろくじぞう》」駅にかけての一帯をカバーする「桃山東小学校」。略称は「東小」。そして、「桃山南口」駅の南側から「木幡《こわた》」駅にかけての「桃山南小学校」、「南小」の三校である。

縁の住む桃山町大津《おおつ》町は、東小の校区である。だから、南小の卒業生であった蒼志とは、中学に入って初めて知り合った。桃山中学校は、公立では珍しく、生徒の電車通学を認めている。桃小校区を除く地域の生徒は、それぞれの最寄駅から、定期券を買って通学しているのだ。

東小の縁と南小の蒼志は、偶然、同じ桃山南口駅から乗車することになった。たまたま、乗車する扉も一緒だったので、いつしか自然に話をするようになっていた。しかしそれは、たわいもない世間話がほとんどで、まさしく時間潰しのための話でしかなかった。

そんな縁にとって、蒼志が特別な存在として初めて意識されたのは、中学二年の冬のことである。

ある日の下校時のことだ。空が晴れて気持ちがよいのに任せて、縁は久々に、徒歩で家まで帰ろうと思い立った。定期券は買えるものの、学校は徒歩通学を禁止しているわけではない。当然、歩きたい生徒は、歩いて通ってもいいのである。

ただ、ちょっとした問題があった。その頃、桃山地区では、野生のサルによる傷害事件が続発していた。桃山というだけあって、住宅地ではあるものの、付近には叢林がかなり残っている。山からおりてきたサルたちは、警戒のためか、かなり凶暴になっている。このため、たとえ手出しをしなくても、サルたちに飛びかかられて怪我をする人が多数出ていたのだ。ピン中でも、行きがけにサルにやられたと言って、登校早々保健室に来る子があとを絶たなかった。

山手を避ければ大丈夫かな、と思った縁は、なるべく人家の多い道を選んで歩いた。一箇所、少しだけ林の傍を通らねばならないところがある。ＪＲの桃山駅を過ぎて、僅かに行ったあたりだ。そこは、住宅が竹藪に喰いこむように建っている場所であり、山が住宅地に向かって張り出すような地形となっている。

十回ジャンケンをすれば、必ず八回は負けるという縁である。ここを無事に通過できると考える方が誤っている。案の定、母子連れのサルに出くわしてしまった。

キーっと鋭い雄叫びをあげて牙を剥き出しにした母ザルを見て、縁は恐怖に萎縮した。怪我をした友達の、足の生々しい傷跡が脳裏に浮かんだ。もう絶対に襲われる！　と縁が目を塞いだとき、

「こっちだ、エテ公！」

大きな声がした。目を開けると、サルめがけて小石が二つ三つ、飛んできた。見ると、蒼志が自分の鞄を振り回して、サルをけしかけている。母ザルは、より大きな敵を見つけて、そちらの方へ向かっていった。

「お前も逃げろ！」

大声で叫ぶと、蒼志は縁とは反対の方へ、一目散に駆けていった。サルは、憤怒の形相で、

まっしぐらに蒼志を追いかけていく。縁は、ともかくも急いでこの場を離れることにした。

けれども、走っていった蒼志のことが気になって、縁は南口駅のところで、蒼志が帰ってくるのを待った。しばらくして戻ってきた蒼志は、縁を見つけると開口一番にこう言った。

「縁さん、トロくさいから……」

そして笑って言い足した。

「怯《おび》えてつっ立ってたら、どうぞ狙ってくださいって、サルに言ってるようなものでしょう?」

「……ごめんなさい」

縁は頭を下げた。と、蒼志のカッターの袖口に、血がついているのが見えた。

「ごめんなさい! 怪我させちゃったね……」

縁がびっくりして言うと、蒼志は慌てて袖口を隠した。

「何でもないよ」

「そんなに血が出てて、大丈夫なわけないよ! ちゃんと見せて」

縁は蒼志の手を摑んで、無理やり袖を捲《ま》くった。大きなひっかき傷ができ、血が滲んで痛々しかった。

「ごめんね、私のために……!」

縁は心底、申し訳なく思った。そして、そのまま蒼志を引っ張っていって、傍の川に架かった橋の欄干に腰を凭《もた》れさせた。

「いいよ、心配しなくて」

蒼志は腕をしまおうとしたが、「だめ、ちゃんと手当てしなきゃ」と、縁は鞄のなかから救急セットをとり出した。オキシドールで傷口を拭《ふ》き、包帯を巻いた。

「私、保健委員だから、せめてこのくらいはさせて」

縁は心をこめて手当てをした。蒼志も何も言わずに、縁に任せてくれた。

その日、初めて縁は、蒼志の家までついていった。蒼志の家は、南小のすぐ向かいにある、大きな団地にあった。

「蒼志君ちって、南団地だったんだ……。あ、でも、何で今日、歩きで帰ってたの？」

絶対電車の方が近いのに、と縁は思った。縁の呑気な問いかけに、蒼志は深い溜息をついた。

「それは、こっちのセリフ。全校朝礼でも気をつけるようにって注意があったばかりなのに、一人でのこのこ、サルの棲み処《か》目指して歩いて帰る人がいるんだから。おちおち、自分だけ電車に乗って帰るわけにもいかないでしょうが」

「すみません」

縁は三度、謝った。

「ホントに、気をつけなくちゃだめだよ」

蒼志は忠告のあと、再び、同じ言葉をくりかえした。

「縁さん、トロくさいんだからさ……」

※

「で、それから二人はどうなったの？」

静香が、好奇心旺盛な瞳を輝かせて訊いた。

「どうって、……どうもしませんよ」

「ホントに？」

「ええ。……だって、三年生はクラスが違ったし、受験勉強もありましたから」

縁はさらりと受け流した。

「高校は？」

「彼は、地元の公立高校へ進学しました。何でも、弓道がやりたいから、強いところへ行きたいとか言っていました。でも、私は女子高だったから、全然会うこともなくなっちゃいましたしね」

「じゃあ、それっきりだったの？」

「はい、それっきりで終わりです」

あまりに淡白な反応だったので、さすがの静香も、遂に追及の手を緩めた。

「そっか……。そういう関係か」

「はい。そういう関係です」

静香の口調を真似て、縁は言った。

※

今夜も、弟は夜更けに出ていった。父も母も何も言わないが、彼がこっそり家を出ていくことは、家族みんなが知っていた。夏休みに入って、一層気が緩んでいるようだ。夜遊びは仕方ないとしても、いつか大きなトラブルに巻きこまれたりしなければいいのだけれど……と、縁にはそれが心配だった。

突然、弟の声が甦ってきた。

――姉ちゃんは、自分の高二のときのこと、後悔してないんだ――

静香さんには、嘘をついてしまったな……と、縁は思った。だけど、あの先輩には、あれ以上は話すことができなかった。仮に言ったとしても、自分の気持ちを判ってもらえる自信が、縁には持てなかった。

それからの二人。その意味は、当の縁でさえ、まだ摑めていない。そもそも縁自身、蒼志のことは、再会するまですっかり忘れ去っていたのである。あやふやな物語をうまく説明できるようになるまで、他人には話すべきではないような気がするのだった。

三年になると、確かにクラスは離れてしまったし、受験勉強も面倒くさかったが、僅か十分間の通学電車の乗車時間を、二人は大切にしていた。今さら中身を思い出すことはできないほど、相変わらず、とりとめのない話ばかりであったのだが、こうして同じ時間を共有し合える仲間がいるということが、縁には何より、嬉しかった。

高校に入学しても、縁は電車通学のままであったが、蒼志は自転車通学に切り替えた。このため、直接出会う頻度は減少したが、それでも月に一度ぐらい、どちらともなく電話をかけたりして、交友は保たれていた。

縁にとって、蒼志は〝空気〟のような存在だった。会えば話をするけれど、約束をしてまで会ったりしない。話し出せば、なぜだか長くなるけれど、だからといって、うち明け話や悩み事を相談するわけじゃない。いつだってクダラヌ長話、他の誰に話したとて大差ない。況《ま》してや、静香の期待する「恋愛感情」なんて、芥子粒ほどの存在余地もありえない。

でも……。

蒼志は空気のように平凡な存在だ。それが最も自然な、縁の認識だった。でも、強いていえば、それは〝春の陽気〟のように、あたたかな空気なのだと縁は感じていた。

学生の頃の縁は、ときに自分を「ひ弱なマメの蔓」のように思うことがあった。何かと自分に自信が持てないことが多かった。そんなとき、問題の核心には触れていないにも拘わらず、蒼志との雑談は、縁に力を与えてくれた。電車を降りて、改札口で左右に分かれてゆくとき、電話が切れて、受話器を置く瞬間……。縁は、自分の心が、不思議な安らぎと活気で満たされていることに、いつも驚く。蒼志は、脆弱な日陰のマメに勇気と自信を与えてくれる、〝あたたかな春の空気〟なのであった。

きれいな水があって、適度な温もりがあって……、縁には他に望むものがないほど、平和な時間が流れた。そのままでいられたら……。自分は、どんな贅沢をするよりも、きっと幸福だっただろう。縁はつくづくと思った。

けれど、誰もが知っているように、こうした〝かたちのない〟幸福ほど、あっけなく消え去ってしまうのだ。

縁のささやかな平和が揺らいだのは、高校二年の夏のことだった。

——姉ちゃんは、自分の高二のときのこと、後悔してないんだ——

八月十六日の夕刻、蒼志は珍しく、自分から縁を呼び出した。「送り火」を見にいこうと言うのだ。

「え〜、人がいっぱいだよ、きっと……」

※

盆の終わりに、冥途《めいど》に帰っていく精霊を送り出すのか、京都の周囲の山々で、今宵は大きな篝火《かがりび》が焚《た》かれる。昔は何十という字形があったというが、現在は点灯順に、如意ヶ岳《にょいがだけ》（大文字山）の「大」字、万灯籠山《まんとうろうざん》の「妙」と大黒天山《だいこくてんざん》の「法」、妙見山《みょうけんざん》の「船形」、大北山《おおきたやま》の「左大文字」、曼荼羅山《まんだらさん》の「鳥居形」の五種類となっている。焚き火で字型を描くだけなのだから、はっきり言ってしまうと、お金を払って見にくるほどの面白い景色ではあるまい。年中行事としての、伝統に支えられた感情があってこその「美しさ」なのであって、集客イベントとしてはいくらでも他によいものがあるだろう。しかし、ネオンサインの落ちた暗い街で、炎の光が揺れる様子は如何にも幻想的なのか、先祖を見送る京都市民のみならず、全国から観光客が押し寄せて、市内は一晩中混雑を呈す。

案の定、午後七時半の京阪電鉄の出町柳《でまちやなぎ》駅は、人々でごったがえしていた。駅の傍を流れる鴨川に架かる賀茂《かも》大橋は、如意ヶ岳の大文字がよく見えると評判のポイントだ。

「これじゃ、山を見ようとしているのか、人を見てるのか、判らないね」

縁は、身動きのとれない賀茂大橋を諦めて、川端《かわばた》通りに沿って少しく南下した。

左京区を流れる賀茂《かも》川と高野《たかの》川が合流し、ひとつの「鴨川」となるこの川合の地区には、たくさんの私学校が点在している。いずれも八十年を超える長い歴史と伝統を有し、その多くが、中学校から大学まで一貫した総合教育を行なっている。縁の高校も、そうした学校のひとつであった。進学率はともかく、女学校としての認可を受けたのは、数ある女子校のなかでも抜きん出て古く、京都の女子教育の先鋒をなしている。

「ここからなら、入れるわ」

縁は焼却炉の脇の、柵の手薄なところから、こっそり校内に侵入した。

「警備会社とか、入ってないの？」

恐る恐る尋ねる蒼志に、

「うちの学校、すべてをオートメーション化できるほど、お金持ちじゃないのよ」

縁は言って、北側の校舎を目指して歩いていった。

「建物のなかに侵入しない限りは、バレないよ」

北校舎は、南側に比べて古い校舎になっている。階段も、非常階段のように校舎の外についているので、そのまま昇っていけた。

「こういう入り方で女子校に入るのは、さすがに初めてだな……」

二人は、最上階にだけ、申し訳程度にとりつけられていた腰の高さほどの鉄柵を乗り越えると、北校舎の屋上にあがった。

「ここなら、誰にも邪魔されずに大文字が見られるね！」

縁は、少しだけ舌を出して笑った。なるほど、視界を遮る建物の影はなく、如意ヶ岳が間近に見える。

ほどなく、午後八時に点火される如意ヶ岳の「大」字が、暗闇に赤々と浮かびあがった。

京都は、都会にしては町家の屋根が低い。お蔭で、つい近年までは、かなりの場所で五山のすべての送り火を見ることができた。けれども今では、高い建物がどんどん増えて、大文字は急速に見えなくなっている。「妙」とか「法」とか、一文字だけでも見えればいい方だと、おじいさんが淋しげに笑って言うのを見たことがある。反対に、異常なまでに高層の、建設中のあの駅ビルなんかでは、全部の灯火が鷲掴みに眺められるんだろうなと、縁は悔しく思った。

次々と、あちこちの山から火文字が浮かびあがった。川べりからは、人々の歓声が聞こえてくる。やっぱり、すべての字を見ることはできないけれど、なかなかにここは、素敵な見物場所ではなかろうか。

「きれい……」

遠い炎を眺めながら、縁はぽつりと口にした。

「大文字見たの、初めてなの。ずっと、つまらないわりに騒々しいだけの見世物だと思いこんでいたの……」

涼しい風が、正面から穏やかに吹きつけた。もう、夏の風ではない。送り火が過ぎると、京都の暦は秋に変わる。ふと、藤原敏行《ふじわらのとしゆき》の歌が思い出された。

秋来ぬと　目にはさやかに見えねども　風の音にぞおどろかれぬる　『古今集』秋上169

闇のなかに浮かんで燃えている赤い文字は、風が吹くたびにゆらゆらと揺らめいた。儚げに天へ昇ってゆく火の粉は、昔の誰かの御魂《みたま》なのだろうか……。霞んでゆく光は、涙の向こうにぼやけた景色と綯《な》い交ぜになって、いつしか縁は、夢と現の境が判らなくなっていた。

「あの、さ……」

ふいに、蒼志が切り出した。急にこちらの世界へ引き戻された縁は、「えっ？」と蒼志の方をふり向いた。蒼志は少し俯いて、それから、

「ちょっと、相談に乗ってもらいたいことがあるんだ」

と言った。

「相談って？」

蒼志の方から悩み事を持ちかけてくるなんて、一体どうしたんだろうと、縁は思った。どちらかといえば、蒼志は自分の言動に自信が持てるタイプの人間なのだ。こんな自分に訊かなくても、一人で解決した方がよさそうなのに……。

それだけ深刻ということなのかもしれない、と縁は考えた。そして、どんなことであれ、できる限り力になりたいと思った。

「俺さ、実は……、好きな子ができちゃってさ」

勇気をふり絞るようにして、蒼志は言った。けれども、こんなことを相談するなんて、やはり恥じらいもあるのだろう、話のわりには軽い口調で言って、蒼志は照れをごまかそうとしていた。

一瞬、反応に戸惑いながらも、

「あ、そうなんだ……。クラスの人？」

縁は訊き返した。

「いや、違う……。別の学校の子」

「ふ〜ん。年は？　中学の先輩？」

「同《おな》い」

「……告白は、したの？」

黙って、蒼志は首を振った。

「何で、言わないの？」

「うまくいくか判らない。学校違うし」

「どうして？　学校くらい違ったっていいじゃない、好きなんでしょ？」

蒼志は、こくん、と頷いたが、

「みんなが言うんだ、続かないよって。学校違ったり、遠恋だと、絶対すぐに破れるんだって……」

と言った。

「だから、できたら女の子の意見を聞かせてほしいんだ」

縁は少し躊躇した。

つい先月のことだが、クラスの友人が、二年に及ぶ長い恋愛にピリオドを打った話を聞かされたばかりだった。彼氏が、この春からアメリカ留学を始めたためだった。この手の話は、「女子高」に通学している限り、四六時中、絶えることがない。

「やっぱり、会えないと、……淋しいよね？」

蒼志がつぶやいた。縁の考えを確かめるような言い方だった。縁は言った。

「だけど、……それは相手によっても変わるんじゃないかしら？　確かに、続かなくなることは多いみたいだけど、……お互いに努力すれば、きっと乗り越えられるよ。まめに連絡とるとか、休みごとに会う約束するとか」

「ホントにそう思う？」

縁は強かに頷いた。

「じゃあ、告白しても、いいのかな？」

縁は二度、頷いた。

「要は、お互いの気持ちでしょ？　それを確かめるためにも、まずは言葉にして相手に伝えてみなきゃ。このまま黙ってたら、間違いなくこれっきりだけど、……言ったら、未来が開けるかもしれないじゃない？」

縁は、蒼志を励まそうと笑った。彼のことだから、距離をきっと克服してゆけると信じて。

でも、顔をあげた蒼志は、全く笑わなかった。じっと真剣な眼差しで縁を見つめて、

「有り難う。縁さんの言うとおりにやってみるよ」

と言った。

ひとつずつ、火文字が鎮火してゆく。輪郭が崩れてゆく文字は、障子紙に湧いた紙魚《しみ》のようで、淋しくて悲しい。

「でも、……やっぱ共学はいいよね。出会いのキッカケが断然、多いもの」

多少の感慨をこめて、縁は言った。すると、蒼志は、

「電車のなかとかで会えないの？　男子校の連中とかに」

と、意外そうに尋ね返した。

「電車のなか⁉　ないない。み～んな、片手に問題集持ったまま単語テストの勉強してるか、帽子を深く被《かぶ》って居眠りしてるか、雑誌読んでるか……。全然、個性が感じられないもの。たまにカッコいい人とかもいるみたいだけど、そんなのは高嶺の花よ。どこの女子校にも親衛隊があったりしてね。……っていうより、軽薄なカンジの人が多いよね、そういう人気者って」

縁は手を振りながら、ムリムリと笑い飛ばした。実際、馴れ初めが電車のなかだという子は、クラスの数パーセントに留まっている。

「へえ……、てっきり好きな人の追っかけでもしてるのかと思ってた」

蒼志は冗談っぽく言った。

「まさか。それって、マンガの読みすぎよ。これから彼女とつきあってく誰かさんとは違って、女子高生の現実は、案外クールなものよ」

「まだつきあえるか判んないよ」

「大丈夫よ、蒼志君、まじめだもの。遠恋がコワイのも、ずっとその人とのこと、続けていきたいからでしょ？　……羨ましいなぁ、蒼志君に想われてる人って」

「そうかな？」

縁が褒《ほ》めるので、蒼志は少し照れくさそうに顎を掻いた。

「よかったら、今後の参考に、教えてくれない？　どうやって知り合ったの、その人に」

「単に、中学が一緒だったからね……。縁さんも、知ってる人だよ」

「えっ、そうなの⁉」

思わず、縁は身を乗り出した。

「訊いても、いい？」

すると、蒼志はいつになく落ち着かない様子で、

「まいったな、どうしようかな……」

と頭を掻いた。そして、二秒後、

「俺の好きな人って、縁さんだよ」

と、さらりと告げた。

「────えっ……？」

思いがけない言葉に、縁は硬直した。目の前の蒼志は、いくらか頬を紅潮させて、「だから……」

と、同じセリフを二度、口にした。

すっかり平静の眺めを取り戻した屋上で、こんなにも頬が熱いのは、もはや送り火のせいではない。

※

それから一週間ほどして、縁は蒼志に手紙を書いた。縁が即答を拒んだのには、それなりのわけがあった。

蒼志は縁にとって、いいしゃべり友達であった。英語でいえばボーイフレンドになるとはいえ、〝男の子〟であるという意識はなかった。だからこそ、交わせた会話があり、続いてきた友情なのである。出会いの年齢こそ、早や思春期にさしかかってはいたが、二人は、いわば「幼友達」のような関係にあったのだ。……そして何よりも、縁はそのことを、ずっと〝心地よい〟と感じてきたのである。

蒼志のひと言は、これからの縁に、否応なしに、彼が〝男〟であることを意識させてしまう……。これまで無意識のなかで、でも大事に思ってきた二人の友情の「かたち」が、たったひと言で俄に崩れてしまうのを、縁は恐れていた。

それから、もうひとつ。縁は早くから、自分が将来進む道を心に決めていた。それは、伯母の神社を手伝うということだった。

縁がまだよちよち歩きの頃に、木花神社の宮司をしていた伯父は亡くなった。お葬式の日に、白木のお棺にとりすがって泣いている伯母の姿を、朧気ながらも覚えている。伯母が嫁いで、三年目の夏だった。長らく闘病生活を送っていた伯父には、あとを継ぐ子供がまだいなかった。伯母は覚悟を決めて、女手ひとつで十八年間、このお社を守ってきたのである。

女性として、未亡人として、どれほど伯母が苦労を重ねて頑張ってきたのかを、縁は知っていた。祭のあとの宴会の席で、お酒の入ったおじさんが、「女の神主さんの世話になるなんて、わしらも、エライ落ちぶれたもんで」などと、伯母に厳しいセリフを浴びせるのを、何度か見かけたことがある。けれども伯母は、嫌な顔ひとつせずにしおらしく頭を下げては、「申し訳ないことで」と謝っていた。きっと内心はひどく傷つけられていたのだろうが、神社を守っていきたい一心で、おじさんたちへの理解と従順にすり替えたのだろう。

そんな伯母は、正月休みなんかで、縁や弟が神社の仕事を手伝うと、たいそう喜んだ。手伝うといっても、子供用の小さな白衣・白袴を着けて、授与所に詰めているだけだ。初穂料の計算などは大人がしてくれるから、縁たちはただ看板娘よろしく、参拝客に向かって「おめでとうさんです」と終日《ひねもす》挨拶していただけである。けれども伯母は相当嬉しいらしく、「あなたがたがいてくれると、ホントに心強いわ」といつも言っていた。

伯母としては、黄金あたりが養子に入って神社を継いでくれれば言うことないのだろうが、あの生意気でやんちゃな弟には土台無理な話である。中学にあがった頃には、年始の忙しい日にさえ、神社を手伝いに来なくなった。父母は来てくれるのだが、あの放蕩息子ならぬドラ弟は、一晩中悪友達と街をほっつき歩いて、家にも帰ってこない。そんなわけで、伯母への同情と社家の親類であるという責任感から、縁は自然に「できる限り自分が、伯母の神社を手伝っていこう」と心を固めていたのだ。

もっとも、さすがに縁は、女子神職になろうとまでは思わなかった。あの意気荒々しい夜祭を斎行するだけの器量と肝っ玉の太さは、到底自分には期待できない。この一点こそ、縁が伯母を最も尊敬するところである。それゆえ縁は、自分は「仕女」になるものと思っていた。事実、もしあのとき薫が奉職してこなければ、縁は今でも仕女をしていたはずだ。

どうすれば、友情を守れるだろうか。どうすれば、自分の立場を理解してもらえるのだろうか。縁は迷いに迷った挙句、「私には叶えたい夢があります。だから蒼志君とは、ずっといい友達でいたいのです」という内容を便箋に認《したた》めた。どっちつかずの、宙ぶらりんな内容だった。けれども、当時の縁としては、偽らざる本心であった。

※

それから、半年が過ぎた。あれっきり、二人の連絡は途絶えていた。縁の送った文面を、蒼志は〝NO〟と読み解いたのかもしれない。

二学期の期末試験も終わった土曜日の放課後、縁は学校の友達と、昼食を兼ねたショッピングに街へ繰り出した。京都一の繁華街である河原町《かわらまち》界隈のデパートは、歳末の大売出しで、どこもすさまじく混み合っていた。怒濤のようなレジ合戦をくぐり抜けて、買い物を済ませると、あっという間に日暮れの気配である。友人と別れると、どっと疲れが押し寄せてきて、四条大橋の上で、縁は立ち止まってしまった。

後ろからやって来た人々が、次々と縁を追い越してゆく。誰もが忙《せわ》しない足取りで、脇目もふらずに通りすぎていく。こんなに大勢の人が、世の中にいるなんて。……みんなどこからやって来て、どこへ帰ってゆくのだろう。

ぼやけた夕陽が、鈍色《にびいろ》の雲間に沈んでいく。傍らには、托鉢の僧侶が、やはり無言で佇《たたず》んでいる。喧騒に包まれた橋の真ん中で、ただ二人きり、世間からとり残されたように「静寂」を守っている。

混雑した駅に入ってしまう前に、心を冷ましたくて、縁は夕焼けが空に滲んで消えてゆくのを、じっと見つめていた。北風が、比叡山から街へ吹きおろしてくる。

ふわり……、粉雪が舞い落ちた。今年最初の風花だ。手で捕まえようとすると、雪は指のあいだをすり抜けて、川のなかへ落ちていった。

広く整備された川原では、冷たい石の上にしゃがみこんでいた若い人々が、「雪だ」「雪だ」と、口々にはしゃいでいた。縁は上から、その様子をぼやっと眺めていた。

「恨めしそうに、何眺めてるの？」

急に声をかけられてふり向くと、蒼志だった。

「雪……」

縁は答えて、今度こそと、今しがた目の前におりてきた雪片を掴もうとした。雪は、ふわりと縁の追及を逃れて、河水に融けていった。蒼志は笑った。

「相変わらず……」

「トロくさくって、悪かったですよーだ！」

悔しそうに縁は、自分で続けた。

「むやみに追いかけるから、逃げちゃうんだよ。こーゆーのはね、却って……」

蒼志は言って、縁の前で、そっと掌を開いた。しばらくすると、雪が、まるで判っていたかのように、蒼志の手の上に降り積もった。

「おとなしく、待ってた方がうまくいくんだよ」

折から、もうひとかけらの雪が、溶けた粒のすぐ隣に降りてきた。氷粒は、透きとおったかと思うと、ほどなく水になって混ざった。蒼志の指は、長かった。

「ご無沙汰しちゃってたね。元気にしてた？」

縁は訊いた。

「うん、まぁ……。縁さんは、買い物？」

「マフラーと足袋《たび》、買ってきたの」

縁はデパートの袋を振ってみせた。

「足袋って？　何に使うの？」

怪訝そうに蒼志が尋ねた。

「お正月に、伯母さんの神社を手伝うの。そのとき着物、着るから。……前に、手紙に書いたでしょ、仕女さんになりたいって」

「ああ」

「ごめんね、蒼志君、せっかく言ってくれたのに。私、嬉しかったのよ、とっても。……でも、どうしても仕女さんになりたいから……」

縁は俯いた。あたりは夕闇が迫り、店々に点《とも》されたネオンライトの灯《あか》りが、鴨川の水面に反射していた。

「蒼志君は、どうしてここに？　公立は土曜日って、お休みじゃなかったっけ？」

縁の高校は私学なので、まだ週休二日制を導入していない。中学の頃には月一回、休みの日があっただけに、ちょっと損をしたような気分にもなる。

「俺はバイト」

「バイト？　こんな遠くで？」

蒼志の家からだと、電車で小一時間はかかる。と、蒼志は、また急なことを言った。

「十月で、学校、辞めちゃったから」

「それ、ホントに……？」

「家で、いろいろゴタゴタがあってさ。とりあえず今は、生活費の足しになればと思って働いてるんだけど……。やっぱり、伏見より街中の方が、ずっと実入りがいいからね」

何だか大変そうだな……と、縁は思った。ちょっと会わないうちに、蒼志は大きな問題にぶち当たっている。

「バイトって、……今から？」

縁は、恐る恐る訊いた。

「うん……」

蒼志は頷いた。「頑張ってね」と、縁は声をかけた。

「有り難う」

じゃ、と短い挨拶を残して、二人は橋の上で別れた。

縁は、どこで働いているの？　などとは、敢えて訊かなかった。そんなことは、どうでもよかった。

それよりも、自分が安逸を貪《むさぼ》っているあいだに、あれだけ親《ちか》しい距離にいたはずの蒼志が、自分の知らないところで苦しんでいたことが辛かった。気づいてあげられず、何もしてあげられなかったことが、縁には悔しくて堪らなかった。

あの手紙は、〝NO〟という意味では、なかったのに……。

自分が交際を断ったことは、蒼志との関係すべてを否定する意図からではない。蒼志の方から相談ごとや愚痴を持ちこんでくることまで、縁は拒んではいないのだ。だが、蒼志としては縁に「遠慮」を感じていたのだろう。うち明けてもくれなかったのである。そういう余計な気遣いをさせていたことに、縁は言葉にできない悲しみを覚えた。

ずっと〝いい友達〟でいたかった。

蒼志は、縁にとって、信頼できる唯一の男友達だった。縁が、怖がらなくていい、たった一人の男性だったのだ。二人のあいだにある、何気ない〝温度〟を、失いたくなかった。暑くもなく寒くもなく、見落としそうだけど確かにある……、このままであり続けたかっただけなのに。

今。そのことを、二人の夢が、願いが、状況が……、許さなくなっていた。二人のあり方は、もはや崩れてゆくしかない……、否、進んで壊してゆくしかないのだ。

「私は仕女、そしてあなたは……」

離れてっちゃう。遠くなっちゃう。こんなに近くにいたのに、どんどん、お互いに手の届かない世界へ……！

縁は、布団のなかに顔を埋めて泣いた。大切にしたい、ただそれだけだったのに。いつのまにか自分は、何かを通り越して、とり返しのつかないところへ来てしまっていた。

夜もすがら、声を押し殺して縁は泣いた。泣くことだけが、縁にできるたったひとつの〝償い〟だった。

※

――姉ちゃんは、自分の高二のときのこと、後悔してないんだ――

後悔はしてる。けれど今、自分はこうして、木花神社にお仕えしている。仕女ではないが、仕女に負けない気構えは要る。仕女になるための「責任」、仕女としての「自覚」……。あのとき自分には、それを択ぶことが、使命を全うするための第一条件だったのだ。

「後悔してるよ。でも、仕方がなかったんだもの……」

弟への答えとして、縁は一人つぶやいた。

第四章　魂《まぶい》ぬ涙《なだ》

月休五日に、年休十日。神社界の一般的な休暇の日数である。もっとも自家が神社の場合には、いつ飛び入りの参拝があるか判らないので、「年がら年中」年中無休、二十四時間営業を行なっているようなものではある。

縁の場合は、冒頭の平均的な値を、一応保証してもらっている。朝七時半に出社、五時半に退社して、月におよそ十枚そこそこの福沢さんを戴いている。そこからお役所に天引きされていくので、手取りはお世辞にも多いとはいえない。なけなしの「奉仕料」から通勤定期代を支払うと、もうほとんど残っていないようなものだ。

それでも、縁の場合は実家通いだから、まだよい。下宿をしている知人の話では、家賃を支払うと手元に残るのは毎月二万円ポッキリだとか。男性の神職でも、縁よりも厳しい状況にある人もいると聞く。皆が皆ではないにしろ、さすがに「信心」の世界。よほどの覚悟と気概がなければ、とても務まらない。

神社が暇になるお盆に、縁は三日ばかりの夏期休暇を戴いた。溜まっていた片づけ物をしたり、汚れた白衣・白袴を洗濯したりしているうちに、あっけなく休みは終わってしまった。

今日は八月二十二日。恐れていた支部の旅行の日である。

「お早うございます」

京都駅に八時に行くと、顔なじみの神職が「お早う、よう来たね」と返してくれた。総勢十四名の北山城地区の神職一行は、一路南紀・熊野路を目指して出発した。

※

俗に熊野三山と呼ばれるように、熊野の信仰には、中心となる三つの聖地がある。ひとつは、和歌山県東牟婁郡那智勝浦町で、「那智の滝」で知られる熊野那智大社《くまのなち》がある。ここには、西国三十三所の第一番札所にあたる青岸渡寺《せいがんと》もあり、熊野詣のみならず観音巡礼の遍路も、また一般の観光客も参詣するため、大変な賑わいである。次に、東牟婁郡の本宮町。ここには、熊野本宮《くまのほんぐう》大社がある。霧霞む奥深い山間に鎮まる斎《いつき》の庭の静けさは、太古の杜の息吹を感じさせてくれる。そして、和歌山県の南東端に位置する新宮市。ここには、熊野速玉《くまのはやたま》大社が鎮座している。

一行は本宮・新宮と首尾よく参拝を終え、残す那智一社は、明日帰りがけに参拝することになっていた。夜の宴会を控えて、こっそり宿を抜け出した縁は、新宮の町をふらふらと一人、あてもなく彷徨《さまよ》った。

いつしか縁は、町外れの高台に来ていた。大地の涯《はて》かと思えるその突端には、学校だろうか、校舎らしき建造物が建っているのが見える。その先は、一気に下り坂になっていて、海がすぐそこまで迫っていた。

道なりに、縁は坂を下った。防砂林となっているちょっとした繁みをかき分けていくと、角のとれた丸い石の転がる広い浜辺に出た。浜は一直線に空と海を区切り、どこまでもまっすぐに広がっていた。

「ここは……」

あまりの壮観さに、縁はわけもなく、身震いした。昔テレビで見た、神倉《かんのくら》神社のお燈《とう》祭にあたって、上《あが》り子《こ》たちが禊をする浜が、ここなのかもしれない。

縁は、波打ち際まで進んでいった。この浜にはウミガメが産卵に来ると、繁みの傍の立て札に書いてあった。万が一、卵を踏みつけでもしたら困るなと、自然、足取りが慎重になる。

ゆっくりゆっくり、汀《みぎわ》まで近寄っていったとき、縁はふいに、甲高い女の悲鳴を背後に聞いた。

何事かと、急いで後ろを振り向くと、繁みの手前の魚小屋《なごや》のような小さな掘っ立て小屋の前で、一人の女性が喚《わめ》いていた。

年の頃は、縁の母親より少し若いくらいだろうか。年に似合わぬ、丈の長い朱紫のワンピースを纏っている。女は、誰もいない浜辺をやたらに走り回っては、何事かを大声で、目に見えぬ何者かに向かって訴えかけていた。ときに、いきなり地面にしゃがみこみ、悔しそうに拳を大地に叩きつけながら、乱《わわ》け裂かれた頭を激しく掻き毟《むし》り、地団駄を踏んでは泣き叫んでいた。

「どうしよう……」

縁は怖くなって、戸惑った。女は、ドレスの裾が石に引っかかり破けても、手から血潮が飛び散っても、全くかまいもしないで自らを痛め続けている。

確かに、今日は異常なほどに暑かった。ここに吹いている風も、さすがに南紀州だけあって、生温く湿っぽい。思わず頭がぼーっとして、気がおかしくなっても、無理がないように思われる。

そのうちに、ふと、女が静かになった。じっと、こちらの方を眺めて、佇んでいる。気づかれちゃったかな、それとも海を見ているのかな……。縁は警戒しながら、彼女の様子を見守っていた。

すると、女は急に、気でも失うかのように、浜辺に倒れこんだ。縁はびっくりして、ともかくも彼女のところに駆け寄った。

「もしもし、大丈夫ですか！」

二、三度、声をかけて軽く揺さぶると、彼女はうっすらと目を開いた。一瞬、鬼のように鋭い眼光が、縁を捕らえた。縁は怖ろしく思って、思わず息を呑んだが、直後に縁の存在を認識したのだろう、女の瞳は穏やかな丸い形に変わった。

「あの……、大丈夫ですか？」

再度、縁が声をかけると、女性はゆっくりと身を起こした。

「ここは……、王子ヶ浜ね」

あたりを見回しながら、女性はつぶやいた。現状を、確かめているような口ぶりだった。そして、ひと通り把握ができたのか、女性は縁に言った。

「ごめんなさいね。びっくりしたでしょう？」

縁は微かに首を振った。女性は、はだけた裾を丁寧に伸ばして笑った。

「無理なさらなくてよろしいのよ。こんなの、女性がする恰好じゃないものね……」

「あの、お怪我は大丈夫ですか？」

縁は滴《したた》り落ちる赤い血を指差して訊いた。

「ええ。いつものことだから、平気なのよ」

女性は明るく笑った。

「でも……」

「あたくしね、ときどき急に、自分が抑えきれなくなることがあるのよ。普段はね、こうやってあなたと今お話ししているように普通にしていられるんだけど。……おかしいって、自分でもはっきり判っているのに、別な自分が勝手に現れて、ああやって何かを訴えようとするのね」

「……」

「気が触れるって言うのかしらね。ホントに、びっくりさせてごめんなさいね」

女性は謝った。素直に謝られたことで、縁は却って当惑し、

「私は、……別にいいんです。仕事で、いろんな方とお逢いしますから」

と言った。

「あら、そう。それはよかった。あたくし、びっくりさせすぎて、警察でも呼ばれたらどうしようかと思ってたわ」

女性はホッとした顔つきで、胸を撫でおろした。そして、

「お仕事って、何をなさっているの？」

と訊いた。あ……と、縁は少し戸惑った。

「神社なんです」

まぁ！　と女性は驚きの声をあげた。

「神社って、仕女さんか何かですの？」

「いいえ……。ただの事務職です。お手伝いさんみたいなものです」

「あらそう。でも、いいわね、素敵なお仕事ね」

女性は言った。短いセリフだが、お世辞ではなく、本心のようであった。そのせいだろうか、縁は少し、前向きな気持ちで自分の職業を捉えることができるような気がした。

「どちらの神社なの？　新宮の方《かた》？」

女性は人懐っこく問いかけてきた。縁の警戒心が、徐々に解かれてゆく。

「京都です。今日も神社の都合で、熊野まで来たんです」

京都、という言葉を口にすると、女性は一層興味を抱いて、縁に問いかけてきた。

「京都！　懐かしいわ、あたくしも以前、住んでたことがありますのよ。……有名なお社？　それとも熊野神社のご関係なのかしら」

「いいえ。……家は京都なんですけど、神社は宇治市って言って、隣の市になるんです」

「あら宇治！」

女性は大きな声でくりかえした。

「あたくし、伏見区でしたから、よく判ります。木花神社のあるところですよね？」

縁は、女性が自分の奉務神社の名前を口にしたものだから驚いた。

「……ホントに、よくご存知なんですね。その木花神社なんです」

縁は遂にうち明けた。女性は、大きくかぶりを振って頷いた。

「あなたのお宮には、本当にお世話になりましたわ……。ほら、有名な暗闇祭、あれにはよく出かけましたし。そういえば、息子ができたときにも、ご祈禱していただきましたのよ。確か、禰《ね》宜《ぎ》さんが女性の方で……、意外でしたけど、同じ女性《おんな》同士、嬉しかったのを覚えています」

「それ、私の伯母です。伯父が病気で斎主を務められないので、ずっと伯母がお祓いをしてたんです」

女性の言葉が、縁には嬉しかった。この話を聞いたら、きっと伯母も喜ぶだろう。

「そうでしたの……。京都ねぇ」

女性はしみじみとつぶやいた。京都にいた頃のことを、懐かしんでいるようだった。

※

日がすっかり暮れた空には、北斗七星が大きく輝いている。女性の家は、この付近にあるらしかった。しかし、今夜は病院に帰らなければならないと言う。道筋が途中まで同じなので、縁は女性を送り届けることにした。

あらかじめ近くの公衆電話から旅館に電話をかけ、事情を話しておいた。知人の神職は、そういうことなら、先に宴会で盛りあがってるから気にしなくていいよと、快く（？）承諾してくれた。

新宮の町は、思ったより明かりが少ない。ずっと海風に晒《さら》されているのだろう、道端に乗り捨てられた自転車が、すっかり錆《さ》びついている。熊野灘に面して、その身を投げ出すように広がるこの町は、海から押し寄せる波と風に、常に侵され続ける運命を背負っている。

「あなた、今おいくつ?」

歩きながら、女性が尋ねた。

「ちょうど、二十歳なんです」

遠慮がちに答えると、女性は意外そうな顔をした。

「そうなの? ごめんなさい、あたくしもっとお若いのかと思ってたわ」

「いつも、高校生に間違われるんです」

縁は笑った。

「でも、若く見えるって素敵なことよ。あたくしも、気持ちだけはずっと二十代のつもりでしたけど、いつのまにか四十七になっていたわ……」

女性は、くすりと自嘲的に笑った。

「仕方ないわね。あのときお祓いしてもらった息子も、ちょうどあなたと同じ齢になっちゃってるんですものね。時間の過ぎるのって、残酷なものよね」

「そうかもしれませんね……」

背中を押すように、海からの風が吹きつけてくる。女性の破れたスカートが、風に揺れていた。長いパーマネントの髪が巻きあげられて、彼女は手で髪を耳にかけた。

きれいな人なんだ、本当は……。

縁は思った。腕は細く、ガリガリに痩《や》せていたし、真っ白な肌は闇に浮かんで、髑髏《どくろ》的でさえあったが、それは彼女の本来の容姿ではない。精神を病みさえしていなければ、きっと彼女は美しい人であったはずだ。

そして、縁は考えた。彼女が、こんなにまで自分を傷つけるほど、思い詰めたことは何なのだろう。どうして彼女は、自分を失うほど、苦しまねばならないのだろう。何が、彼女を追い詰めているのか……。彼女の過去に、人生のなかに、原因となる何かが潜んでいるのだろうか……。

「帰りたくないわ……」

ふいに女性がつぶやいた。

「病院ってね、淋しいところよ。お医者さんや看護婦さんはいるけれど、患者はみぃんな一人ぼっち。一人っきりで、病気と闘っているのよ」

「誰か、お見舞いとか、来てくれないんですか？」

「たまにはね、顔を見せてくれる家族のいる人もあるわ。だけど、判るのよ。歓迎されてないってことは。……みんな、患者のことが負担なのね。またいつ発狂するかしれない、そんな奴は家庭の恥だって思われてること、患者にはバレちゃってるのよ。……淋しいわ」

女性の顔には、孤独の影が浮かんでいた。

「あたくし、一人ぼっちなのよ」

女性は淋しげに微笑んだ。縁は見ていて、痛々しかった。

「息子さん、来ないんですか？」

女性は首を振った。

「あの子は今も京都にいるわ。夫もよ。……あたくしだけ、帰ってきちゃったの」

「あの、失礼ですけど、……離婚なさったんですか？」

慎重に、縁は問うてみた。

「いいえ、……まだよ。でも、時間の問題でしょうね。夫は仕事一筋の人でね、あたくしが病気になったことで、仕事に水を注されるのが迷惑みたいなのよ。あたくしも邪魔したいわけじゃないんだけれどね。息子は息子で、彼女ができてからは、滅多に家にも寄りつかなくなって……。どこで何をしてるのだか、あたくしのことなんて、すっかり忘れてしまったみたいね」

何だかどこかの家に似ていると、縁は歯がゆかった。と、女性が言った。

「あたくしね、あなたのような二十歳に出会えて、ちょっとホッとしたのよ」

「どうして、ですか？」

「あなた、落ち着いてらしてるもの。……息子もね、中学の頃まではまともに生きてたみたいなんだけれど、十七、八の頃からグレ始めましてね。学校は行かない、夜遊びはする、家に連れてくる女の子は、毛の紅い、派手な服装の子ばかりで……、あたくしの育て方が間違ってたのかしら？」

「うちの弟も、似たような感じです……」

慰めにもならぬことながら、縁は言った。

「ホントに、近頃の若い子って、どうしてそうなのかしらね。昔はもっと、まじめにコツコツ頑張ってる子がたくさんいたような気がするのにね。……今の子は、努力しないで、何でも手軽に、大きな利益を得られる方法ばかりを探し歩いてるように思えるわ。美味しいところだけつまみ喰いして、あとは投げ捨ててておしまい、みたいな。それが当たり前になっちゃってるのね」

女性は溜息をついた。

「見舞いに来ないのなんてかまわないけれど、息子には、もう少し落ち着いた人生を送ってほしいの。あたくしのような病人が言ったって、お笑いになるかもしれないけれど。……同棲なんて、ホントはやめてほしいのだけれど、せめて、女の子を平気で泣かすような男にだけはならないでほしいわ。それから、いくら儲けがあるといっても、キタナイ仕事にはやっぱり就いてほしくない。いつも、悪いことに手を染めてないかって、心配で……」

縁は女性を見つめた。女性の顔は、いつしか〝母親〟のそれになっていた。

「どうして、人は変わっていっちゃうのかしらね。優しい子だと、思っていたのにね……」

女性は淋しく言い放って、「ここでいいわ」と縁を留めた。

「もう今日は、一人でも大丈夫よ。あなたが聞いてくださったから、だいぶ落ち着いたわ」

縁が宿をとっている旅館の傍で、女性はもう一度、縁に礼を述べた。

「有り難う、お蔭でまた、淋しさと闘えそうよ」

「ホントに、大丈夫ですか？」

縁が念を押すと、女性は頷いた。

「ええ。……最後に、あなたのお名前、伺ってもかまわないかしら？　病気と闘うための、お呪《まじな》いにしたいの」

彼女の言葉に、縁は快く承知した。早く治る日が、来ることを祈って……。

「山蕗縁といいます。山吹の葉の緑色——ゆかりのように爽やかな人になりなさいって、祖父がつけてくれたそうです」

縁が名告《なの》ると、女性は一瞬驚いたような顔をしたが、やがて微笑んで、そして言った。

「そう……。ホントにいいお名前ね。どうかあなたは、ずっとそのままで……、爽やかで落ち着いた人でいらしてくださいね」

言い聞かせるように告げて、彼女は身を翻した。

不思議な人だ……、と縁は思った。でも、逢えてよかった。なぜだかそんな気がしていた。

小さくなる、その痩せこけた薄い肩を眺めていると、向こうから懐中電灯の光が近づいてくるのが見えた。

「キョウコさん！　どれだけ探したと思ってるんですか!!　早く病室に戻ってください！」

迎えに来た看護婦のようだった。

彼女はまた、淋しい世界へ、一人戻ってゆくのだろう。でも、それはきっと、闘うために……。

※

縁が戻ると、神職たちはすっかり出来上がって、畳の上で寝入っている者もいた。縁がいないことなど、もはや誰も気にしていなかった。これを幸いに、縁は早々に布団に入った。

次の日、勝浦を出たのは、もはや四時を廻っていた。次第に暮れてゆく太平洋を眺めながら、縁は夕べの女性のことを思い出していた。

彼女は、賢い人なのだろう。精神的におかしい、などという言い方をすると、何だか平静を欠いていて分別が足りないように感じられるけれど、実際には自分なんかよりずっと知性的だし、周囲への視野も広い。寧ろ、物事の道理を慮り、深く真理を追究すればこそ、彼女の迷いは生まれたと考えるべきなのだ。

彼女はきっと、「サーダカさん」なのだ、と縁は考えた。

よく、大は小を兼ねるとはいうけれど、足りないことが、必ずしも不利益とは限らない。持ちすぎることもまた、不便を招く。

彼女の場合、必要以上に神経が〝繊細〟で、研ぎ澄まされた「感受性」を持っていたために、現実社会のトラブルによって惹起された精神的不安定を、自分でコントロールしきれなくなったのではなかろうか……。湧き起こってくる「不安」を封じこめようと、彼女は智慧を絞り考え続けたけれど、却って理屈では超えられぬ壁を鮮明に浮き彫りにするばかりで、どんどん自分で自分を追い詰めてしまったのだろう。

……あの痛ましいまでの自虐行為は、繊細な感受性が抉《えぐ》り出した彼女の内なる本心と、それを制御しようとする叡智との葛藤、……あるいはそうした理屈をも超えた、彼女の〝生きたい〟という純粋な「本能」の激白だったのかもしれない。

サーダカウマリ（性高生まれ）とは、こうした高い感受性を持つ人のことをいう。世間的な価値基準では計りきれない、深遠な感性を有しているため、彼らはときに、奇異な言動をとることがある。

これを「狂気」と呼び、彼らを忌避することは容易《たやす》い。しかし、彼らの真に訴えんとすることを理解するのは、相当に困難な業である。だが、彼らの真意を汲みとることは、決して、ひとり心理学者や精神科医の独占するところであってはならないのだ。

古来、彼らは、より「神に近い人々」と考えられてきた。一般の人々では見落としてしまいがちな些細なことにも、彼らなら気づくことができるためであろう。

彼らは、生まれつきセンシティブなだけではなく、人生上の何らかの心理的動揺をキッカケとして、さらなる精神的危機に陥ってゆく。そこで、真に「神に近い者」であるか否か、試されるのだという。

この「物狂い」の時点が、名実ともに一番危険で、その試練を克服できずに、生命を落とす者もかなりある。現代人は、事故といい、自殺と呼ぶかもしれないが、こうした精神障害を、沖縄では今も「カミダーリ（神障り）」と称して、病院へ追いやるような通常の不健康状態とは区別している。

カミダーリは、人の世界から神の世界への、まさに登竜門であり、この試練を乗り越えた者だけが、神に仕え、神の意思を伝えることができるとされてきたのである。

サーダカウマリであるということが、即ちカミダーリを経るということではないまでも、試練に直面する可能性は充分にある。事実、多く彼らはナーバスで、ヒステリーを起こしやすいという性質を持っている。周囲の人間が、どれだけ彼らに理解を示し、調和し、協力できるのか。サーダカに生まれた彼らが、自己の厳しい性質を受け容れ超克してゆく上で、最も影響を及ぼす重要な分かれ目であろう。

「あの人の方が、本来はずっと、仕女さんにふさわしいんだ……」

縁はつぶやいた。

サーダカであるということは、神に仕える「素質」があるということだ。神職にせよ仕女にせよ、本質的には神に親しい存在たりえねばならないのだから、今の自分では、実際ほとんど意味がないのである。もっと心身ともに清らかでなくてはならないし、神さまと人との〝かけ橋〟として、人間社会のこと同様、神さまにも心が通じていなくてはならない。

少なくとも、電車のなかで一升瓶を空けて騒いでいる現任神職のなかに、鑑とするにふさわしいといえる人間は、お世辞にもいなさそうだった。

「一体、神さまに仕えるって、どんなことなんだろう……?」

縁はつらつら思った。

毎日一分の隙もなく、徹底して神さまに承従している薫ちゃんは、ある意味で仕女の亀鑑《てほん》といえる。しかしそれは、神明に奉仕するということを、「神さまへのお仕え」だけに絞る限りでは、という条件がつく。薫ちゃんの場合、仕女である自分から「神さまへ」傾ける気持ちに関しては、おいそれと及ぶ者がないほど完璧である。けれども、仕女である自分を挟んで「人々へ」注ぐ気持ちについては、ちょっと冷淡すぎるきらいがある。

神職のことを、一名「仲執持《なかとりもち》」と称する。神明に奉仕するということは、人が神を敬い祈る、その心を神に届けるばかりでなく、神が人を想う、その意を人々へ伝えることでもある。人の世界と神の世界を自由に往き来して、そのあいだをとり持ってこその神職なのだ。その意味では、サーダカさんに適性を求めた古代の人々の感覚は、実情に合っているといえよう。

自分はこれまで、神仕えの身として、どれほど神と人とのあいだをとり持ってこられただろう。そしてこれから、自分はどれほど親身になって、神に人に、ご奉仕できるだろう。

「はぁー。遠い道のりだわ……」

縁は長い溜息をついた。

甘い若夏の風が吹く　煌めき揺れる芽生えの緑
紅い水晶色の太陽　ざわめき靡《なび》くウージの谷間
金の波は果てなく続き　永久にめぐる想い出と涙《なだ》
誓いは古き島の伝え　遠い潮に消えた星の砂

淡いうりずんはやがて去り　儚く熟れた撓《たわわ》なゴーヤー
蒼い水晶色の満月　静かに啼いた草葉の守宮《やもり》
銀の波は果てなく包み　永久にめぐる想い出と涙
誓いは古き島の伝え　遠い汐に消えた子守唄《くむいうた》
『魂《まぶい》ぬ涙《なだ》』
Tears of a Spiritual Love
いつしか縁は、昔聴いた歌を口ずさんでいた。
ふと、縁は考えた。昨日、彼女が零した紅の血は、彼女の御魂が流した涙だったのかもしれない、と。
列車は紀勢本線から阪和線に入った。車窓に飛びこんでくる灯火の数が、各段に増え出した。
「縁ちゃん、一人で退屈してない？」
茹でダコのように真っ赤な顔をして、隣町の神社の宮司が声をかけてきた。
「大丈夫、お気になさらずに……」
縁が手を振ると、「そーかい、悪いねぇ」と、千鳥足の宮司は別の座席のところへヨタヨタと歩いていった。一緒に飲め、と言われなくてよかったと、縁は内心ホッとした。

街が近づいてくる。同じ和歌山県内とはいえ、新宮のある熊野灘側と瀬戸内沿岸では、全然感じが違う。気候も町並みも、かなり異なっている。天気予報の画面では、関西地方としてひとしなみに扱われる熊野だけれど、京都からは驚くほど遠く離れた異郷の地だ。「蟻の熊野詣」という言葉があるが、自分なら、三度《みたび》はおろか一度だって這這《ほうぼう》の態である。

そんな遠いところから、わざわざ京都に嫁いでくるのもさることながら、そんな遠いところで、地元伏見にゆかりのある人物によくも自分は出会ったものだ……と、縁はつくづく感心した。

と、そのとき。

「あの人、確か〝キョウコさん〟って、言ったよね……?」

別れ際に聞こえた看護婦の声が、耳の奥に甦る。間違いなく、キョウコさんだったはずだ。

「あれっ、確か、あの人も〝キョウコさん〟だったような気が……」

縁は古い記憶をたどりながら、懸命に何かを思い出そうとした。

中学のときの学級連絡網。電話をかけるたび、番号を確かめていた、一枚きりの住所録。あそこには、生徒の氏名と住所、電話番号に加えて、保護者の氏名が載せられていた。

何度もかけた、あの電話番号。

「ああ……、そうだったんだ」

縁は頭を抱えこんだ。これで、彼女が話したことの内容も、縁が名告ったとき、一瞬驚いた表情をしたわけも、縁にはしみじみと納得がついた。

桜井杏子《きょうこ》。夕べの女性こそ、蒼志の母親だったのだ。

※

「美味しかったわよ、那智黒のかりんと」

明日の月次祭《つきなみさい》の準備をしていると、静香が台所に入ってきた。

「それはよかったです」

縁は、昆布の干物を木綿《ゆう》の切れっぱしで括りつけながら返事した。

「何か、手伝おうか？」

静香は、流し元の野菜を摑みあげた。

「有り難うございます。でも……」

くすり、と縁が笑った。と、静香が縁の脇を肘で突いた。

「今、珍しいな、とか思ったんでしょう⁉　何よぅ、たまにはいいじゃないの！」

そう言って、静香は野菜を三方の上に載せていった。縁は「九月の雪って、おつなものですね」と懲りずに笑い、魚用の三方の上に、カニの缶詰を三つばかり載せた。

「あっ、ちょっと待って！」

静香が、縁の手を制止した。

「そこ、空けといてくれない？　あたし明日、鯛の尾頭付を持ってくるから」

「えっ？」

急な申し出に、縁は心底驚いた。普段何かとケチな先輩が、一体どういう風の吹き回しだろう。

「尾頭付って、……ホントに明日、雪、降っちゃいますよ」

縁がからかうと、静香は、意外にもまじめな声で言った。

「明日であたし、最後の月次祭なのよ」

縁は、はっとして手を止めた。そうだった、静香は九月晦日《みそか》を最後に、神社を辞めるのだ。

「明日で、もう五十四回目。月次祭なんて、毎月毎月お朔日《ついたち》には必ずやるものだから、別に新鮮でも何でもなかったけど、……やっぱり最後だと思うと、何だか特別な祭のような気がしてくるから変よね」

静香は、次々と野菜を三方に載せていった。

白菜、人参、茄子、胡瓜、さつま芋……。ひとつの三方にぎっしりと隙間なく、落ちないように、それでいて美しくもあるように。三方への神饌《しんせん》の盛付けが上手にできるということは、それだけその人が長く神明に奉仕してきたことの証明でもある。

「……ごめんなさい」

縁は謝った。静香の気持ちにも気づかず、冗談を言ったことがいたたまれなかった。

「なに、しおらしいこと言ってんのよ。今まで、あんたがあたしの秘密、ずっと隠してきてくれたこと、感謝してんのよ。薫ちゃんとのことだって、……あの子が悪いわけじゃないけど、あんたがいなかったら、あたしとっくに辞表提出しちゃってるわよ。……ほれ、お剣先」

笑いながら言って、静香は縁に、スルメを渡した。縁は、剣先用の半紙を折った。見ていた静香が、ふと零した。

「あんたも上達したわね……」

くるくると、剣先イカがきれいに半紙のなかに包みこまれてゆく。

「先輩のご指導のお蔭です」

「そうねぇ。かなり、シゴいたもんねぇ……」

感慨深げに、静香は言った。〝出るとこ出して、要らんとこ引っこめて〟と、何度も言われながら、半紙を折り続けたことを、縁も思い出していた。

「剣先は神さまのお姿写しなんだから、特に麗しく仕上げなさい。……先輩の教えのなかで、一番印象に残っている言葉です」

縁は、白い半紙の装束を纏った剣先イカを、三方の正面からはっきり見えるように盛付けた。

「嬉しいよ、そんなふうに後輩に言ってもらえると。……って、あたしも先輩の受け売りなんだけどね」

静香はぺろっと、舌を出した。大方、伝統なんてこんなふうにして受け継がれてゆくものなのだろう。

「でもホントに、あんたには期待してるよ」

ふいに静香が言った。

「薫ちゃんもすごく頑張ってるけど、あの子だけじゃきっと、これからの木花神社は保《も》ってかないと思う。宮司さんも素晴らしい方だとは思うけど、社会はどんどん変わってっちゃうしね……。何もしなくても人々が神社を尊敬してくれる時代はもう終わったし、経営方針にしても祭の運営にしても、これからは神社の方から、もっと世間に働きかけていかなきゃならないわけだしね。トラブルも増えるだろうしなぁ」

「そうですね……」

そのことは、縁も不安に感じていた。かつて神社は、その地域社会になくてはならない、重要な生活機構のひとつだった。しかし、日常の様々な部分で、価値基準や生活様式の変化が生じた現代、神社は社会から「必要」とされ続けることができるのだろうか……。

「だから、あんたには頑張ってもらわないと！　二十一世紀の木花神社の命運は、あんたの両肩にかかってんだから」

静香は、ぱんっと、勢いよく縁の肩を叩いた。

「頑張ります。……でも、そんな自信ないです」

先輩の命令として快く引き受けたい反面、縁は正直に答えた。静香は、頼りない後輩に向かって言った。

「まぁ、あんたのことだから、急に全部は無理よね。まずは、気概を持つところから始めなさい。いい？　気概よ、気概！　これがないと、隙作っちゃって、思わぬ問題に巻きこまれちゃったりするんだからね‼」

「気概、ですか……？」

「そうよ。あんた、ドン臭いんだから、しっかり兜の緒を締めてかからなきゃダメよ。あとはじっくり時間をかければ、だんだんできるようになるわよ。……あんなに苦手だったお剣先も、今じゃ立派なもんじゃない」

静香は、三方の上の剣先を指差した。本当はただのスルメなのに、飾りつけたそれは、なるほど白衣を纏った立派なご神影である。

「神社守る場合だけじゃないのよ。気概って、人生で一番大事なことなんだから！　あんたはその点で、薫ちゃんに負けちゃってるのよ。あの子の尋常じゃない〝思いこみ〟の境地にまで到達しろとは言わないけど、もうちょっと自分に〝ずぶとく〟なりなさい。ホント隙だらけで、心配になっちゃう」

「頑張ります……」

俯いて答えると、静香が「だから、もう！」と大きな声を出した。

「あんたには期待してんだけど、そういうとこが心配なの！　素直で丁寧なのは判るんだけど、イイ子になりすぎちゃうのよね。……あんた、いつだったかも、馬鹿なマネしてたでしょ？」

「馬鹿なマネって、何ですか？」

「あの例祭の晩よ‼　あんた、あのお水のカップルに、縁結びのお守り渡してたでしょ⁉」

静香が、ずいっと寄った。目が真剣で、縁は思わず視線を逸《そ》らした。

「いけないことなんですか……？」

縁の呑気なセリフに、静香は激昂して怒鳴りつけた。

「だーかーら！　どこの世界にのこのこさいさい、自分の恋敵にわざわざ塩を送りつける奴がいるのよっ‼　そんなことしてたら、自分が損するだけじゃないの⁉　あんたは親切でやっただけのつもりかもしれないけど、いつか、それがアダになって泣くハメになっても知らないんだからね！」

「でも、別に恋敵じゃないし、参拝者には幸せになってほしいし……」

「言い訳してる場合じゃないわよ。あんた、よっぽどトロくさいのね！　その年にもなって、自分ってものがまだ見えてないの？　それに、先見の明ってものはないわけ？」

「……」

縁は言に窮した。そう言われても、縁には自覚するところがないのだ。一向に「暖簾に腕押し」な縁に、静香は呆れた顔をしたが、やがて遺言でも残すかのように言った。

「判った……、あんたがその気なら、それでもいいわ。でも、忘れないでよね。あんたには、これからの木花神社のこと、頼んだんだから。……それから」

静香は、穏やかな顔つきになった。

「あんたが、本来他人である参拝者の幸せを願うように、あたしは、あんたたちにだって、幸せになってほしいんだからね。……それだけは、忘れないでよね」

縁は、静香の言葉に、初めて〝お姉さん〟を見出した。

「――静香さん……」

縁は、先輩の〝姉心〟を嬉しく思った。静香は強く、頷いた。

第五章　玻璃《はり》の欠片《かけら》

九月最後の水曜日がめぐってきた。午後、社務所で、心ばかりの静香の退職祝賀会が開かれた。

「次の採用までまだ半年もあるのに、我儘を聞いてもらってすみません」

静香が伯母に頭を下げた。

「気にしないで。寿退職なんですもの、おめでたいことよ。それより、お腹の赤ちゃん、大事にしてね」

静香は頬を桃色に染めて、深く頷いた。

「ご結婚おめでとうございま～す！」

両腕から零れんばかりの花束を、縁が手渡した。「うわっ」と驚きながら受けとった静香は、

「結婚、結婚って、あんまり大きな声で言わないでよ。恥ずかしいじゃない……！」

と照れくさそうに言った。

「だって、退職って言っちゃうと、何だか淋しい感じがするんですもの」

縁は言って、「予定日、いつですか？」と耳打ちした。

「こらっ！」

静香は縁をぶつマネをしかけたが、せっかくの花束を落としそうになったので、仕方なく見逃してしまった。

「静香ちゃんがお母さんになってしまうなんてねぇ……」

しみじみとつぶやく伯母は、五年のつきあいがあるだけに、さすがに感慨も一入《ひとしお》といったところである。

「お母さんだなんて、ヤだ、宮司さんまで……。まだ、半年もあるんですから」

静香は花束を書机《ふづくえ》の上に置いて、真っ赤に火照った顔を手で隠した。

「あらあら、半年なんてあっという間よ。出産後の赤ちゃんの日用品の用意やら、旦那さんとの新生活の準備やらしていたら、いつのまにか生まれちゃってるものよ」

「え〜、そうなんですか⁉　宮司さん、さすがに年の功だけあって、詳しいですねぇ」

「〝年〟は余計よ。……でもね、静香ちゃん、本当に体だけは大事にしてね。調子がいいからって、いつまでも車の運転をしたり、買い物に出かけたりしてちゃダメよ。そういうときのために、いい旦那さんがいてくださるんだから、ちゃんと甘えて手伝ってもらいなさいね」

「はい、いつもしっかり甘えてます」

静香は笑った。

「そう、それなら安心ね。……私もね、もう少し素直に旦那さんに甘えていたら、赤ちゃんも元気だったんだけど」

「――えっ、宮司さん、赤ちゃんいたんですか？」

伯母の言葉に、静香と縁が、ほぼ同時に問いかけた。伯母は静かに頷いた。

「先代の宮司と結婚した年にね、子供ができたんだけど……。神社にお嫁入りして、お祭のことか、まだ何にも判ってないときだったから、ついがむしゃらに頑張っちゃってね。夫も早くにお父様を亡くしてたから、私がしっかり支えてかなくちゃって、気負ってしまったのよ。夫は、休んでていいよって、言ってくれたのにね。気がついたら、三ヶ月も早く生まれてしまっていたわ」

「そうだったんですか……」

「だから、絶対に無茶しちゃだめよ。無事に生んであげてちょうだいね」

伯母は、静香に言い諭した。もしかすると伯母は、自分が出産するようなつもりで、静香の赤ちゃんのことを思っているのかもしれない。

「静香さん、斎肌帯《ゆはだおび》です」

薫が、奥から腹帯をとってきた。

「来月になったら、巻いてください」

「有り難う……」

静香は受けとった。小さな安産の肌守りが、帯に縫い付けてあった。思わず静香は涙ぐんだ。

「もう、優しいこと、しないでよ。さみしくなるじゃない」

真っ白な帯に顔を埋めて、静香は少し泣いた。嬉しくて、悲しくて、自分でもわけが判らないままに、涙だけが溢れてくる。今日でこの神社を去るということ、その重みを、静香は身を以て感じていた。

「先輩、元気出して……。赤ちゃんが生まれたら、ぜひ初宮に連れてきてくださいね」

「縁ちゃんの言うとおりよ。あなたとの関係は、これでおしまいじゃないの。あなたが忘れない限り、私たちもずっと、あなたのことを思っているのよ。あなたが訪ねてきてくれるのを、みんなで待っているわ。あなたとの出会いは、神さまから戴いた〝ご縁〟なんですからね」

伯母は、静香の手をとった。

「あなたも、旦那さんとの出会いを大切に、いい奥さんに、そしていいお母さんになりなさいね」

「……はい」

静香はしっかりと頷いた。

※

静香が退職して、縁はこれまでに比して、仕女の補助をする機会が圧倒的に増えた。飛び入りのお祓いに対応する必要性から、ここのところ縁は、静香の残した緋袴を着けて奉仕している。ずっと後ろでひとつに束ねているだけだった髪にも、いつでも天冠を被れるように、あらかじめ髢をつけている。腰元で揺れている長い添え髪に気をとられては、縁は、自分が正真正銘の仕女になってしまったような錯覚に陥った。

あれだけ静香には強硬な態度をとっていた薫も、同期という遠慮か、はたまた所詮は事務員だからなのか、縁にはとやかく言ってこない。さりとて、彼女の志向レベルは不撓のもので、相変わらず杓子定規に徹している。

よく続くものだ……、と縁は思う。脅威なのは、彼女の場合、そうすることが苦痛なのではなくて、寧ろそうできないときに、非常な苦痛を感じていることだった。

例えば、朝の清掃の時間に、外から電話がかかってきたとしよう。電話に出ている彼女の代わりに、気を利かせた縁が、彼女の担当の場所まで掃除してしまったとする。普通なら、せいぜい「有り難う」のひと言で済んでしまうのだが、薫の場合は、そんなことでは到底済まされない。白い顔を一層白く凍らせて、「ごめんなさい、ごめんなさい、縁さん」と十遍ばかりも頭を下げた挙句、「今後は一切、このようなことがないように努力いたします。何卒お許しください」と一日中、縁のあとを追いかけては謝りたおすのである。

昼飯時にはじ〜っと何かを考えこんで、一向に食事に手をつけないし、おまけに翌日には、出社してきた縁の机の上にケーキが一箱置かれている始末である。はっきり言って、手助けした縁の方が、すっかり辟易してしまう。

きっと、薫ちゃんは、徹底して自分の世界を守りたいのだろう。一緒にやってあげようなんて、自分は薫ちゃんの領域に勝手に手出しして、彼女の平和を乱してしまっただけなんだろうな……。

「私だったら、ちょっとくらい、助けてくれた方が嬉しいんだけどなぁ」

でも、それはあくまで、縁自身の感覚なのだろう。薫には、薫の〝秩序〟がある。

「仕女さん、何ボケーっと、つっ立ってんの？」

唐突に横から声をかけられて、縁ははっと、我に返った。見ると、黄金だった。

「ご無沙汰ね」

縁が言うと、弟は生意気に答えた。

「何言ってんの、夕べはちゃんと帰ったじゃん」

「午前五時のどこが〝ちゃんと〟なの？」

縁が呆れて言うと、「姉ちゃん、知ってたんだ」と黄金は意外そうにつぶやいた。

「毎日午前様で、よく眠くないわね？　ちょっと羨ましい……」

「まだ若いから」

ぬけぬけと黄金は言った。今に見ておれ、と縁は歯噛みした。

「で、今日は彼女とデートなわけ？」

目の端に、手水舎で口を漱いでいる女の子を捉えながら、縁は訊いた。

「うん、ここ縁結びの神だし、……それから、将来のためにもね」

黄金は意味深な口ぶりで言って、

「オレ、カノジョと結婚するつもりだから」

と続けた。

はい⁉　と縁は、弟の言葉に不意打ちを喰らった。

「そしたら、ここが、ウチになるわけじゃんね？」

「……えっ⁉」

縁は二度、面喰らった。

※

二人が仲良く拝殿前で手を合わせているのを、縁はじーっと、授与所から眺めていた。お賽銭を出してあげたり、鈴の緒を渡してあげたり……、こうやって見ていると、なかなか弟も親切な彼氏のようだ。気のせいかな、弟の背が、また高くなったような気がする。

「男の子って、彼女ができると、急に大人になってっちゃうんだもんなぁ……」

縁はつぶやいた。

じきに二人は、授与所の前にやって来た。

「これ、ウチの姉」

無造作に黄金は縁を指差した。もっと人間的に扱えないのか、と縁は少し腹が立った。

「あ〜、お姉さんなんですかぁ」

ふわりと鼻から気の抜けるような声で、女の子は言った。そして、

「あたし、藤野夏実《ふじのなつみ》です。伏見商《ふしみしょう》の一年で、カネ君の後輩です」

と言った。きっと中学の頃から化粧をしていたのだろう、しっかりメイクの顔にくっきり描かれた目が、実に印象的だった。

「はじめまして、黄金の姉で、縁です」

縁は女の子に言ってから、黄金に向かって、

「犯罪！」

と囁いた。黄金は「うるせー！」と怒鳴ってから、

「絵馬、出してよ。それからペンも」

と注文をつけた。縁は「はい」と言って、さし出した。

「五百円、姉ちゃんの払いね」

黄金は言って、先に夏実にペンを渡した。

「自分で払わなきゃ、ご利益ないでしょう？」

縁が言うと、黄金は黙って、百円玉を折敷《おしき》の上に転がした。

「え〜、何書こうかな」

長い爪先でキャップを玩《もてあそ》びながら、夏実は迷っている。

「何でも書きゃいいじゃん。ここの神さま、女の子の味方だから」

「えー、じゃあやっぱり、良縁成就かなぁ？」

と言って、夏実は、「良縁ください」と絵馬に書きつけた。これこれ、それじゃフリーの子が新しい出会いを求めているような書きっぷりじゃないか、と縁が思っていると、

「じゃ、オレも良縁祈願だな」

黄金は「結縁長久」と、丸いマンガ字の隣に書きこんだ。男ながらに均整のとれた丁寧な字面は、さすがに子供の頃から書道をやらされてきただけのことはある。妙なところで、弟もやっぱ

り社家の人間なのだと、縁は感心させられた。

しかし、

「ねぇ、お菓子ちょうだい、お菓子。あの桜の形したヤツ」

と、次から次へと催促するのはイタダケナイ。内情に精通しているのは判るけど、もっと遠慮ってモノを覚えてほしい。

「お菓子じゃなくて、お撤下《さがり》と言ってちょうだい」

縁は弟の誤りを正したが、黄金は「だってお菓子じゃん」と聞く耳を持たなかった。

「夏実ちゃんが来てくれたから、今日は特別に出すけれど……、ホントはただのお菓子じゃないのよ。お参りに来た人が、神さまへのお供えをしてくださったときに、その〝お下がり〟としてお渡しするものなのよ」

袋に詰めながら、縁は説明した。実際、お撤下にはいろんなものがあるけれど、弟はこと、神社名に因んだ紅白の桜の落雁が気に入っている。

「そんなの判ってるよ。撤下神饌《てっかしんせん》なんだろ？」

黄金は、強引に袋をもぎとった。そんな専門用語を知っているのなら、そこにこめられた〝意味〟を理解しろ！と、縁は心のなかで叫んだ。

「仕女さんって、見かけによらずタフなんですね」

突然、夏実が言った。姉弟のやりとりを端で見ていて、感ぜずにはいられなかったのだろう。

「もっと、おとなしいカンジだと思ってました」

すると、黄金が手を振った。

「それ、素人のイメージ、大いなるカン違い。うちの姉ちゃんなんて、ゼンゼンおとなしい方だって」

「えー、そうなの？」

「仕女さんなんて、気が強くなきゃ務まらないって。朝から晩まで神主にコキ使われるし、先輩・後輩の序列はウルサイし……。せっかく美人に生まれても、みんな仕女さんやってるうちに、すっげぇ目、キックなってくるんだぜ」

黄金は、指で自分の目を吊りあげた。……いくら何でも、そこまで言うか？

「そうなんだぁ。……でも、それって、仕事すごい頑張ってるってことでしょう？　カッコいいじゃない」

夏実は言った。

「じゃあ、夏実なら仕女さんやる？」

「それは……、ヤだけど」

正直な娘である。

「夏実ちゃんは、何かやりたいことってあるのかしら？」

縁は問うてみた。夏実は、はにかみながらも、

「まだ、はっきりしてはないんですけど……、外国とかに憧れてるんです。だから、外資系企業に入って、ＯＬさんになれたらいいなって……」

と答えた。

「そう、叶うといいですね」

縁が言うと、嬉しそうに夏実はニコリとした。……弟よ、言って悪いが、全然つりあってないじゃん。

二人は絵馬をかけ終えると、仲良く手をつないで帰っていった。

※

雨になった。

珍しく今日は、薫が非番だ。非番といっても、朝から京都へ、舞の講習に出かけている。

「薫ちゃんって、ちっとも休みをとらないんですね。びっくりしちゃいます」

伯母は、来月の七五三用に、お撤下の袋詰めを用意している。木花神社では、お参りに来てく

れた子供たちに、千歳飴《ちとせあめ》や子供用の肌守り、小さな破魔矢《はまや》などを授与しているのだ。その横で、師走の大祓《おおはらえ》に備えて、縁は人形《ひとがた》を切っている。

「ホントに、あの子はよく頑張ってくれるわ」

土日が休みとはならない神社界。雨の日は、ちょっとした休養日である。

「すごいですよね。静香さんと、ときどき話してたんですよ、あれはもう人間業じゃないって」

「そうね。なかなかできたことじゃないわね。……でも」

伯母は座り直して言った。

「あの子も、そんなに特別な子じゃないわよ」

「そうですか？　私には、ホントは仙人なんじゃないかって思うくらい、超越して見えるんですけど。仕事は完璧だし、絶対に自分の欲求とか喜怒哀楽とかを表に出さないし」

縁は奉職してこのかた、薫が笑ったり泣いたりするのを一度だって見たことがない。たとえご祈禱中に小さな子が泣き出しても、微笑みかけたり、あやしてあげるといったことは全くしない。静香が懸命にご機嫌をとっている傍らで、小面の能面でも被っているかのごとく、じっと泣き止むのを待っているだけだ。自分にも他人にも、一切感情というものを示さないのである。

「確かに、人前では我慢しているようね」

伯母は、よっこらしょと言って山積みの袋を向こうへ押しのけると、「この姿勢は肩が凝っていけないわ」と、左肩を叩いた。そして、独り言でも言うかのようにつぶやいた。

「あれは……、いつだったかしらね。そうそう、まだ梅雨が明けてない頃の、蒸し暑いじめじめした晩だったわ」

傍らに淹れてあったお茶をひと口すすり、伯母は休憩がてら、縁に薫のことを語り出した。

「その日は早くに床に就いたのだけれどね、夜中にあんまり喉が渇くものだから、つい目を覚まして、お水を飲みに台所までおりてったの。そしたらね、廊下の奥に明かりが点いてるわけ。私、うっかり消し忘れたかなと思って近づいていったら、声がするのよ。……薫ちゃんだったの。あの子、実家へ電話をかけてたのよね」

「薫ちゃん、電話なんてするんだ……」

てっきり、手紙派なのかと思っていた。

「それがね、時計を見たら、午前一時を廻ってるじゃない。こんな時間に、何か緊急の用件でもあったならいけないと気にかかって、つい聞き耳を立ててしまったのよ。もちろん、何でもなさそうなら、そのまま台所に行くつもりだったんだけど……。そしたらね、あの子……、急に涙声になったのよ」

「泣いて、いたんですか……?」

縁は信じられない思いで、伯母に訊いた。伯母は大きくひとつ頷いて、

「〝お父さんに逢いたい、早くうちに帰りたい〟って、言ってね。淋しい、淋しいって、さめざめと泣くのよ。……ホームシックにかかってたのね」

と言った。

「薫ちゃんが……」

縁は深く溜息をついた。

「辛いことがあっても、先輩とうまくいかなくても、何にも言わないけど……、あの子だって何も感じていないわけじゃないのよ。けっこう、人から言われたことに対して、まめに動揺を覚えてるみたい。でもきっと、ここでとり乱してはいけないって気持ちが、強く彼女を縛っているのね。〝別に〟〝何も……〟って、あの子はよく言うけれど、それが彼女の、自分が崩れてしまわないための、懸命の〝強がり〟なのよ」

いつしか、縁の手も止まっていた。

「そんなに悩んでいたなんて……、私ちっとも気づいてあげてなかった。薫ちゃん、何にも言ってくれないんだもん」

涙ぐんでしまった縁の手を、伯母は優しくとって、ぽんぽんと軽く叩いた。

「あなたが悔やむことなんか、ないわよ。薫ちゃんは、あなたに気づいてほしがってたわけじゃないでしょう。逆に、気づいてほしくなかったはずよ」

「でも、淋しいって……。自分の本音を誰にも言えない、誰にも理解してもらえないって孤独が、辛かったんじゃないかしら」

「そうね、それは確かに淋しかったでしょうけど……」

伯母は縁の手を返して、再び、袋詰めの作業にとりかかった。

「彼女が本当に望んでいたのは、孤独に同情してもらうことじゃないの。苦しい現状と闘って、それにうち克ってゆくことを望んでいたのよ。もしここで、あなたから同情を得られたら、彼女は孤独に負けたことになる。そして、こんな孤独ごときのために、これまで頑張ってきたことも、これからの夢も、みんな捨てちゃうことになる。……彼女が、そんなもったいないことをしでかすと思う？」

縁は首を振った。

「困難にうち克ってこそ、薫ちゃんは、自分が目指してきた夢に、一層近づくことができるの。本当の意味で、夢に向かって努力してきたと言えるようになるのよ。彼女の目指す山がどんな高さなのかは知らないけれど、薫ちゃんは絶対に、ここで挫けるわけにはいかないんだと思うわ」

「でも、苦しかったでしょうね……」

「ええ、辛かったと思うわよ。……伯母さんね、あべこべ言うみたいだけど、努力って、休み休みにしていいもんだと思うのよ。挫けて投げ出しちゃったら、すべてそこで終わっちゃうけど、ときどき休憩するのはアリだと思うのよね」

伯母は袋詰めを中断して、今度は右肩を叩いた。

「夢を実現するための努力を惜しんではいけないけれど、無理はすることないわ。無理を溜めると、却ってろくでもない貯金ができちゃうのよ。草臥《くたび》れてきたら、ちょっと休めばいいの。また戻ってくるなら、最終的には、いつか目標に追いつくことができるでしょう？　……電話は、一時的な危険回避。緊急避難みたいなものね。あそこで人知れず涙を流しているから、薫ちゃん、翌日にはまた普段の調子で頑張れたのよ」

縁は、ゆっくりと人形を切り出し始めた。伯母は言った。

「だからね、薫ちゃんもあなたと同じで、ごく普通の傷つきやすい、悩める子なの。ただ、薫ちゃんとしては、今はあれで充分、幸せなのよ」

「そうなんですか……？」

伯母は深く頷いた。

「だって、自分の夢に向かって、まっすぐに突き進んでいる最中なんですもの。……だからね、変に先入観を持たないで、そのままの薫ちゃんを受け容れてあげてほしい。ただ、伯母さん、それだけなのよ」

※

――だって、自分の夢に向かって、まっすぐに突き進んでいる最中なんですもの。

思い返せば、いつも伯母は言っていた。夢に向かっているときの苦労って、苦労でも何でもないのよね、と。縁には、伯母の言葉の意味がよく判っていた。言葉の裏に、伯母の人生がある。

「伯母さん、今まで神社守ってくるの、大変だった？」

縁は直接、伯母に訊いてみた。伯母はちらっと縁の方を見た。そして、徐《おもむろ》にふーっと長く息をはき出して、

「そうねぇ、大変なときもあったわね。でも、楽しいときの方が、ずっと多かった気がするわ」

と言った。

「どんなときが、一番大変だった？」

縁は、敢えて追及した。伯母は、一瞬手を止めた。

「それは、……隆之《たかゆき》さんを亡くしたときは、やっぱりとても辛かったわ。病気だと判ってから、必死であの人の快復だけを祈ってきたけれど……、天命だものね。あの人も一生懸命頑張ってくれたけれど、結局、抗《あらが》えなかった。あの人、私が早産した直後に倒れたから、余計に落ちこんでしまったのよ。幸せになろうと思って嫁いだのに、その途端から悲しいことばかりが続いたんだ

ものね」

外の雨音が、激しくなった。縁の耳は雨に奪われ、伯母の声が聞きとれなくなるかと思われるほどだった。

「最後の晩、病院のベッドの上で、二人で花火を見たの。ちょうど宇治川で花火大会があったのよ。大きな菊や枝垂やら……、打ちあげられては、夜空に開く大輪の花を見上げながら、あの人〝きれいだね、きれいだね〟って、何度もくりかえしてた。……ホントにきれいだったのよ。あれがきっと、二人で過ごした最初で最後の自由な時間……。伯母さんにとって、人生最高の幸福なひとときだったの」

縁がふと見ると、そこには縁がこれまで見たことのない、華やかな表情をした伯母がいた。伯母は、まるで少女のような顔つきになっていた。本当に幸せだったんだ……と、縁は心底感じた。

「でも、その晩遅くに、容態が急変してね。虫の息で、あの人、言ってた。〝花火みたいに短い人生で、お前には済まなかった。でも、私には、短くても最高に美しい時間だった……〟。そして、最期にこう言ったのよ。〝後悔はしていない。ただ心残りなのは、お宮のこと。お前はよい女房だったが、さすがにあのお宮を守ることだけは無理だろう。よもや自分の代で、お宮を手放さなければならないとは、それが悔やまれてならない〟と。……あの人は最後まで、二十代続いてきた榊森家という社家を背負っていたのよ。榊森隆之という一個人であるとともに、同時に榊森神主家の当主でもあったのよね。……だから私、約束したの。〝木花神社は私が必ず守ります〟って、あの人の遺骨を胸に抱いてね……」

「……苦しかった？」

伯母は頷いた。

「ええ。一晩で、髪が真っ白になってしまったわ。……でもね、一旦ここで頑張るって決めちゃうと、却って気が楽になれるもんよ。あの人との約束なんだものね、無理して頑張らなくちゃっていうより、伯母さん自身が頑張りたかったの。もしどこかで逃げ出していたら、きっと、今よりずっと辛くなってたはず……。だから伯母さん、ふり返ってみると大変なときもあったけど、でも楽しいときの方がずっと多かったふうに、つくづくと感じるのよ」

偽りを口にしていない伯母の眼差しには、力があった。縁は伯母の強さと、その源となった伯父への愛を思い知らされていた。

「粉々に砕けたガラスの破片……。刺さったときは痛くて、抜いたあとも痛むことがあるけれど。伯母さん、古疵《ふるきず》もいつかは、きっと癒える日が来るって思っているわ。それに、抜いた棘《とげ》も、元々はガラス……。透明で、儚くて、繊細な芸術品なのよね。もしも、この手で、もう一度磨き直せることがあるなら……、私を傷つけたガラス自身も、貴い宝石に変えてゆけるに違いないわ」

伯母は笑った。

「伯母さん……」

「だったら、ガラスの欠片にも、出会わないより出くわす人生の方がいいじゃない。むやみに怖がっていないで、進んで受け止めてゆけば」

旦那さんの死、薫ちゃんの涙……。みんなみんな、玻璃の欠片がつけた疵。でもきっと、苦しみを乗り越えたあかつきには、彼らは得難い人生の〝たからもの〟を手に入れる。

「それに……、何も伯母さんだけが、苦労してきたわけじゃないのよ。世の中の人はみんな、どこかで必ず苦労と闘ってきてるのよ。咲月《さつき》……、あなたのお母さんだって、男の人のことではずいぶん苦労してきたじゃないの」

「えっ……？」

縁は不思議に思って、顔をあげた。セリフの後半部が、縁には引っかかったのだ。その反応を意外に感じたのか、

「縁ちゃんは、聞いてなかったの？」

と、今度は伯母が訊き返した。

「あなたのことだから、てっきり知ってるものだと思ってたわ……」

つぶやく伯母に、

「何か、母にあったんですか？」

縁は、問い質さずにはいられなかった。

「そう、あの子、誰にも言ってないのね……」

伯母はあらためて、そうつぶやいて、縁に言った。

「あの子が誰にも言わないと決めたことを、伯母さんがバラしてしまうわけにはいかないわ。でも、あの子も本当に苦労して、今まで頑張ってきたのよ。だから縁ちゃんも、お母さんのことを大事にしてあげてね」

「でも……」

縁は気にかかった。伯母の言いたいことは、よく判っているつもりだった。けれど、こと自分の母親に関する話だけに、縁にはおざなりに聞き流すことができなかった。

「伯母さんのお気持ちは判ります。……でも、ほんの少しでもかまいません。どうか、母のこと、教えてください」

縁は懇願した。

「縁ちゃん……」

くりかえし、縁は伯母に頼んだ。こんなに頑固な縁は、初めてだった。伯母は驚いて、言葉に詰まった。もう一度、縁は頭を下げた。

「伯母さん、お願いします。母のこと、もっと知りたいんです。……もっと大事にするために、教えてください」

その必死な様子に、さすがの伯母も折れるしかなかった。

「判ったわ、縁ちゃん。そこまで言うなら、ヒントをあげるわね。あなたの家に、ひと振りの〝護り刀〟が置いてあるはずよ。どこかに隠してあるかもしれないけれど、……あの子のことだから、きっと捨てきれないでいるわよ。まずは、その刀を探すこと。それを見つけ出したら、今度は須磨《すま》へ行きなさい」

「須磨⁉ 須磨って……、あの神戸の？」

「ええ、そうよ。あのラッコがいる須磨よ」

ラッコがいる須磨、という認識が、伯母の世代を表すようで、縁には少し可笑しかった。

「須磨には、明治天皇のお誕生日に行きなさい。特別に、お休みをあげるから。忘れずに、刀を持ってね。山陽電車に乗って、須磨浦公園《すまうらこうえん》というところで降りて、そして須磨山へ……」

「でも、伯母さん。そうしたら、ホントに母のことが判るんですか？」

縁が訊くと、伯母は意味深長な笑顔を残して、こう告げた。

「もしかしたら、何にも判らないままかもしれない。……すべてが、すっかり終わってしまったことならばね。でも、もしかしたら、あなたの知りたいと思っていることが、ちゃんと判ってしまうかもしれない。……だから、本当にお母さんのことを知りたいと思うのならば、まず行ってみなさい」

伯母は、七五三詣で混み合うはずの文化の日に、縁に臨時休暇を与えてくれた。母の過去を訪ねてくるという、風変わりな条件つきの……。

第六章　不可逆《もどれず》の岐《ちまた》

十月も最後の日曜日、空は輝かんばかりの秋晴れである。宇治橋から望む景色は恰も京都の嵐山のようで、上流の山々が青い空に映えて清々しい。思わず、このまま紅葉狩りにでも出かけたくなってしまう。

が、天気がいいだけに、こと仕事はひっきりなしである。混み合う前に早めに済ませてしまおうという親たちが、幼い子供さんを連れて七五三参りにやって来る。行楽のついでに立ち寄った観光客が、お札を受けて帰ってゆく。近年始まった「願いごと叶いごと・宇治十三参り」だとかいうキャンペーンの札所にあたったこともあり、次々と参拝者がやって来ては朱印帳をさし出す。

縁と薫が、客足の引けた間隙を突いて、午後の休憩に社務所へ下りてきたときのことだった。社務所づきの古びた黒い電話が鳴った。間髪入れず、二コール目が鳴り終わるまでに、薫が受話器をとった。

「もしもし、木花神社でございます」

本来、薫は電話が苦手だ。実家にいた頃には、自分は一切電話に出ないで、同居する祖母に受け応えを全部任せていたという。ベルが鳴ると同時に、飛びつくように受話器をとるのは、彼女がそれを「義務」行為とみなしている証拠である。

「左様でございますが……、はい……、はい……、畏まりました。少々お待ちいただいてもかまいませんか？」

薫が受話器を手で押さえたまま、縁の方をふり向いた。

「縁さんにお電話です。事務の方を、と……。お名前を仰らないのですが、殿方です」

「男の人……？」

殿方、と言うときに、僅かに薫の眉間が厳しくなったのを、縁は見ていた。伯母は「いないって、言おうか？」と訊いた。

「とりあえず、出てみます。有り難う、薫ちゃん」

縁は受話器を手にとった。

「お待たせいたしました。お電話替わりました、事務担当の山蕗です」

縁はマニュアル通りに応対してみた。

一般の会社でもそうかもしれないが、神社にも、ご参拝の方々以外に、ときどき奇怪な電話がかかってくることがある。いわゆる嫌がらせや言いがかりといった迷惑電話の類であるが、かけてくる人も政治関係や宗教関係、果ては〝その筋〟の方もいたりして……、こういうときにはやっぱり、女所帯というのは辛いものがある。

こんなときでも、応対の基本は、常に〝穏便に〟である。神社においては〝事勿《ことなか》れ主義〟こそが安全確保の第一原則なのだ。結果的に何事もなく無事にやり過ごすことができれば、それが最大の成功なのである。多少愚鈍に見えても、これまで営々と続いてきた神社の歴史に傷をつけずに明日へ手渡してゆくという、最重要課題がクリアできるからである。

縁が、今日は何者がどういった口実でヘリクツを捏《こ》ねてくるのだろう、と耳に神経を集中させたとき、

「縁さん？　桜井です」

懐かしい声が聞こえてきた。縁は不意を突かれて、返事にまごついた。そのあいだに、蒼志は言葉を継いで、

「職場に電話してごめん。でも、縁さんの連絡先、自信がなかったから……。今、忙しいよね？」

と言った。縁は、様子を見守っている伯母や薫の視線が気になり、避けるように壁の方を向いた。

「今日、日曜なんで、人多いの……」

口を押さえるようにして、小さな声で囁いた。そして、

「ごめんなさい。またこちらから、かけ直すわ」

と言った。

「いや、こっちからかけるよ。今、宅電使ってないし、こっちの用だから」

「でも……」

気が引ける縁に対して、蒼志は矢継ぎ早に問いかけた。

「縁さん、今度いつ休み？」

「……二十九日」

「じゃ、今週の木曜だね」

「あ、でも夕方からはダメ。友達と音楽会に出かけることになってるの」

「そうなんだ。俺も夕方からは厳しいから、昼間の方が助かるよ。……縁さん、あれから家、変わったりとかしてる？」

「ううん。前と同じ」

つられて、縁も続けざまに答えてしまった。

「そう。なら、一時半過ぎにかけるよ」

蒼志はそう言って、電話を切った。縁は、話し中音の響く受話器を片手に、しばらく呆然と座りこんでいた。

「大丈夫だったの?」

伯母に訊かれて、縁は我に返った。

「あ、はい……。中学のときの、同級生でした」

そう答えて、縁は受話器を電話に戻した。

※

四日後、縁は朝十時頃に目を覚ました。休みの日くらいは、普段の寝不足を取り戻すように、一日寝て過ごしたいところだ。

「姉ちゃん、今日コンサート行くんだよな」

寝ぼけ眼を擦《こす》りながら歯磨きしていると、弟が言った。

「はんであんたがひるのひょ?」

「何言ってるか、ゼンゼン判らねー!」

黄金は腹を抱えて笑った。縁は憮然として、口を漱いだ。ひと言、言いかけたとき、

「だから、テスト休みだって」

と、黄金は何食わぬ顔で答えた。……ちゃんと判ってたんじゃない! 縁は悔しかった。

遅い朝食とも、昼ごはんともとれる食事を済ませたあと、縁は自分の部屋のクローゼットを開いた。今宵は、大好きなアーティストのリサイタルが地元で行なわれる上に、久々に、高校時代の友達とも再会するのだ。気合いが入らないわけではない。が……。

「ダメだ、全然私服がない……」

高校時代は制服だった。神社に奉職してからは、神社での袴姿に加え、通勤時は一張羅のスーツを着ている。黒いスーツ姿は、神社人のもうひとつの制服である。一方、お休みの日は、ほとんどパジャマで過ごしている。ゆえに縁は、〝自分の服〟というものをあまり持っていなかった。

「これでもいいかなー……？」

高校時代に買った、数少ない〝私服〟のワンピをあててみる。何とか、着られそうではある。

しかし……、

「縁、それを着ていくの？」

通りかかった母が、訊いた。

「ダメかしら？」

「ダメってことはないけれど、そんなので、フルオーケストレーションを聴きにいくの？」

母は、明らかに呆れ顔である。私のを着なさい、と、真っ黒な礼装を貸してくれた。

やっぱ、ピンクはダメなのかなぁ……？

「ピンクがダメって言うより、年相応のカッコしろってことじゃねーの？　姉ちゃんの場合、幼すぎ」

横につっ立って、黄金が言った。

「着替えたいから、あっち行っててくれない？」

「いーじゃん。姉ちゃん、カッコもスタイルも幼いんだから！　とても二十歳のオンナには見えない……」

「あっち行け！」

縁が握り拳をあげると、黄金は「短気は老化のサイン」と叫びながら、自分の部屋へ退去した。

あの愚弟、滅多に家に帰ってこないクセに、いたらいたで、ロクなことも言わない……。

縁が、ワンピースのホックを外そうとしたとき、電話が鳴った。あっ、と思ったときには、あの生意気な黄金が子機をとっていた。

「もしもし、山路です」

くぐもった声が、微かに聞きとれる。縁が弟の部屋へ向かうと、鼻先一寸のところで、ドアが開いた。

「姉ちゃん、電話」

黄金はぐいっと、子機を突き出した。縁が受けとると、

「世界ってずいぶん広かったんだね。姉ちゃんにも電話なんてくれる、奇特な男がいるんだ」

と黄金は大声で嘯いた。

「失礼ね」

縁はコンッ、と弟の頭を指で小突いた。

「お電話替わりました」

縁はとりあえず、電話に向かって返事をした。後ろで、興味深そうに眺めている黄金が邪魔だったが、仕方ない。仮に自分の部屋に籠って話せば、階下の親機で、会話全部を盗み聞きされるに違いない。

「今の、弟さん？」

蒼志が訊いてきた。

「うん、……ごめんね、躾、行き届いてなくって」

縁はキロッと、黄金を睨んだ。んだよ、悪かったな、と黄金は悪態をついた。

「いや、こっちこそ、〝奇特〟な男だから」

黄金が大声で言ったので、しっかり蒼志にも聞こえていたのだ。

「ごめん、あとで怒っとくから……！」

縁が謝ると、

「いいって。ホントのことだし」

と蒼志は言った。

「それより、本題なんだけど……、縁さん、うちの母さんに逢ったの？」

ドキッと、縁の心臓が高鳴った。

「こないだ、病院から電話があって。母さんが、話があるって言うんだ。そしたら、〝縁ちゃんが来てくれたのよ〟って、そればっかりくりかえすんだ。だいぶ感情が高ぶってたみたいで、何が言いたいのか、話に脈絡がなくなってて、よく判らなかったけど。……縁さん、新宮に来たの？」

「……うん」

答えるべきか迷って、縁は小さく頷いた。

「何で？」

蒼志の問いかけには、若干の疑念が含まれていた。

「仕事でなの。地区の神社の集まりで熊野に出かけたら、偶然……」

「ホントに偶然？」

「ええ。浜で女の人に遇って、話をして……。だけど、それが桜井君のお母さんだったなんて、私、帰るまで気がつかなかったわ」

縁は誠実に答えた。否、寧ろどう答えれば自分の誠意が伝えられるのか、そればかりに気が遣われた。

「そう。……迷惑かけたね」

「ううん、迷惑だなんて……」

「でも、おかしかったでしょ？　あの浜にいるときは、母さん、いつも泣き叫んでいるから」

「……」

「ごめんね、嫌な思いさせて。母さん、ここんところホントおかしいから。ひと月前にも、緑色の紙、一方的に送りつけてきたし」

「緑色の紙って？」

「離婚届。先に自分の分だけ書いてあった。一応、父さんの方に送り直しておいたけど……」

「ちょっと待って。お父さんの方って……？」

一緒に住んでるんじゃないの？　と、言いかけて迷う。

「あ……、今、ちょっと別に住んでて……」

蒼志も返答に困って、俄に咳払いなどしてごまかしている。

「桜井君、彼女さんのところにいるの？」

縁の方から、思いきって尋ねてみた。

「……うん」

若干の躊躇いがあって、返事が返ってきた。

「彼女のところにっていうか、社員寮みたいなのがあるから、そこで一緒に暮らしてる。……でも、母さんの手紙は、実家の方に来たんだ」

「実家って、どこ？」

「まだ引っ越してないから……」

まだってことは、引っ越す予定があるのかしら。縁は思ったが、それについては訊けなかった。

「籍は三人とも、桃山に残ってるんだけどね。部屋はずっと、荷物置き場状態だよ。父さんも、異様に仕事好きの上、女も大好きだからね。俺が中学の頃から、ずっと愛人のところに入り浸ってるし……。俺も父さんの血、引いてるから、この三年、たまにしか帰ってないしね。……母さんが、離婚届送ってくるのも無理ないけど、だけどちょっと一方的だし……」

「家族、バラバラなんだ……」

縁の脳裏に、〝孤独だわ……〟と淋しげにつぶやく、蒼志の母の顔が思い出された。しかし、それに答える蒼志の声は、縁が驚くほどあっさりとしたものだった。

「まあ、家族って、所詮はそんなものかもしれないし。俺も、〝家族〟ってモノには、あんまり期待してないよ」

自己の家庭崩壊について、とっくに割りきっているのだろうか。

「だけど……。でも、桜井君もいつかは家庭を持つつもりなんでしょ？　だったら、家族の幸せを守りたいって、やっぱり思うんじゃないの？」

喰い下がるように、縁は尋ねた。このままでは、切なくて、何だかいたたまれなかったのだ。

「どうだろうね。そうかもしれないけど、父さんみたく、案外あっさり妻子を捨ててるかもしれないしね。俺みたいな男が相手なら、やっぱり期待しない方がいいよ」

縁は胸が、どうしようもなく痛かった。

「でも……。それじゃ、彼女さんはどうなるの？」

縁は言ってみた。

「彼女さん、桜井君にあんなに惚《ほ》れてるじゃない」

縁は、例祭の晩の彼女のセリフを思い出していた。あんなセリフは、よっぽど好きな人にしか言えないと、縁は思っていた。

「そうかな？　惚れてるのは、寧ろ俺の方だと思うけど。交際申し込んだのも、俺からだし。でも、こんな俺についてくるかどうかは、彼女が決めることだよ。俺の方からは、言うことはもう、言ってあるわけだし」

「そう……」

縁は答えに詰まった。この三年のうちに、自分と彼とのあいだに、想像もできないほどの大きな隔たりが生じていたことに、縁は今さらながら衝撃を受けていた。

「とにかく、母さんのことは気にしないで。びっくりさせただろうけど、忘れてやってくれる？　たぶん、そのうち落ち着くと思うから」

「……うん。私は、嫌な思いなんてしてないから、大丈夫。それより、できたら桜井君、お見舞いに行ってあげて。お母さん、淋しがってらっしゃったから」

「そうだね。そうできたらいいんだろうけど、こっちも仕事とか都合あるし……。新宮、遠いしね。三百キロ以上あるし、高速バスでも八時間もかかるから」

確かに、特急でも五時間はかかる。運賃も片道八千円と、決してお安くはない。そう度々足を運べる場所でないことは、縁でも判る。判るけれども、何とかして、会いに行ってあげてほしかった。

「お母さん、こっちの病院に入るとか、できないのかな？」

「それができればね。母さん、自分で新宮の病院を選んだんだよ。ある日、俺が家に帰ってきたら、メモ紙が一枚、食卓の上に置いてあってさ。たったひと言、〝実家に帰ります〟とだけ書いてあったんだ。母さん、確かに新宮の出身だけど、仕事で出てきて以来、ずっと関西に住んでたから、家なんてもう残ってないし……」

「ご親戚の方とか？」

「親戚？　確か弟が近くにいるけど、それだってそっちの家族があるし……、俺だって子供のとき、祖母さんの葬式で見かけたぐらいで、ずっとつきあいないし。〝帰る〟ような場所じゃないと思うけど」

「そう……」

縁は少し気にかかった。蒼志の言うことが本当なら、なぜ彼女は〝帰る〟という言葉を使ったのか……。

「とにかく、勝手に新宮に行っちゃったんだ。こっちの病院もほったらかしのままで、新宮からは入院費用の請求書が送りつけられてくる始末だし……」

「お母さん、お金持って行ってらっしゃらないの？」

「別居状態になってから、うちには金、入ってこなくなって。年収一千万近くあるクセに、父さん、全部カケゴトやら愛人やらに貢いでしまって……。俺も、高校も補助を受けて通ってたんだけど、だんだん厳しくなってきて。縁さんも知ってるように、前から母さん、あんまり丈夫じゃなかったし、パートに出ても続かないしね。貯金も底ついて、結局俺が、学校辞めて働くしかなかったんだ」

「じゃ、生活費は全部、桜井君が……？」

「仕方ないでしょ。でも、正直言ってやっぱ、キツイよね」

いい加減、早く退院してほしいよ、と蒼志は嘆息した。

「お父さんは、このこと、知ってらっしゃるの？」

これ以上はちょっとしつこいかなぁ、と不安に思いながらも、縁は尋ねてみた。

「一応はね。でも、ほとんど判ってないのかも。……こうなっちゃうと、もうホント、どうにもならないみたいだね。みんな身勝手で我儘だから、家族である前に、個人に戻っちゃうんだよ。縁さんトコみたいにまとまりがあればいいけど、一度崩壊し始めると、家族なんてあっていう間に崩れてしまうものなんだ」

「うちも……、残念ながら、そんなにまとまりがあるわけじゃないわ。桜井君とは別な意味で、バラバラなのかもしれないよ。……みんな、そうなのかもしれないけれど」

縁は、力なくつぶやいた。〝家族〟というものに、共同生活のひとつの基礎と精神的な拠りどころを見出したいと冀望しているにも拘わらず、ひとたび自分の家族を省みれば、途端に自信がなくなってくる。

何をしているのか、外をふらついては朝帰りをくりかえす弟と、抑える力もなく、毎日をただ何となくやり過ごして慢心している父親と、……何か、秘密を隠しているらしい母親と。

何より、こうして誰の役に立つわけでもないままに、与えられた仕事ばかりを無難にこなし、

〝活力〟といったものから乖離した生活を日々送っている自分が、一番情けなかった。

「でも、家族はやっぱり、家族であってほしいな。単なる〝軛《くびき》〟じゃなくて、〝絆《きずな》〟であってほしいの」

そう……、都合の悪いときに縛りつけられてしまう因縁めいたものではなく、ふるさとのような、断ち難い結びつきであってほしい。どこまで出かけても、どこで彷徨っていても、いつかは帰ってこられる……、そんな場所であってほしいと、縁は強く願っていた。

「桜井君にも、いつか帰ってゆける場所が、見つかるといいね」

「……そうだね」

微妙なニュアンスのまま、蒼志は相槌を打った。それが賛意なのか、それともニヒルな否定なのか、縁には判断がつかなかった。ただ、心から、蒼志の〝心の安らぎ〟を祈っていた。

「ありがとね」

ふと、蒼志が言った。

「えっ……？」

「いや、要らない気を遣わせてしまったみたいで」

縁は首を振った。

「そんなことないよ」

「何か、言わなくていいようなことまで、言ってしまったから。……縁さんだと、つい許してくれるかと思って話しちゃうんだよね。ごめんね」

「ううん……。こちらこそ、有り難う。寧ろ、話してくれて私、嬉しかったの。だから……」

――だから、また何かあったら、話してよね。

「有り難う。……あの、縁さん、携帯電話とか持ってないの？」

「ごめんなさい。そういうハイテク機器は、まだ持ってないの」

弟は持ってるんだけどね。しかも別の会社のを、二台も。

「そっか。じゃあ、しばらくはおうちにかけるしかないんだね」

蒼志は仕方なさそうに答えた。確かに、宅電だと親や弟が出るかもしれないから、携帯全盛の今時の若い方々には、何となく申し訳ない気が縁はしていた。でも、出る方は全く気にしていないのだから、気にせずかけてくれるといいんだけどなぁ……。

「そうだ、この前神社に電話くれたとき、連絡先が判らないって言ってたよね？　よくこの番号、調べられたね」

うちは電話帳に載せてないから大変だろうな、と縁は思っていた。

「縁さんちの番号は、覚えてるから。ただ、今も同じかどうか、そこが自信なかったからね」

「そっか。……覚えててくれたんだ」

胸の奥がくすぐったいような感じがして、縁は、ちょっと嬉しかった。

「うちの山蕗家は、先祖代々大津町だから、きっとこの先何年経っても、この番号のままよ。桜井君が忘れない限り、ずっと連絡がつくと思うわ」

「それは安心だね。……こっちも番号、教えてもいいんだけど、ときどき彼女がチェックしてるみたいでさ。そういうときに偶然かかってくると、ややこしいから……。この会話の履歴も、すぐ消しとくんだけどね」

「カップルっていうのも、何かと大変なんだね」

「まあ、そだね」

蒼志は苦笑いした。

「じゃあ、またね」

「うん。それまで、元気でね」

電話を済ませると、いつのまにか五十分が経っていた。意外に長くなってしまった。携帯からだったみたいだけど、料金は大丈夫なのかな、と縁は思った。あまりの長電話のせいか、小うるさい弟も、とっくに遊びに出かけてしまっていたようだ。縁は三秒、黙して頭を整理したあと、考えるのを後回しにして、とにかく着替えに向かった。

※

縁が目を覚ますと、列車は既に神戸の市街地を走っていた。目には街路樹の緑色がまぶしい。十一月三日。樹種が、常緑樹の楠《くすのき》であったので、さすがに楠公で知られる湊川の地だけあるなぁと、縁は妙に感心した。

神戸駅で新快速を降りて、各駅停車に乗り換える。神戸の下町、長田を過ぎると、まもなく須磨である。沿線に海が見え始めるこの駅で、縁はＪＲを降りて、山手の山陽電鉄を目指した。山陽で一駅、須磨浦公園で縁は電車を降りた。朝七時半に出て、乗り換えること六回、十時になってようやく、須磨浦山上遊園の麓にまで縁はたどり着いた。

ここまでで、既にかなりの体力を消費している。これで徒労に終わったら……、と思うだけで、何だかすごく惨めな気分になってしまう。縁は、肩をずり落ちてくる重い鞄を懸命にかけ直し、ロープウェーの切符を購入した。

ロープウェーを降りて、カーレーターという、ちょうど遊園地にあるおとぎ列車の座席のような、レトロな乗り物に乗り換える。ガタガタと揺れながら斜面を這いあがり、山上に立つと、眼下には瀬戸内海が広がっている。

すぐ向かいに、大きな島がひとつ浮かんでいる。あまりにも目と鼻の先の距離なので、それが淡路島であると理解するのに、縁はずいぶん時間を要してしまった。

「すごい、近すぎる！」

感激して叫んでしまう。

園内には花壇や噴水が整備されているから、お弁当でも持ってくれば、ピクニックに最適の眺めである。とはいえ、縁は行楽に来たわけではない。とりあえず軽く一周しながら、伯母からの宿題を果たすためにどうするべきか考える。

さすがに祝日だけあって、あちこちで家族連れがビニールシートを広げている。子供の甲高い声が、遠くから、まるで歌のように響いてくる。繁みの影で、肩を寄せ合うお二人さん。……みんな、思い思いの恰好で、大事な誰かとここで戯れている。自分のように、若い女性が一人で歩いていると、ちょっと不審なカンジがしないでもないが……、まぁ、お邪魔はしないので許していただくこととしよう。

縁は、空いていたベンチに、そっと腰をおろした。ここからは、植込みの向こうに噴水を見遣ることができる。

「しかし……、生まれて初めてコソドロというものをやってしまったわ……」

縁は、鞄の蓋を開けて、なかから小さな風呂敷包みをとり出した。紫色の上品な風呂敷を、そっと剥いでいくと、黒地に金泥で描かれた、不思議な紋様が垣間見られた。

「家紋……、なのよね、たぶん」

縁は、細長い風呂敷包みを横に持ち替えて、膝の上に置いた。

伯母に言われたとおり、ここ二、三日のあいだ、縁は徹底して母の部屋の探索を行なった。母の留守を狙って、天井裏やら押入れやら、埃塗《ほこりまみ》れになって捜索し、やっとこの短刀を見つけ出したのである。

縁の知らない、押入れの奥の狭い空間に、それは置かれていた。否、隠されていた、といった方が正しいのかもしれない。前もって「ある」と聞かされていなければ、絶対に見落としてしまうほどの、板壁と壁土のあいだの僅かな隙間を利用して、この刀はしまいこまれていたのだ。見つけたものの、持っているところを見つかるのが怖さに、縁は刀を風呂敷に包みこんで、自分の部屋へ移動した。それ以来、鞄のなかに入れっぱなしにしてあったので、じっくり見るのは今が最初である。

刀の柄《つか》に、家紋らしきものが彫りこまれている。その図柄は、ちょっと不思議な形をしていて、縁の見たことのない紋様であった。強いていえば〝お墓〟に似ている。昔の墓石のような、その不思議な紋様には、どんな意味がこめられているのだろう。

「うちの紋じゃないわ」

縁の家のものは、山路の姓に因んでか、山吹の花筏《はないかだ》紋である。さすがに母の実家の紋までは覚えていないが、お葬式のときに見た感じでは、これほどまでに不思議な形はしていなかったように思う。せいぜい巴《ともえ》や矢や桐のように、よく見かけるデザインだったはずだ。この刀を作った人の紋なのだろうか……。

鞘《さや》は黒々として、縁取りに金色の金具がついている。錺《かざり》なのだろう。よく見ると、かなり繊細な細工が施してある。柄には、これでもかというほど白い糸が巻きつけられているが、あるいは銀糸なのかもしれない。伯母は「護り刀」だと言っていたが、護るって、一体何を護るための刀なのだろう。

恐る恐る、縁は鞘を抜いてみた。でも、鯉口《こいくち》をきらぬうちに、鞘に巻きつけられた紐につっかかった。古びているけれど、品自体はしっかりしているものらしい。

「技術も見事だわ……。きっと芸術品なのね」

縁は真剣など、見るのも触るのも初めてだ。どこに目をつければよいのかも判らないが、手に感じるずっしりとした重みが、その価値を自ずと示しているようだった。

目の前に掲げてしげしげと眺めていると、ふと、隣のベンチの老人と目が合った。縁は人がいるなんて全く気がついていなかったものだから、思わず会釈などしてごまかしてみた。

だが、縁の愛想笑いが嬉しかったのか、老人は挨拶を返したあと、ゆっくりとこちらへやって来た。どうしよう、と寸時縁が迷っていると、「お嬢さん」と老人が声をかけた。

「あんた、居合いでもやらはるのか」

「いいえ」

縁は急いで、風呂敷に刀を包み直した。

「それ、真剣やろ？　あんた、許可とってはるのかね」

老人は、七十代半ばくらいの顔つきであるが、声は篦《の》太くて、それよりいくらか若いように聞こえた。

「いいえ」

縁は二度、首を振った。母親のを勝手に持ち出してきたのだから、許可なんて持っているはずがない。ヤバいな……、と思っていると、

「まぁ、ええわな。ただ、あんまり迂闊《うかつ》にドスを抜きはるものやから、ちょっとびっくりしてな」

老人はそう言って、隣よろしいか、と縁の横に腰かけた。

「そういうもんはなぁ、おもてで見るもんやないですわ。特に、お嬢さんみたいにカタギの人が、真っ昼間からこんな場所で抜きはったら、何事か思うて……。帰りは、しっかりしもときなはれ。見るモンが見たら、ややこしいことになるかもしらへんから」

老人は、長い顎鬚《あごひげ》をさすりさすり言った。

「すいません……」

縁は風呂敷をしっかり縛った。刀を鞄にしまいこんでいると、

「あんた……」

ふいに老人が声をかけた。

「何でしょう？」

縁が問いかけると、柿色の羽織袴の老人は、まぁええが……、とつぶやきながら、縁に言った。

「あんた、その刀がどういうものか、判ってはるのか？」

「いいえ」

「せやろな。知ってはったら、こんなとこで抜かへんわな」

老人は軽く失笑した。

「護り刀だって、伯母から聞きました」

縁は小さく答えた。老人は頷いた。

「なら、それはあんたの伯母さんのものかね？」

「いいえ。……母のです」

老人は、ほう……と、縁の方を見た。こちらを見つめる瞳が、一段と大きくなった。

「そうか、お母さんのか……」

老人は二度《にたび》、大きく頷いた。

「確かにそれは護り刀や。でも、ただの護り刀やない。そこに、紋が入ってたやろ。地・水・火・風・空の五大を表した五輪塔紋《ごりんのとう》や」

「五輪塔……」

「家紋にあれを使《つこ》てる家はほとんどあらへん。せやから、判るモンが見たら、誰のかすぐに判ってしまう」

縁の胸が高鳴った。この老人は、刀の秘密を知っている。この老人に訊けば、母の過去が判るかもしれない。

「誰のなんですか？　教えてください」

縁は、強く老人にせがんだ。老人は、突然の縁の大声に少し驚いたようであったが、

「確かに、あんたにはその話を聞く権利がある。その刀を持ってはるのやからな。……せやけど、どうやろか。あんたは、その話を聞く覚悟があるやろうか？」

と言った。縁を試すような、鋭い眼光を放ちながら。縁は深く息を吐いて、落ち着いた声で答えた。

「はい。……今日は、そのためにここへ来たんです」

老人は首肯した。

「それやったら、言うてあげよか。……これは、儂《わし》が聞いた話やけどな」

言って、老人は軽く片目を瞑《つむ》った。つまり、事実はともかくそういうことにしておいてや、という意図なのだろう。

「その刀、ホンマの持ち主は、高崎政之助《たかさきせいのすけ》いうて、西宮《にしのみや》の博打《ばくち》打の親分や。五輪塔紋は高崎家の家紋でな、その刀は、江戸の初め頃から家に伝わってる宝刀やったいうことや。もっとも、年代もんで傷みが激しいさかいに、政之助の親父が、だいぶ金かけて直したらしいけどな」

老人は、かけていた老眼鏡を外して、端切れで拭き始めた。俄に、雲が切れて、瀬戸内海の色が、一段と鮮やかになった。小波《さざなみ》がキラキラと光って、それを伝《つた》って、淡路島まで渡っていけそうである。

「ええ天気になりましたな」

老人は好ましげに言って、眼鏡をかけ直した。

※

政之助は、死んだ親父のあとを継いで、三十歳で家業を継ぎおった。家業いうても、ロクな商売やない。よそで人に訊かれても、よう答えられへんだ言うてたわ。いつも、つまらん手下を引き連れて、大阪のドヤ街やらをうろついとった。呑んだくれで、しょっちゅうケンカをしては、

「会社」の名、落とすようなことばっかりして、……まったく、自分が「社長」やいう自覚に欠けてたんやなぁ。

そんなこんなで、浮いたり沈んだり、オンボロ漁船みたいに不安定な政之助やったけれど、五十の峠越す頃には、それなりに「会社」も大きうして、「社員」も結構な数抱えるようになった。そこそこ舵取りも塩梅ようできるようになって、身なりも整うて、名も少しは通るようになったんや。

あんたも、よう判ってはるやろけど、政之助みたいな男に、〝誠〟なんて期待してもしょうがあらへん。とりあえず、家継いだときに身を固めおったんやが、すぐに別の女に厨房を譲りおってな。あとはもう、アテにならへん。次から次へと、ようそこまでと思うぐらい、浮気なことで……。まぁ、あんまり頭のええ男やなかったってことやな。せめてもう少しでも、酒と色に溺れへんかったら、まだなんぼかマシな男やねんけど、このクセだけは、五十になっても直らへんだわ。

五十五の頃やった。この浮気な政之助に、初めて本気で惚れた女ができたんや。大阪の十三《じゅうそう》の小料理屋で仲居をしてた女やった。まだ二十そこそこの若い女やったが……、器量がようてな。元々はそこの女将に惚れてたんやけど、ちゃんとした亭主のおる女将は政之助を嫌うてな、政之助が来るたびに、その若い仲居に相手をさせてたんや。仲居も政之助をそんなに好きやったわけではないが、女将に言いつけられるさかいに、仕方なかったのやろな。我慢してつきあっておったわ。

せやけど、政之助にとってはまさに一世一代の大恋慕、もう必死やった。その店に通い詰めては、仲居の気に入りそうなものを贈ってやるのやが……、仲居はあんまり受けとらへんだ。仲居は自分の商売が気に入ってなかったし、自分の倍も年上のジジイになぞ、興味もなかったんやろ。ほんでも、そのつれなさ加減が、がぜん政之助のハートに火を点けおったんやな。宝石をくれてやってもつき返す、紅もよう注さんと、ただ白い割烹着を着て黙々と配膳しておる……。飾らへんとこが、一層政之助の心をくすぐったんやなぁ。

仲居に手間をかけさせんとこと、あんだけ好きやった酒も一日十合までと決めて、服装もきちんとして、政之助は三年近うものあいだ、毎日店へ行きおった。そんで、遂にある晩、意を決して仲居に告白しおったんや。

――その恰好いうたら、思わず吹き出しそうなほど滑稽なもんやった。ひとつ「会社」抱えてる五十路も半ばを過ぎた大のおっさんが、二十歳過ぎの若い女の子の前で、縮こまって座って告白しおんねんで。いつもはエライ大きな声で怒鳴り散らしてるくせに、ブルブルみっとものう震えながら、言葉さえ詰まっておる。……どんな惚れてたか、よう判るやろ。

仲居は、緊張もせやへんまま、ただ黙って政之助の話を聞いたあと、ひと言「無理です」と、きれいな京都弁で言いおった。政之助は、そんなこと言わんと……と、考え直すように仲居に頼んだ。仲居は、困ったような顔をして、ずっと俯いておった。仲居の気持ちは判らんでもない。せやけど、政之助とて決死の覚悟でやって来たんや。政之助は、仲居を拝み倒した末、最後のお願いに出おった。

儂はこれまで、ずいぶんと勝手をしてきた。嫁はんもとっかえひっかえ、エライ我儘してきおった。せやけど、こんなに誰かに惚れおったんは、ホンマに初めてなんや。あんたにだけは、心から惚れおったんや。頼むわ、あんた。あんたがもし一緒になってくれたら、絶対迷惑かけへん。あんたにだけは、悲しい思い、絶対にさせとうないのや。この高崎政之助、いのちに換えてもあんただけは守ると誓うわ。

……その証拠に、この短刀をあんたにやる。これは我が高崎家に伝わる護り刀や。この短刀には、対になる長刀がある。高崎家の当主が結婚するときに、夫婦で一対ずつ持つことになってる。

今、この短刀をあんたに託しておく。もし、儂の心を信じてくれるのやったら、今度の休みに須磨に来てくれや。あんたと初めてデートしおった、あの須磨山や。儂はいつまでもあんたのこと、待ってるわ。たとえ、何かの都合で今度は来てくれへんだとしても、儂は待つわ。来年も、再来年も、ずっとずっと待つわ。いつになってもいい、あんたの都合がついたら、須磨山へ来てくれや。その護り刀を持って……。

あんたが、来てくれへんかったら、それは儂のことを信じてくれへんいうことや。今まで勝手してきたさかいに、信じられへんいうことや。それはそれで、……しょうがない。自業自得や。あんたのこと待ちながら、今まで迷惑かけてきた連中に、侘びいれてくわ。これが儂の、最初で最後の、ホンマの恋やから……。

※

「その仲居は来やへんかったらしいわ。政之助の、初失恋や」

老人は乾いた声で笑った。

「ホンマに人、好きになりおるのが、遅すぎたんやなぁ。勝手しているうちは見えんかったものが、ようやっと五十五にもなって見えてきおったんや。もっと早よ気づかなあかんかったのに、……遅かったんや」

縁は、鞄をぎゅっと抱き寄せた。

「政之助さんは……、仲居さんのこと、本当に好きだったのね」

鞄のなかにある刀が、一人の男の〝まごころ〟そのものに思えて、縁は身震いがした。

「今でも……、政之助さんは、仲居さんのことを想っているのでしょうか?」

老人は、遠い海を眺めるような目つきをした。

「さあなぁ。ようは知らへんけど、何でも毎年文化の日には、あの約束の場所へ行ってみるんだと。来るはずないと判っちゃいるが、それでもあるいは今年こそ彼女が来てくれるんじゃないかと、儚い希望を老いさらばえた胸に抱いて、……待つんだとよ」

縁は、瞳を閉じた。単純計算でも、政之助は二十年以上、ただ一人の彼女がやって来るのを、ここで待ち続けていることになる。どれほど、長い時間だろう。そして、どれほど、深い愛情なのだろう……。

「辛くは、ないのでしょうか？」

縁の唇から零れた言葉に、老人はふり返り、幽《かす》かに微笑んだ。

「……理屈やないんやなぁ。理屈を言い出したら、もう諦めるしかない。時間も経ってる。あの人生の分かれ道には、二度と戻られへんのや。仮に、同《おんな》じ場所に来れたとしてもな。あのときとは、彼女もずいぶんと変わってるやろう。同じ気持ちには、なられへんかもしれへん。……それを考えたら、確かに辛い。いっそ、みんなまとめて忘れてしまえたらって思うてしまうわ。……せやけど、理屈やないねん。長く待つのはかなんけど、待たれへん方がもっとかなわん。やっぱり、待っていたいのやなぁ。もしかしたらって、思うていられる方が、心に無理して諦めるより、幸せなんやなぁ」

老人の瞳が、本当に優しい色をしていることに、縁ははっとさせられた。今の言葉は、紛れもなく、老人の本心に相違なかった。

「これ、……政之助さんにお返しした方がいいのでしょうか。伝家の宝刀ということでもありますし」

縁は鞄を持ちあげた。老人は静かに頭を振った。

「それは彼女が持っているべき物や。彼女が持っておるからこそ、いつかまた逢えるのじゃないかと、政之助も楽しみにできおる。あんたから返されてしもたら、政之助の今までの辛抱が水の泡になるだけや。畢竟、今逢えてへんのが、辛いわけやない。今後一生、逢えへんようになったと判るときこそが、一等辛いんや」

「判りました。……きっと、大事にします」

老人は縁の目を見て、力強く頷いた。

「さて、儂はもう行くとするかのう。尻の青いのが、向こうでイライラして待ってるやろうしな……。お嬢さん。あんたはまだ相当に若い。ひとつ言うておくのやけど、諦めなさんなよ」

老人は、傍らに寝かせてあった杖をついて、それに寄りかかるようにして立ちあがった。

「ええか、ぜひとも諦めなさんなよ。辛いこと、うまくいかへんこと、これから生きてく途中でようけ出会うやろけど……、あんまり素直に諦めなさんなよ。周りはもっともらしいこと言うてくるかもしれへんが、所詮は他人の言うことや。誰もあんたの人生に責任とってくれるわけやない。自分の人生は、自分で〝おとしまえ〟つけていくしかないのやから、納得できるまで観念したらあかん。時間はかかるかもしれへんけれど、あんたが気張ってる限りは、いつか叶う日も来るもんや」

「はい……」

縁は老人の言葉を、しっかりと諾《うべな》った。老人は、杖をつきながら、

「……諦めへんかったから、今日みたいな嬉しい日も来るのやで」

と笑った。

「お話、有り難うございました。お逢いできて、私も嬉しかったです」

縁は頭を下げた。老人は、一歩一歩、ゆっくりと前へ進みながら、

「こちらこそなぁ……」

と答えた。

縁は、老人の姿が見えなくなるまで、見送っていた。母のことを、本当に愛している男性……。おじいちゃんぐらいの年齢だけれど、初対面の自分に本音をうち明け、また自分へも思い遣りのある言葉をかけてくれた男性を、縁は敬意を以て送り出したかった。

第七章　永久《とわ》の祈《いの》り

行楽客と七五三参りとで毎日めまぐるしく動いているあいだに、いつのまにか十一月は過ぎてしまった。

「薫ちゃん、縁ちゃん、今日から迎春準備にかかるわよ」

伯母の弾んだ声が、社務所内に響き渡る。十二月十三日、「事始」である。

「あさってには、注連縄《しめなわ》、取替えにきてくださるから」

毎年この頃になると、崇敬者のおじいさんが、綯《な》いたての真新しい注連縄を持ってきてくださる。拝殿やご神木の注連縄は、手の届かない高いところにつけてあるので、私たちだけでは、なかなかやり切れない部分がある。おじいさんは注連縄の取替えが済むと、ついでに本殿の屋根も掃除してくださるのだが、こうした支えがあるからこそ、木花神社も安泰なのだ。

「堀江のおじいさんの存在って、心強いですよね」

「本当ね。……でも、やっぱり心配もあるわね。あのおじいさん、今年で喜寿でしょう。お年のことを思うと、無理は言えないしねぇ」

伯母は頬杖をついて、困った顔をした。

確かに、これから先のことを思えば、若干の不安は否めない。若い世代の方々が、もっと神社に関心を持ってくれるといいのだが、現実に神社を支えてくださっているのは、堀江のおじいさんを始め、専らご年輩の方ばかりである。

「仕方ないわね。手間賃を支払って来てもらうわけじゃなし、来年は私たちで何とかするしかないわね」

伯母は溜息をついて言った。

薫ちゃんは、ひたすら黙々と、破魔矢に卯の絵馬を括りつけている。年末とはいえ日曜なので、参拝者の数もそこそこあるから、ご祈禱などで時おり中断しながらの作業になる。

縁は、元旦の特別奉献の目録を整理しながら、干支の置物を白紙に包む作業に追われている。

伯母は、ついさっきから、伏見の酒造業者の特別参拝を奉仕している。初詣に来られた参拝者に振る舞うお神酒を、わざわざ持参してくださったためだ。お正月は、授与品の種類も数も、普段の数倍に増加する。作業の途中で、何が飛び出してくるか判らない。迎春準備は、時間との闘いでもある。

夕方になった。

「あら、もうすっかり冬だわね。まだ四時前だというのに、こんなに夕陽の影が長くなって……。

気が急《せ》いて、いけないわね」

西の方から、長々としたオレンジ色が、境内に深く射しこんでいる。

「そうですね、てっきり五時かと思いました」

まだあがれないよー、と縁がつぶやく。くすりと笑った伯母の横で、

「わたくし、買い物に行ってまいります」

薫が席を立った。

「ええ、そうしてちょうだい。これだけ日が暮れたら、もうお参りの方も来られないでしょ」

伯母は頷いて、それから縁に、

「じゃあ、あなたもちょっと休憩してくれる？」

と言って、一緒に拝殿へ上がるように命じた。

※

千早を着けて拝殿へ上がると、伯母は、

「今から夕御饌祭をします」

と、殊更に荘重な声で言った。普段、この祭は伯母が一人で奉仕している。月次祭や例祭など、

大きい祭のあるときには縁も手伝うことがあるが、日常《ひごろ》の祭では、全く関知しないところとなっている。縁が、伯母の意図を摑みかねて首を傾げていると、

「あなた、やってごらんなさい」

俄に伯母が縁に言った。

「えっ……？」

訊き返す縁に、伯母はもう一度言った。

「あなたが、やってごらんなさい」

「私……、無理です」

縁が否むと、伯母は笑った。

「大丈夫よ。あなた何度か、お祭にはご奉仕したことあるでしょう？」

「でも、私せいぜい手長《てなが》の作法しかやったことありません。伯母さんが、今やれと仰るのは、陪膳《はいぜん》のことでしょう？　そんな難しい役、とてもできません」

奉仕した、といっても、縁が経験したのは、ちょっとしたお手伝いの役である。それも、見よう見まねでその日だけごまかしを利かせた、いわば瞬間芸みたいなやり方だったのだ。伯母が連日斎行している、本格的な役とは大違いである。

「ちゃんと教えてあげるから、やってごらんなさい。きっと、すぐできるようになるわよ」

幾度も伯母に促されて、縁はしぶしぶ、従うことにした。

次は右、足は左から……と、文字通り一挙手一投足に至るまで、逐一、伯母は細かな指示を下した。作法について、根拠がさっぱり判らないので、縁はただただ、伯母の言うとおりに動くよりほかなかった。

「そこは深いお辞儀、だめよ、そうじゃないの……」

伯母に訂正されるたびに、縁は思わずにはいられなかった。

どうして、伯母はこんなことをさせるのだろう。緻密な作法やご神前での奉仕なら、間違いなく薫ちゃんの方が適任のはずだ。彼女は、常日頃から、より神さまに近い場所での奉仕を望んでいる。物覚えの悪い自分にさせるよりも、絶対彼女の方が似合っているのに。

「あ〜、やっと終わった」

へとへとになった縁が、思わず大きな溜息を零すと、伯母は笑いながら注意した。

「縁ちゃん、ここはご神前よ」

縁はぐったりしながらも、慌てて裾を直して、きちんと正座し直した。

「ごくろうさま、よく頑張ったわね。神さまも、喜んでいらっしゃるわ」

「やっぱり、私には難しいです」

否定的な縁に、伯母は感心したように言った。

「陪膳の作法は、誰にだってかなり難しいはずよ。伯母さんだって、身につくまで、すごく時間がかかったわ。……あなた、いいセンスしてるわ。思ってた以上に、しっかりご奉仕してくれたものねぇ」

「伯母さんの仰るとおりに動いただけです。それだけでも、精いっぱいだったのに……」

「とてもそんなふうには見えなかったわよ。あなた、口ではいつも自分を卑下して言うけれど、それで案外、きちんと頑張れてるのよね。……きっと、思う以上に、普段からまじめに神さまにお仕えしてきたのね。その気持ちが、ちゃんと作法に出てきて、伝わっていくのよ」

そうなのよと、伯母は一人で合点した。こんなふうに褒められるなんて、縁は面映さにいたたまれず、首を振った。

「買いかぶりです。伯母さん、どうせなら薫ちゃんに教えてあげてください」

けれども、伯母はこう答えた。

「確かに、薫ちゃんもまじめな子よ。でもね、人にはそれぞれ、適性とか特性といったものがあると思うのよ。薫ちゃんはね、ホントにまじめだけれど、彼女は仕女にこそふさわしいと伯母さん考えるのよ。あの子のまじめさはね、ひと言で言ってしまえば〝仕女さんらしい気質〟ということになると思うのよね。……仕女さんと神主さんとは、同じ神社で同じ神さまにお仕えしているけれども、やっぱり少し性質が違うのね。伯母さんが思うのには、神主さんとして神さまにお仕えするという意味からいけば、縁ちゃんの方が適しているのよ」

「待ってください、それ、どういう……」

縁が言いかけたとき、ふいに伯母が言葉を挟んだ。

「縁ちゃん、見てごらんなさい。きれいな宵闇ね」

伯母が、鎮守の叢林の隙に広がる、彼方の空を指差した。

日の暮れたあとの空には、濃い青色が広がっている。塒《ねぐら》を目指して家路を急ぐ鳥たちの姿が真っ黒に映るほどに、深い深いインディゴが空を覆い尽くしている。

一面の、濃紺。

「いいわね、こういう時間……。空も町並みも、すべてが、ひとしなみに青い色に沈んで、恰も影絵のようで。往来は激しくなって、外はずいぶん姦しいはずなのに、なぜだか心は、どんどん静まり返ってゆくのね」

言われてみれば、さっきから、耳が痛い気がする。ちょうど、音のない空間に入ったときのように、耳の底の方が、ジーンとするのだ。心が、静寂を感じているということなのだろうか……。

「伯母さんね、この時間が一番好きなの。なぜだか、判る?」

縁は沈黙を破らずに、打消しの意を伝えた。

「あの、木末《こぬれ》の向こうの空をご覧なさい。すごく、透明だと思わない? この時間帯の空って、どこまでも青くて深いけれど、……とっても透きとおっているのよ。濃くて、ひたすら青いだけじゃなくて、本当に混じりけのない、澄んだ色をしているのよね。……だから伯母さん、この空が大好きなの」

伯母は、夢でも見るような不思議な眼差しで、外を眺めていた。

縁も、もう一度、遠くの空を見上げた。先程よりいくらか暗さを増した空は、黒とも群青ともつかぬ色を帯びて、ただ黙って夜の訪れを待っている。

凍りつくような冷たい風が、一陣、空を掃き清めて去ったとき、ふいに境内の灯籠に明かりが燈った。薫が戻ってきたのだろう。

「ホントに、ああいう〝心〟になれたらいいわね」

伯母はそう言って、三方の上のお撤饌を持って社務所へ退がった。縁はしばらく外を眺めたあと、思いきって拝殿の扉を鎖《さ》した。

※

月日の経つのは早いものだ。殊に歳末は、光陰矢の如し、というよりまるで弾丸のようである。

「あがりま〜す」

脱ぎ捨てた袴をしっかり白風呂敷に包みこんで、スーツに着替えた縁が、退社の挨拶に社務所へ顔を出した。

「お疲れさん。また明日もよろしくね」

伯母に続いて、薫も「お疲れ様です」と軽く頭を下げた。

「薫ちゃんも宮司さんも、あまり根詰めすぎないでくださいね」

引き続き、迎春準備に追われる二人に労《ねぎら》いの言葉をかけて、縁は社務所をあとにした。

よく晴れたせいで、夕方から一気に冷えこんだ。鳥居のところで、本殿に向かって一礼しながら、縁はくしゃんとひとつ、くしゃみをした。

「ああ、寒い……」

年始を控えて、風邪はご法度だ。縁は襟巻きのなかに、首を引き入れた。空には、伯母の大好きな、透明な群青色が広がっている。

あれ以来伯母は、朝夕いずれかの御饌祭の奉仕を、縁に任せるようになった。

伯母は、自分にあとを継がせようとしているのかもしれない、と縁は思った。

なるほど、現時点では他にあげられる候補はない。けれど……。本当に、自分が木花神社を守ってゆけるのだろうか。やはり、男手の方がよいのではないか。それに……、今ひとつアテにはできないが、弟にもその気がないわけではなさそうだ。自分でなければならない理由はない。

いつもより、三十分ばかり遅いせいだろうか。駅へ向かう道は、普段より車の台数が少ない。駅まで僅かに十五分程度の距離とはいえ、峠を越えて田舎へ向かうこの道は、午後五時半と六時とではガラッと景色が変わってしまう。ついさっきまで、にっちもさっちもいかないくらいに停滞していた道が、徹底的にガラ空き状態になるのである。

冷えきった風が、遮る物のないのを幸いに、川からまっすぐ吹きこんでくる。縁は、二つ目のくしゃみをした。まずい、本格的に風邪を引きそえてしまいそうだ。縁が、スーツの上に羽織ったコートの襟をしっかりと締めたとき、人通りも絶えた道の向こうからやって来た一台の車が、ふいに向かい側の道路脇に停車した。

道端のお店も、もうみんな閉まっているのに……、と縁が不審に思っていると、ゆっくりと車の窓が開いた。

「縁さん……!」

ビクッとして、驚いて見ると、サングラスをかけた男が、こちらに向かって手をあげている。躊躇していると、男はサングラスを外して言った。

「やっぱり、トロくさいんだね……」

蒼志だった。

「こっちへ来てくれる?」

言われるままに、縁は通りを渡って、反対側の歩道へ回った。路肩に半分乗りあげた車の助手席のドアを、よいしょ、と蒼志はなかから押し開けた。

「乗って」

「でも……」

躊躇いがちに遠慮すると、蒼志は言った。

「いいから。さっき、でっかいくしゃみしてたでしょ？　風邪引くと困るから、送るよ」

「何で、知ってるの⁉」

誰も見てないと思ってたから、思いっきりくしゃみをしたのに……。縁は、恥ずかしくて真っ赤になった。

「この通り、けっこう見通し、いいんだよね」

蒼志は何の衒《てら》いもなくそう言って、とにかく乗るように縁に勧めた。後続が来るといけないから、と言われて、縁は仕方なく車に乗りこんだ。

「じゃあ、お言葉に甘えて、失礼しま～す」

シートベルトを締めて、風呂敷を膝の上に載せると、思わず震えが来た。目ざとく、「寒い？」と蒼志が訊いた。

「ううん。寒かったの」

縁は首を振った。

この道の突き当たりに、木花神社の大幣殿《たいへいでん》がある。六月八日の昼の祭で、大幣を安置するところである。その前で、Uターンをしようとした蒼志を、縁は止めた。

「もしよかったら、右折して」

「何で？」

尋ね返しながらも、蒼志は右折して本町通りへ出た。

「ちょっと、ね……。縁起担ぎ、かな」

縁は意味ありげにつぶやいた。

実は、駅へ向かう通りの途中に、小さな祠《ほこら》があるのだ。よく見ていないと、見落としてしまいそうな小さな祠だが、宇治橋を守る女神を祭っている。

本来は橋の安全を守り、また罪や穢れなどを洗い流す神さまなのだが、いつしか様々の俗説と結びついて、いわゆる「悪縁切り」の神さまとして知られるようになっていた。このため地元では、婚礼のときなどに、この神社の前を通ることを避ける風習があった。また最近では、この橋姫社で悪縁を断ち切ってから、木花神社で良縁を結び直すという参拝者も、珍しくなくなっていた。

本町通りから大通りを経由して、再び宇治橋に合流できる。このまま宇治橋を渡ってしまってもよいのだが、さすがにこちらは幹線道路だけあって、まだまだ車の数も多い。蒼志は橋を渡らずに、比較的空いている宇治川左岸の堤防道を選んだ。

「この道行くの、久しぶり……」

前に通ったのは、二年前の春だったろうか。川沿いの桜が咲いている頃で、川霧に霞んで、とてもきれいだったのを覚えている。縁は、ふいに懐かしさを覚えた。

「縁さん、今日急いでる？」

京滋バイパスの高架をくぐる頃、蒼志が訊いてきた。

「急ぎはしないけど……、どうして？」

「いや、せっかくだから、晩飯でもどうかと思って。忙しいなら、無理は言わないけど」

「だったら、私がご馳走するわ。送ってもらって、申し訳ないから。……用事はないの。ただ、家族が夕飯の準備をしちゃってると思うから、ひと言、連絡ができれば助かるんだけど」

縁が答えると、蒼志は「そう……」と小さくつぶやいて、前に置いてあった携帯電話に手を伸ばした。曲がりくねった道を、注意深く片手でハンドルを操りながら、少しの操作を加えたあとで、

「どうぞ」

と縁にさし出した。受けとると、もう呼び出し音が鳴っている。

「お借りします」

と答える即ち、向こうから弟の声が聞こえた。用件を告げると、

「親が心配するから、あんまり遅くなるなよ」

と、あまりにも説得力のないセリフが返ってきた。あんたじゃないから大丈夫よと、よほど言おうかと思ったが、他人の携帯なので早く切りあげるのが先決と、縁は〝よい子の返事〟を返しておいた。

「有り難う」

携帯を返すと、蒼志は受けとり際に通話を切り、観月橋《かんげつきょう》を渡った。

横大路《よこおおじ》から国道一号に入る。道幅も広くなり、交通量も各段に増えた。お蔭で、道の両側には、駐車場を完備した大型の飲食店が軒を連ねている。

観光都市である京都には、食事処にせよ商店にせよ、気の利いた店はそれなりにあるのだが、とりわけ「駐車場」という点では明らかに不都合が多い。古くより都市が築かれていたために、狭い街路に沿って家々がひしめき合うように建っていて、剰余のスペースがないのである。そんなわけで、古都には稀な一部の自家用車族にとっては、こうした大幹線沿いのファミレスは、恰好の立ち寄りスポットとなるのだ。

そのうちの手頃な一軒に、蒼志は車を入れた。食事時だけあって、フランチャイズにも拘わら

ず、店内にはかなりの客がいる。幸いに、窓側の隅の席が開いたので、そこに二人は陣取ることができた。

「今年お初のちゃんとした外食だぁ……」

メニューのなかのどんな料理も、縁にはご馳走のように見える。

「今年初って、今日天皇誕生日だよ」

「それくらい、外食とは縁がないってことよ」

縁は目を輝かせて、ハンバーグシチューとパンがセットになったものを注文した。

「でも、今日は助かったわ。寒くて凍えそうだったから。……桜井君も、あんなトコ通るんだね。知らなかった」

どっちかといえば裏道なのになぁ、と縁は思った。

「あんまり、通らないけどね。……今日、仕事休みでさ。彼女もうちへ帰る用事があったから、木津《きづ》まで送ってってたんだ。それで戻ってきたら、夕方になってたんで、もしかしたらと思って。正直言えば、わざわざ迂回したわけなんだけどね」

「そうだったの……。でも、どうして？」

「うん……。ちょっと、縁さんに逢っておきたくてさ」

蒼志が戸惑いがちに答えたとき、食卓の上に置かれた携帯が振動した。

「いいの？」

縁が訊くと、蒼志は「うん」と言って、電源を切ってしまった。本当にいいのかな、と縁は、少し心配に思った。

「やっぱり、縁さんの意見が聞きたくて。こんな相談できるの、他にいないから」

「相談……？」

頷く蒼志の顔色は、あまり芳しくない。聞いてあげたいと願う一方で、一体どんな内容なのだろうと、縁は身構えた。霎時《しょうじ》、蒼志は俯いていたが、やおら顔をあげると切り出した。

「結婚、しようと思ってるんだ」

縁は、じっと蒼志の顔を見つめた。驚きはしたが、次の言葉を紡ぎ出したかったので、驚駭《きょうがい》は隠したまま、蒼志を見据えた。

「来月になったら、彼女の両親にも会って、ちゃんと話をするつもりだよ。まだ年は若いけど、一応まじめなつもりだし、彼女のことは本気で好きだから。……でも、ちょっと自信がないんだ」

「自信が、ない……？」

ああ、と蒼志は頷いた。

「こっちは一生懸命話をしてるんだけれど、彼女の方はあんまり乗り気じゃないみたいで……」

「嫌がってるわけ……？」

「嫌ってことではないみたいなんだけど、どうもよく判らないんだ。その他のことは、だいたい何でも判り合えるんだけど、これに関してだけは、さっぱり彼女の気持ちが見えてこない。俺のことが嫌いなのかって訊いたら、大好きよって答えるのに、プロポーズにだけは、きっちりした返事をするのを拒むんだよね。どういうことなんだろう」

蒼志は自分で首を振った。

そのとき、ウェイターが注文した料理を運んできた。冷めるのを待ってても仕方がないので、とりあえず箸を進めながら話すことにした。

「縁さん、前、彼女に会ったでしょう？　一見軽そうに見えるかもしれないけど、彼女、けっこう真剣なものを持ってる子なんだ。仕事も店で一番頑張ってるし、お客さんに対してだけじゃなく、仲間にも気配りが行き届いてるしね。こんな仕事に就いたのも、誰にも迷惑をかけないで、自分の夢を達成するためなんだ。……彼女、絵が上手でね、絵本のイラストレーターになりたいって、いつも言ってるよ。ただ美術やるのって、かなりお金が要るから、こうして頑張ってるんだね」

「そっか……」

確かに、気配りは身についているようだった。彼女の使ったあと、お手洗いのペーパーがきれいに折ってあったのを縁は思い出していた。そういう些細なところに、日頃の嗜《たしな》みは露見するものだ。

「俺も大概、テキトウな奴だから、拒否されるのもやむを得ないってのは判ってる。こんな男を選んでくれるかどうかは、彼女の選択だしね。ただ、あまりにもはっきりしないのが、気分的にキツくてさ……」

曖昧すぎると不安になってくるんだよね、と蒼志は言った。その表情から察すれば、言葉以上に蒼志は落ちこんでいるようだ。縁は言葉を探りながら、こう尋ねてみた。

「ねぇ、桜井君……。今まで、何人ぐらい、女の子とつきあってきたの？」

「えっ……？」

唐突な問いかけに、一瞬当惑した顔をして、蒼志は箸をおろした。そして、指を折って、しばらく数を数えていたが、

「どういう状態を〝つきあう〟っていうかにもよるだろうけど……、一緒に暮らしてた人でいくと、……片手と少し、かな」

「そんなに……!?」

単純に三年間ということで考えてみても、ちょっと回転が良すぎる。呆気にとられて目を閉じると、

「きっと、節操がないんだね」

蒼志は自分でも呆れてみせた。

「でも、彼女とはもう一年近く、ちゃんとつきあってるよ。やっぱり、他の女の子とは全然違うんだ。今までの人は、どっちかっていうと向こうから来たって感じなんだけど、彼女だけはこっちが惚れこんじゃったわけだから。……こんな気持ちになったの、ホントに初めてなんだ。だから、どうしても逸《のが》したくなくって、つい……。らしくないでしょ?」

蒼志は、肉のひと切れを口に放りこんだ。

「そんなことないけど……。桜井君の戸惑いは、判る気がするもの。けれど、彼女さんの気持ちも、何となくだけど判る気がするわ」

「やっぱ、ダメってことなのかな?」

「さぁ……。私は彼女さんじゃないから、確信めいたものは言えないけれど。……でも、たぶん〝拒絶〟ってことじゃないと思うわ」

縁はひと口、水をすすった。

「桜井君、どうして……、そんなに答えを急ぐの? 先方のご両親に会うのだから、焦《あせ》る気持ちも判らないではないけれど、そんなに思い詰めなくてもいいはずよ」

「思い詰めてるつもりはないんだけど」

蒼志の言葉に、縁はくすっと笑った。

「さっき自分でも言ったじゃない、らしくないって。それって、自然体じゃないってことでしょう？　どこか、要らない力が入ってるって……。だから、まずは桜井君自身が、普段の呼吸を取り戻さなきゃ。そうしたら、きっと、彼女さんの気持ちも見えてくるよ」

「そうかな？　てっきり彼女に、本心では見限られてるのかと思ってたよ」

諦めがちな蒼志のセリフに、縁は重ねて問いかけた。

「どうして、そう思うの？」

戸惑いながら、蒼志は答えた。

「だって……、仕事にしても他の事でも、今の俺ってすごく不安定だと思うんだよね。一応、食ってはいけてるけど、これから先のことを問われたら、確実な保障はないしね。彼女もどちらかといったら、やっぱり〝安定した〟幸せがほしいだろうし、……俺じゃ、不安じゃないかって」

そして、最後のひと口を飲みこんだあと、蒼志は一層深刻な表情でこう言い足した。

「実は彼女、一度、子供を身籠ったことがあって。まだ高校生だったから、親には内緒で、一人で中絶したんだ。そのときの経験があるから、ああ見えても、結婚にはかなり慎重になってて。相手の男もいい加減な奴だったものだから、……一番深いところで、まだ〝男〟ってものに、恐怖と疑いがあるみたいなんだ」

「……」

「そこへ加えて、俺でしょ？　もちろん、彼女と一緒になったら、仕事もまっとうなものに就くつもりだけれど、過去がすべて消せるわけでも、自分の性格を全部変えられるわけでもないしね。もっと安定した、無難な男の方がふさわしいんじゃないかって、思うときもあるんだ」

縁は、しばらく黙っていた。

蒼志の言うことは、ある意味、当を得ている。彼女が返答を濁す理由は、恐らくそのあたりにあるのだろう。けれど……。

「そんなに気を落とさないで。大丈夫よ、桜井君なら。……彼女さんが、桜井君を大好きって言ったの、私は本心だと思うわ」

「なら、どうして？」

縁はナイフとフォークをきちんと揃えて端に置いて、まっすぐに蒼志の方を向いた。

「彼女さんは、きっと〝待って〟と言いたいのよ。……桜井君の真摯な想いは、彼女さんにも充分、伝わっていると思う。だから、たとえ今まで辛い目に遭ってきたとしても、彼女さんは桜井君のことを〝信じたい〟って思っているはずよ。昨日より今日、桜井君の思い遣りが伝わるたびに、彼女さんのなかで、その気持ちは日増しに強くなってるでしょう。……でも、やっぱり急には〝信じきれない〟、彼女の警戒心もあると思うわ。その警戒心が、今日まで彼女さんを守ってもきたのだから……。だから、〝もう少し待って〟。心の底からあなたを信じられる日が来るまで、あと少し時間を分けてほしいんだと思うの」

「時間……」

「うん。だから、あんまり焦らないで。桜井君、昔言ってたよね。落ちてくる雪は、無理に追いかけずに、静かに待ってた方が手に入れられるんだって」

「……よく、憶えてたね」

驚いた顔をして、蒼志が言った。笑顔で、縁は頷いた。

「うん。……そうやって、いつも答えに急いで、結果的に〝諦めがち〟になっちゃってるの、桜井君の悪いクセだよ」

縁は、ぴっと人差し指を立てて言い放った。すると、

「ごめんなさい」

蒼志は戯《おど》けて言って、頭をぺこりと下げた。つられて、縁はふふっ、と笑った。

「そのうち彼女さんの方から、きっと何か言ってきてくれるよ」

一段落ついたところで、二人は席を立った。

※

結局、夕飯代は、それぞれ自分の分を自分で払うことになった。送ってもらったとか、相談したとか、どっちが卵か鶏か、譲り合っているうちに判らなくなったからだ。

五条通りを東進しながら、蒼志が言った。

「今日は、ホントに助かったよ。理屈じゃ判っていて覚悟してるつもりでも、もし彼女にふられたらどうしようって、内心かなり悩んでいたからね。縁さんのお蔭で、ちょっと自信を回復できたよ」

「だったら、私も嬉しいわ。……桜井君って、見かけによらず、けっこう小心者なのね」

「そうなのかもね……」

笑ったな、と縁の方にちらっと睨みを入れながら、蒼志は頷いた。

「でも、よかった……。桜井君が、あんまり昔と変わっていなくて」

縁は掌を合わせて、しみじみと言った。

「どういう意味だよ?」

「だって、夏に会ったとき、見た目も感じも、ずいぶん変わっていたんだもの。私の知ってる桜井君は、譬えていうなら〝日本男児〟って感じの、生まじめ一本って雰囲気だったのに」

「何だよ、それ」

「とにかく、すごくまじめな人だと思っていたの。それなのに、いつのまにか、えーと、何て言うんだろ……」

縁が言葉を選んでいると、

「すっかり〝遊び人〟になってた……って？」

蒼志が自分で言った。それを待っていたかのように、

「そう、それ！　まさに〝遊び人〟って感じ!!」

と、すかさず縁が叫んだ。

「ひどい言われようだな……。ま、否定はできないけどね」

蒼志は苦笑した。

「ごめんなさい。……だけど、話をしても、だいぶあの頃とは価値観が違ってきてたから、こうやってうち明けごとなんて、できないと思ってた」

「そりゃ、あの頃と同じってわけにはいかないだろうね。あの頃はまだ二人とも子供だったけれど、今じゃそれぞれをとり巻く状況も変わってるわけだし……」

「うん……。でも、私はあの頃の〝空気〟、好きだから。桜井君は、私より先に大人になってっちゃうから、もう拘《こだわ》りなんてないのかもしれないけれど」

それが、縁にとって、一番悲しく思われることだった。蒼志と会話を交わすたびに、チクチクと胸を刺す棘のようなもの。その正体は、これに相違ない。少し淋しげにつぶやく縁に、意外に

も蒼志はこう言った。

「俺も、ホントのこと言えば、あの頃が懐かしいよ。時間を戻せるものなら、縁さんと話してた、あの頃に帰ってみたい。あの頃の自分が、自分では一番気に入っているからね。……残念ながら、そんなことはできないから、これでいいけれど、あの頃は、俺の人生のなかでも、やっぱり〝特別〟だよね」

たくさんのお墓が鎮まる薄暗い北花山の峠を下り、新幹線の高架下を通って、外環状《そとかんじょう》に出る。山科《やましな》から醍醐《だいご》にかけては、新興住宅地が立ち並ぶ、開発地域である。連なる大型商業施設のネオンと車のライトが、目にはまぶしい。

「桜井君も、そう思ってたんだ……。私も、あの頃の自分が好き。だから、今日、あの頃と変わらないものを見つけられて、私、ホントに嬉しかったの」

縁は、心からそう感じていた。

蒼志は、京都でも一二を争うこの渋滞通りを避けて、小野《おの》から醍醐寺の前を通る裏道に回避した。車窓の景色は、再び暗闇に沈んだ。

「ね、こんなこと訊くと、桜井君、嫌に思うかもしれないけれど……」

前置きをした上で、縁は尋ねた。

「お母さんのことなんだけど、どんな感じなの？」

そのことね、と蒼志はつぶやいた。

「相変わらずだよ。ときどき、あの王子が浜へ出ては、泣き叫んでるみたいだし……」

「あの浜って、お母さんにとって、何か意味があるのかな？　どうしてあすこへ行くと、ああなってしまうんだろ……」

「さあね。新宮にいた頃のことは、何も聞かされてないからね。たぶん何か、あそこでなきゃいけないわけがあるのだろうけど、俺には判らないね」

「お父さんは、お母さんと別れたの？」

いや、と蒼志は首を振った。

「〝あの女はいつも身勝手だ〟って、すっかり怒ってしまって、離婚届を俺のところに持ってきたよ。母さんのところに送り返せって言って」

「それで、どうしたの？」

「送り返したって、どうにもならないからね。書類だけ提出しても離婚は成立するけれど、父さんが反対している以上、勝手にそんなことしても意味ないし、母さんの気持ちも、まだ本物か判らないしね……。もうしばらく、こっちで預かっておくよ」

そうね、それがいいかもしれないわね、と縁も頷いた。

「彼女さんは、このこと知っているの？」

「ほとんど言ってないから、あまり知らないんじゃないかな」

「どうして、言わないの？」

自分の家族のことじゃない、と縁が言うと、

「彼女には、なるべく負担をかけたくないんだよね」

と、蒼志は答えた。

「自分の親との同居さえ嫌がってるのに、こっちの親の手間までかけさせるわけにいかないでしょ？　結局、うちのゴタゴタはうちの問題なんだから、彼女には責任ないしね。親のことは、自分でカタをつけるよ」

でも……、と心のなかで、縁は反駁した。

確かに、そうできるなら越したことはない。お互いの自由を侵害しない努力は、大切な配慮といえる。けれど、家族の問題って、そんなものなのだろうか。これは誰彼の問題、これは私の問題と、部分的に切り離して考えていけるような、独立性の高いものなのだろうか。

それに、難しい問題であればあるほど、お互いの援《たす》けが必要となるのが通常ではないのか。仮に、蒼志が彼女を問題から懸命に遠ざけていても、いずれは巻きこまれていくことになるだろう。そのとき、あらかじめ断っておかなかったことは、却って彼女の負担を増加させはしないか……。

けれども、反論したい一方で、蒼志の彼女への心配りを否定することもまた、縁にはできそう

になかった。

「そう……。でも、あまり無茶はしないでね」

やっとのことで、それだけ言うと、蒼志は「うん」と、短く頷いた。

※

車はJR六地蔵駅前の交差点から、右折して、桃山地域を目指した。

「もうひとつ、訊いておいてもいいかな？」

「えっ……、どんなこと？」

縁は蒼志をふり向いた。

蒼志は、ただ前を見据えたまま、独り言でもつぶやくように、小さく言った。

「もう、だいぶ昔のことになるけれど……。縁さんから、一度だけ、手紙をもらったことがあるよね」

手紙、という言葉に、縁の心臓は、とくんと大きな音を立てた。

「あのとき縁さん、〝仕女さんになりたいから、男の人とは交際しません〟って、書いてたよね。……どうして？」

「それは……」

縁は言葉に詰まった。

三年前、「あの手紙」を書くとき、縁が最も悩んだこと。蒼志の問いかけこそ、まさにそれだった。

仕女になるということ。

それは、どういうことなのか。観念じゃなくて、具体的に、一体どういう状況を意味するのか。

世間一般の人たちから、判ってもらえることもある一方で、なかなか理解してもらいにくいこともある。仕事の作業内容や組織体制など、多くの部分で一般社会と類似している反面、営利や顧客への一方的なサービスの提供を目的とした社会機関とは、大きく一線を画している部分があるのも事実だ。

そもそも「宗教」というものに対して、微妙な意識を抱いている昨今の日本人である。「神さま」という得体の知れないものに仕えることを生業としてゆく人生など、奇怪で好事な行為でしかないのかもしれない。空理空論を掲揚して人々の同情を喚起し商売にしていると、真っ向から批判されることとさえある。

「神さま」という存在に「仕える」ということ。

宗教に従事する人々に共通するこの枠組みと、それぞれの宗旨・立場により細分化される役割と。神職・事務員を始めとする、日本の神々に奉仕する諸々の「神道人」のなかで、〝仕女〟とは一体、如何にあるべき存在なのか……。

「桜井君は、仕女さんって、どんな人たちか知ってる？」

恐る恐る、縁は問うてみた。

「どんな人って、……あんまり神社とか、行かないしね。せいぜい、中学生の頃にやってたアニメやゲームでちらっと見かけるくらいだったし、……たぶん縁さんから見たら、歪んだイメージしか持っていないと思うな」

「神社でたまに訊かれるわ。お札とか、投げるんですかって」

縁は軽く失笑した。子供ならともかく、壮年の男性にいきなり「回復系の呪文を教えてください」と迫られて、焦ったこともある。仕女は神さまへの奉仕者であって、魔術使いではないのに、このテの問い合わせには意外と出くわす。

「仕女さんって、みんな普通の人たちよ。犯罪でも犯さない限りは、誰でも志願できるわ。……ただ、ひとつだけ、外し難い条件があるの」

「条件？」

そう、と縁は頷いた。

「〝未婚〟である、ということなの……。神主さんとか事務員は、結婚していても障りがないけれど、仕女さんだけは、独身じゃないといけないの」

――だから、あのとき縁は、蒼志との交際を断ったのだ。そのことを、あるいは察してくれないかという期待をこめて、縁は自分の夢を手紙に記したのである。

するど、蒼志は、不思議なことを縁に言った。

「どうして？」

況《いわん》や、言葉自体は不思議でも何でもない。しかし、縁の耳には、全く新しい言葉として響いたのだった。

「どうして……って？」

縁は、はっとして蒼志を見た。蒼志は前を向いたまま、驚く縁に、装うところもなく言った。

「何で、仕女さんだと結婚できないの？」

蒼志の問いかけに、縁は「えっ」とつぶやいたまま、言葉を失った。

何で、仕女さんだと結婚できないの――？

それは、縁にとって、聊《いささ》かの疑いをも入れる余地のないほど、自明の理であった。自分たち、仕女を志す者にとってはまさに「黄金律」、何らの釈明をも要さない不動の金科玉条であったのだ。ゆえに、これまで自分は、考えてみようとしたことさえなかったのである……。

しかし、ここであらためてその本意を問われ、縁は初めて動揺を覚えた。追い討ちをかけるように、蒼志は尋ねた。

「仕女さんだって、全員が一生独身主義ってわけじゃないでしょう？」

「……そりゃ、退職すれば結婚だってできるけれど。実際、神主さんのお嫁さん候補としては、かなり有力だし。でも、在職中はやっぱり……」

「じゃあ、仕女さんは〝恋愛〟もしないってこと？」

蒼志の率直な問いに、縁は窮した。頭の隅に、静香の俤《おもかげ》が浮かんでは消える。

「実際には、……いろいろあると思うわ。普通の人たちと同じように、男の人とおつきあいを重ねている仕女さんだっているでしょう。けれど、本当はいけないのだと思うの」

「なぜ？」

「それは……。本当のところはよく判らないわ。誰も教えてはくれないから。でも、恐らくはこういうわけだと思うの。あくまで私の理解なんだけれど……、たぶん、仕女さんは〝神妻〟だから」

「神妻？」

「うん……」

縁はゆっくりと肯定した。

あらゆる神道人のなかで、仕女だけに与えられた特性があるとするならば、それは彼女たちが

「妻として」神に仕える者であるということかもしれない。

日本の各地には、今日なお、「一夜嫁」などと称して、若い未婚の少女らに神への奉仕を求める儀礼が伝わっている。多くは神饌の奉納に携わるのであるが、一晩一人きりで、山中の祠にお籠りをするといった形式のところもある。

なかには、選ばれた少女が年端もゆかぬ幼女である場合もみられるため、こうした祭礼を以て、即ち仕女が「神妻」であると決めるのは早計かもしれない。あるいは仕女というのは、神が乗り移る「依り代」であると考えることもできよう。木花神社例祭のカミサンのように、祭の場において は、祭を執り行なう彼らこそが、化身として、「神」の役割を与えられることがあるからである。

けれども、仮に仕女を神の「映し身」であると捉えてみれば、ここで彼女たちが奉仕している「神」とは、一体何なのだろう。仕女を神だと仮定するならば、彼らは「祭られるべき」存在であって、お供え物は彼らの前に置かれてしかるべきである。しかし、彼らは自らそのお供え物を携えて、何者かに対して奉っているのである。少女たちは、「祭る」存在なのだ。

では、なぜ彼らが「祭る」にふさわしい存在として、選ばれることになったのか。……縁は、それは彼女たち仕女が、神の「嫁」であったからではないかと推察している。

古代の記録に、こんな事件が記載されている。出雲や筑紫の古社で、神に仕える宮司がその職に就任する日に、己の正妻を捨てて、地元の若い女性を「神の妻」と称して娶《めと》る風習があったのを、淫風だとして国家が禁止したという事件である。

千年も昔の話だから、その真偽のほどは判らない。が、恐らくは、一種の仕女として神社に奉仕に上がった女性が、神に奉仕し、また同時にその「神自身」ともみなされる男性神職と、実際に婚姻関係を結ぶ儀式があったのだろう。仕女が神と結ばれるということ……、それは、その名称が示すように神の許へ「嫁入り」することを意味しており、仕女とは本当は、「神の妻」たる人物のことをさしていうのかもしれなかった。

「……だから、もし神妻が、単なる普通の人間の男性と結ばれたなら……、それってつまり〝不倫〟みたいな状態よね？　尊い神さまを裏切って、人間と勝手に浮気するなんて、……やっぱり許されないいんじゃないかしら」

ややこしい神学論を持ち出すことなく、どうすれば理解してもらえるのか、懸命に考えながら縁は言った。

「ふうん、……なるほどね」

真実はどうなのか、深遠な理論は縁自身にも到底判らなかったが、とりあえず蒼志の納得はとりつけられたようだった。縁は、少しだけホッとした。

しかし、それも束の間、再び蒼志は、縁に新たな問いを突きつけた。

「じゃあ、縁さんは、ずっと仕女を続けるの？」

「えっ……？」

これまた、縁が考えもしなかったことだった。

「まぁ、縁さんは一応〝事務員〟ってことだから、仕女とは職分が違うのかもしれないけれど、縁さんのことだから、仕女さんと同じ気構えでいるでしょう？　だったら、今の仕事を続ける限りは、さっき話してくれた制約が働くのだから、結婚しないわけだよね」

そうなの、かな……？　と縁は力なくつぶやいた。

蒼志の言い分は正しい。あの手紙を書いたとき、そしてこれまで何の疑いもなく神明に奉仕してきたあいだ、縁の心にあった「覚悟」は、まさに蒼志の言ったとおりのものだ。そう考えたからこそ、弟に問いかけられたときにも、縁は〝仕方ない〟と割りきったのである。

だが、今、神社界のルールに囚われない外の世界の住人から、こうして無邪気に問い質されると、磐石の巌にさえ思えた自分の決心が静かに綻《ほころ》び始めるのを、縁はどうすることもできなかった。

「俺さ、正直言えば、縁さんが男の人と交際しないの、実質的な結婚願望がないからだと思ってた」

「結婚願望が、ない……？」

「だから、いわゆる潔癖症ってヤツなのかなって。縁さんの性格でいくと、そういうコトに対して、過度に忌避したり、拒絶反応示したりしてるんじゃないかって……。こっちが勝手に考えてただけなんだけど」

縁は、素直に答えることにした。

「そういうところは、少しあるかもしれない。同僚の仕女さんほどじゃないけれど、私もあんまり好きじゃないから。ドラマとか見てても、ついチャンネル変えちゃったり……。でも、弟が言うの。〝姉ちゃん、人前でそーゆーとこ、あんま出すなよ。いじめられるぜ〟って。もし、そうだとしたら、桜井君も私を〝おかしい〟って思う？」

「さぁ……、まぁ、おかしいとまでは思わないんじゃないかな。浮ついた奴がいるように、身持ちのカタイ人がいたっていいわけだし。単に、自分には無理ってだけで」

「そう。……だけど、正直言うとね、嫌かどうかっていうより、ホントはたぶん、ちゃんと考えてみたことがなかっただけなんだと思う。私、女子高だったでしょう？　いつも気のいい仲間に囲まれて、何の不自由も淋しさも感じることがなくて済んでしまったの。そして神社に勤めたら、環境的にも気にする猶予がなくなってしまったから、考えないままで今日まで来れちゃったのよね。……だから、ホントのところを問われたら、〝将来〟どう思うか、とても判らないわ」

そっか……、と蒼志は小さくつぶやいたあと、もう一度「そっか……」とくりかえした。まるで何かを確認し、自分を了解させようという行動のようにも思えて、縁は少し気にかかった。けれども、心中一人疑懼していても仕方がないので、

「結婚って、家庭の基本よね。感情的になったり過ちが起こりうるから問題になるだけで、本来は絶対に〝穢れ〟じゃないはずでしょう？　もしかしたら、こんな私でも、来年には白無垢、纏ってたりするかもしれないよね。……チャンスがあれば、だけど」

と、敢えて明るく言って笑った。

「そうなんだ……」

蒼志は再び、神妙な面持ちで相槌を打った。

※

車は、縁の家まで五十メートルの、交差点の端に停車した。

「今日は、遅くまで有り難う。やっぱり逢えてよかったよ」

「こちらこそ、有り難う。こうやってお話できるのって、すごく嬉しいの」

縁は心から微笑んだ。だが、言下、いい知れぬ不安を感じて、瞳をおろした。

「そっか。桜井君、……結婚しちゃうんだ。もう、話せなくなるね」

当然のことなのに、縁は急に淋しくなった。

「まだ、……判らないよ」

縁は俯いて、首を振った。

「大丈夫、きっと桜井君、好きな人と結ばれるよ」

そう、彼女なら、桜井君を信じてくれるだろう……。

縁は蒼志を励ましたかった。だが、そうなれば、もう自分は、今のこの距離関係さえ失わざるをえなくなる。

「桜井君、私、これからもずっと、あなたを〝ホントの友達〟だと思っていてもいい？」

俯いたまま、縁は訊いた。

「いいよ」

こちらこそよろしくと、蒼志は快く認めた。

「本当に、有り難うね」

縁は礼を述べた。

もちろん、心のなかでは理解していた。そうは言っても、やがて、自分は蒼志との友情を手放すことになるのだと——。

それでも、〝失くしたくない〟、あの頃に似た二人のあいだの空気を、縁は心から惜しんでいた。

「じゃあ、私、帰るね。車のなか、あったかかったわ」

縁は降りて、ドアを閉めた。

「お正月、頑張ってね」

窓越しの蒼志の言葉に、縁は深く頷いた。

「ええ。桜井君も、お仕事頑張って。明け方は冷えこむから、帰り際なんかに風邪引かないよう、気をつけてね」

気持ちを届けるのに、贈る物なんて何も持たない。縁は精いっぱいの思い遣りを、労いの言葉に包んで贈った。

車は、まっすぐに道の向こう側へ走り去った。暗闇に吸いこまれてゆくテールランプの明かりを、縁はじっと佇んで見送りながら、心のなかに押し寄せてくる高波の数を、ひたすら数えていた。

何かが、縁のなかで、ひそかに生まれ変わろうとしていた。

第八章　永遠《とこしなえ》の心《こころ》

平成十一年、京都府南部の宇治では珍しく、雪の幕開けとなった。そのまま、月末に晴れの日が続いたものの、二月に入って、再び底冷えが厳しくなっている。つい昨日も、うっかりきちっと戸締りをしてしまったら、おもての水道が凍りついてしまい、蛇口から水が出なくなってしまった。手水舎にもびっしりと氷柱《つらら》が垂れ下がり、見ているだけで震えが来そうだ。毎朝の潔斎は、よほど気合いを入れてかからないと、風邪を引くために修めているようなものである。

寒さの巧妙（?）か、節分を過ぎてから、めっきり参拝者の数が減った。日がな一日、年度末事務処理の準備を進めながら、縁は、ともすれば鬱々とした物思いが頸《くび》を擡《もた》げてくるのと、懸命に闘っていた。

帳簿のなかで、数字が躍り出すようになると、危険度はかなり高まってくる。今年度は、下半期いっぱい仕女の仕事をかけ持っていたので、年末年始の授与品をピークに、収支の勘定が滞《とどこお》っている。三月中には、その他の届出事項をも併せて神社庁に提出しなければならないのに、このままでは税務署への報告もおざなりになってしまいそうだ。

まずい、あのことをメモった紙切れは、どこにやってしまったのだろう……。

危機感に駆られながら引出しをひっかき回す動作を、朝から幾度となくくりかえしている。けれども、こうして社務所に一人籠っていると、眼前は多忙なのにも拘わらず、縁の心中には、つい奇妙な〝我儘〟が湧き起こってくる。

集中力を害されるたび、早く仕事を消化しなくちゃと、縁は自らを叱咤した。しかし、抵抗しようとすればするほど、その我儘な感情は、縁のなかでますます強まってゆくばかりなのである。作業が、捗《はかど》らない……。縁は、焦《じ》れったさに喘《あえ》いだ。

正月中はよかった。特別の勤務体制が採られ、時間的にも精神的にもゆとりがなく、外部から手伝いの方々もみえるため、適度な緊張感が保たれていたからだ。だが、この数日のように、さっぱり暇を持て余していると、張り詰めていた空気が緩み、緊張感が途切れてしまった。作業に従事する脳ミソの片隅で、余計なことを考える余裕が生まれたのだ。

……それどころか、正直なところ、寧ろその余計なことだけが、ただでさえ足りないオツムの九割を占拠してくれるのである。何とか追い払って、仕事の能率を回復したいのに、自分の時間がありすぎて、ちっとも気が紛れない。

「どうなっちゃったんだろ、私……」

縁は、自分にすっかり辟易していた。

キッカケだけは、縁自身、判っている。

先だっての月曜日のことだった。早朝より、近所のお年寄りが亡くなったということで、神葬祭の依頼がきたのである。その日は、午前中に神前結婚式の予約が一件入っていた。今年最初の神婚式ということで、ともかくも予定どおりに挙式を斎行し、裏では神葬祭の準備を進めつつ、夕刻の通夜祭に間に合わせた。

慌ただしく時が流れる一方で、縁は、それぞれの式に参列する人々の表情を見つめていた。

子供の晴れ姿に、嬉し涙を浮かべる親たち。肩を叩きながら、「頼むよ」と、信頼をとり交わす親族の様子。微かに恐縮しながらも、誇らしげに頷く新郎新婦。……少しの淋しさと、大きな祝福が交錯するひととき。でも、誰もが皆、その未来の〝幸せ〟を願って、ここに集《つど》っている。

反対に葬儀は、悲しみの儀式だ。これまで長く連れ添った、大切な誰かに別れを告げる……。故人への愛惜と、その喪失に伴う寂寥と悲嘆……。淋しさと悼《いた》みと、伝えきれなかった「感謝」の想いとが、止め処もなく溢れてやまない。その人は、苦しんで逝ったのだろうか……。せめて「安らかなれ」と祈る心の深さに、故人はきっと〝幸せ〟な人だったのだろうと信じるのが精いっぱいで……。

終生変わらぬ愛を誓う若き二人と、死によって住む世界を分かたれてもなお愛を貫こうとする家族と。互いに重ねた歳月が刻みつけたものは、一体どんな絆だったのだろう。

この二つの式が済んでから、縁は俄に落ち着かなくなった。

これまで、どんな祭に奉仕しても、縁は戸惑うことがなかった。祭の主催者の願いに合わせて、ただその想いが神明に通じ、ご加護が得られる日の来ることを祈っていた。

祭に際して、あくまで自分たちは「仲執持」であるので、その意に照らして、無私に徹するよう求められている。言い換えれば、主催者と自分は終局他人に過ぎず、互いに干渉し合うことを避けてきたのだ。

しかし、ここへ来て、縁は他者に対して、必要以上に感情移入するようになった。祭で出くわす光景について、もはや「他人事」として受け流すことができなくなったのである。「明日は我が身」ではないが、一々の出来事が、自分の身に准《なぞら》えられてしまうのだ。自分ならどう思うだろう、自分ならどうするだろうか……。一人一人との一瞬の邂逅が、とてつもなく深刻な背景を背負っていることに気づかされて、縁は途方に暮れるばかりであった。

縁は、ようやく、静香の想いが本当に判るような気がした。

これまで自分は、薫のように、ある種凡人を超越した、徹底した奉仕の境地を乞い求めてきた。かなわないと知りながらも、どうすればあのように振る舞えるのか、否、ああならなくてはいけないんだと、自らを羞《は》じては、薫に憧れてばかりいたのだ。そして、対照的な静香の態度を、情けなくも思い、ときには蔑《さげす》みさえしたのである。

けれども今、あらためて静香のことをふり返ってみると、彼女のなかには紛れもなく、参拝者への理解と共感が息づいていた。それを「思い遣り」と呼び換えてもいいだろう。毎日のお参りのついでに、静香と世間話をするのを楽しみにしていた婦人もあった。これこそ、一見いい加減にも思われる静香のなかに、相手を思うまごころが厳として存在していた、何よりの証拠ではないだろうか。

神さまが尊いからといって、我々が参拝者に対してあまりにも高尚であろうとすれば、却って人々の心を神さまから遠ざけてしまう。できる限り心を低く保ち、柔らかな言葉を以て話しかければ、参拝者の方で自ずと心が開かれていく。静香は、彼女なりのやり方で、人々の心と神さまとを結びつけていたのかもしれない。

「静香さんは、いつも、自分のことのように見てくれていたわ……」

翻ってよくよく思えば、静香は縁に対しても、常々同じようにしてつきあってくれていた。自分と他人を分かたない静香の思い遣り。だからこそ、縁は静香に対して「姉」を見出したのである。

目指すべき神道人の姿は、自分の想像を超えた、遥かなところにあるのかもしれない。

縁は、薫に倣い、静香に学ぶなかで、昨日までの「思いこみ」とは違う新しい……、自分だけの〝あり方〟を構築する必要を痛感していた。

※

他人の喜び、他人の痛み。

それを受け容れようとすれば、自ずから、自分の胸にも「揺らぎ」が生じる。

どうすればいい？

縁は、自問自答をくりかえした。

自分は心をカラにはできない。波風が立ち起こるとき、薫のように涼しい顔で澄まして佇むなんて無理である。縁の体は心に正直だ。動揺は、ごまかせない。仮に繕って平気を装えば、心に嘘をつくことになって、結局すべてが崩れてしまう。

ゆえに、自分はあらゆる面で、常に「偽らざる真実」を貫き通してゆくしかない。

「おめでとう」も「さよなら」も、紛れもない「自分自身」の想いとしてともに頒《わか》ち合いながら、その一方で「頑張って」や「お安らかに」を届けてゆかなくてはならないのだ。

――――ではそのとき、自分の顔つきは、果たしてどうなっているのだろう。笑っているのか、泣いているのか……。

午前二時半。早版の新聞が、玄関に投げ入れられた。今宵も、遅くまで床に就けなかった。親にばれぬよう電灯を落とした部屋で、茶香炉の仄かな明かりだけが揺らめいている。微かな焙じ香に、心は一段と冴え渡り、果てしない小田原評議が、一人、尽きることなくくりかえされる。

こんなことは、今まで、一度もなかった。

〝明日は仕事〟と思うだけで、ちゃんと毎晩、眠ることができたのに。たとえ何かで寝つきの悪い夜があっても、次の晩には、それだけぐっすり眠れたものだ。眠らなくてはいけない、と思うことが、こんなに苦痛に感じられるなんて、去年までの縁には想像もできなかった。しかし、今ではすっかり入眠障害に陥っている。

机の上の、写真立てに添えられたデジタル時計は、二月の十一日を示している。建国記念日。今日も朝から忙しいはずだ。

縁は、〝眠りなさい〟という理性の忠告を無視して、その写真立てを手にとった。小さなもののけの浮き彫りのついたそれは、高校時代の友人たちが誕生日に贈ってくれたものだったが、なかには何も挟みこんでいない。縁は本来、あまり写真を撮ったりするのが好きではなく、親切な友人が焼き増しでもしてくれない限り、自分の写真など持っていなかったのである。

「もうちょっと、撮っておいてもよかったかな……」

縁はつぶやいた。

あの頃の縁は、「写真を撮ると魂をとられるよ」という近所のおばあさんの俗説を信じて、カメラを向けられるのが何となく怖かった。だから、自分の写真がないことには、これといって不都合を感じたことはなく、寧ろ「魂が無事でよかった」と一人胸を撫でおろしていたのである。

しかし、時が経つにつれ、次第に縁は、写真のないことに一抹の淋しさを感じるようになっていた。あれだけ〝仲良し〟だったはずの友達とも、卒業後まもなく連絡が途絶えがちになり、三年経った今では、年賀状を書くのも僅かに二、三人を数えるばかりになってしまった。別にケンカをしたというのではないから、同窓会など、何かの機会さえあれば、またあの日のように仲良く話ができるだろうとお互いに考えてはいるのだが、時おり一人で高校時代をふり返るときなど、あの頃の結びつきを確証してくれる〝よすが〟となるものがどこにもないことに、縁は愕然とするのだった。

せめて、スナップの一枚でもあればな……。

そう思って、押入れのダンボール箱をかき分けても、出てくるのはせいぜい、クラス編成時に強制的に撮影された証明写真だけである。卒業アルバムもほとんど同様の形式で、正面を向いて名簿順に並んだ、妙に格式ばった全体写真しかないのだ。

縁は何だか、自分が「思い出」を大切にしない人物のように感じられて、余計に悲しくなってしまった。

そんなとき、ふと一枚の紙切れが、縁の目に留まった。ダンボール箱の一番奥底に、折れ曲がってへばりつくように挟まっていたその紙切れを、縁はつまみ上げた。

何だろう……。

紙切れを開いて、縁は目を見張った。そこには、まだ整いきらない、走り書きのような筆跡で、短いメッセージが残されていた。

お誕生日おめでとう
今日なんだってね、知らなかった
春生まれだなんて、意外すぎ！
お父さんからもらった名前を大切に、長生きしてね（笑）

鉛筆書きの薄くなった文字をたどってゆくうちに、縁のなかにひとつの思い出が甦ってきた。

あれは、中学二年生にあがったばかりの頃だったろうか。その日も時間ぎりぎりに家を飛び出した縁は、折しもホームに滑りこんできた中書島《ちゅうしょじま》行きの各駅停車に、危ないところで追いついた。「駆けこみ乗車は危険です」という車掌の怒声を無視して、最後尾の車両に飛び乗ると、容積の限界値まで詰めこまれた人ごみのなかから、蒼志が手をあげた。

「お早う。今日も無事みたいでよかったよ。でも……、毎日毎日、よくもそんな奇跡的ゴールが決められるもんだね」

「……それって、皮肉のつもり？」

荒い息の下で、縁はやっとのことで応戦した。

息を整えるまもなく、電車は中書島駅に到着する。縁たちはここで一旦電車を降りて、三条方面行きの電車に乗り換えることになる。

各停しかない宇治線と違って、本線と合流するこの駅からは、急行を利用した方が時間的には速いのだが、電車のなかの混み具合は、やはり各停の方が数段ゆとりがある。

「……思ったんだけど、蒼志君の名前って、とってもきれいよね」

縁は、扉の脇の手すりを握り締めながら、外の景色を眺めた。工場の屋根の向こうに、ちょうどあがってきた朝日と目が合い、まぶしさに瞳を閉じる。

「そうかな？」

ふり向くと、蒼志も、同じように目を瞑っていた。この時期、男の子とはいえ、まだそんなに背が高くない蒼志の顔の高さは、縁のそれと大差ない。

「うん、だって〝春〟の風景画みたい。……薄紅のきれいな桜の花が満開で、風に誘われてちらほら散っていく。その先には、透明な水。泉か、川のせせらぎか、はたまた遙かな海の水平線か。真っ青で、静かで、じっと見つめていたくなるような……。果てしなく蒼いその水面を見つめていると、ひらりひらり、桜の花びらが舞い落ちてくる。そこでよくよく覗きこんでみると、水鏡の向こうに浮かびあがるのは、浅い水色の空に花霞……」

「ロマンチストだね」

「だって、蒼志君の名前って、ホントにそんなイメージがするもの。いいな、羨ましいな」

縁が心底羨ましい顔つきで言うと、蒼志は少し照れくさそうに頭を掻いて、

「そうかな……。そんなに褒められると言い出しにくいんだけど、何か、父親の名前に合わせてつけたって、前に聞かされたけどね」

と言った。

「へぇ、そうなんだ。ね、お父さんの名前って、何て言うの？」

縁が突っこむと、蒼志は一層はにかんで笑った。

「桜井澄志《きよし》。シャレみたいじゃんね。一字とってつけたんだっていうけど、これじゃ親子して、まるで芸人の名前だよ……」

〝お父さんからもらった名前を大切に……〟。この紙切れは、蒼志に宛てたバースデイ・メッセージなのだ。それが今、どうしてここに残っているのだろう。

なぜ渡せなかったのか、縁にはどうしても思い出せなかった。恐らく、大した理由があったの

ではあるまい。自分のことだから、どうせ誕生日当日の朝にも、いつものように遅刻ぎりぎりで家を飛び出して、そのまま忘れてきてしまったに違いない。

やっぱり、そういうところが、私なんだよね……。

縁はつぶやいて、くすりと笑った。あの頃と今と、たぐり寄せる術はないけれど、二つの時間は、同じ路線の筋上に並んでいる。

「どうしてるかな……」

年末に会って以来、早や二ヶ月が経つ。彼女さんとのこと、うまくいったのかな……？　それから、……。

「やめよう！　本当にもう寝なきゃ、明日お宮で倒れちゃう！」

縁は香炉の明かりを吹き消して、無理やり床のなかに潜りこんだ。

※

今日も朝が来た。またしても、お世辞にもよく眠れたとはいえないだるさのなかで、薫とともに授与所を預かっていると、突然、縁は甲高い声で自分の名前が呼ばれるのを聞いて、はっと驚起した。

「よかった、やっぱり縁ちゃんだったのね！」

参道の中程から、一人の女性が親しげな笑顔を浮かべながら、授与所へ近づいてくる。

ほっそりとした、その女性の姿を見つめながら、縁は口のなかで小さく女性の名前を言いかけて、途中で飲みこんだ。

そうだ、私は……、彼女の正体を、知らないことになっている……。

しかし、そんな縁の思惑とは裏腹に、女性は授与所の前までやって来ると、

「縁ちゃん、お久しぶりね。新宮でお逢いしたの、覚えてらっしゃるかしら？　あたくし、伏水《ふしみ》杏子……って言っても、判らないわね。桜井蒼志の母親です」

と、あっさり名告ってしまった。辟易している縁に、追い討ちをかけるように女性は問いかけた。

「桃山中学の……、お忘れになった？」

「いいえ、……よく覚えております」

縁は慌ててかぶりを振った。

女性は真っ白なスーツを纏い、腕に一束の白百合の花を抱えていた。まだ日陰の土に残っている霜柱の色合いといい、浅い春の朝には寒々しいまでの純白に、縁はちょっと身震いした。

「ごめんなさいね、こんなに朝早く」

女性は提げてきた鞄を地面におろして、花束を上に載せた。そして、鞄のポケットから小さな包みをとり出すと、

「これ、僅かですけど、お供えですの。ずいぶんお礼参りが遅くなっちゃったけれど、二十年前の安産のお祓いの……」

と、初穂料を納めた熨斗《のし》袋をさし出した。

「お預かりいたします」

縁は三方をさし向けて受けとり、そっと裏返して金額を確認すると、傍らの薫に渡した。

薫は軽く会釈をして受けとると、ただちに奥に退がった。普段なら、こうして預かった初穂料や神饌は、朝夕の御饌祭の折にまとめてお供えするのだが、幸い今は手隙な時間のため、このまま宮司に渡して、すぐに神前にお供えしようというのである。

そのあいだに縁は記帳簿を開いて、女性の名前と祈願主旨、初穂料の金額などを認めていき、住所の欄まできたところで、ふと手を止めた。

「あの、失礼ですが、おところをお伺いしてもよろしいでしょうか」

女性は、ああ、と小さくつぶやいてから、

「そうね、どうしようかしら」

と言って、少しふり返って、本殿の方を眺めた。女性はしばらくのあいだ、そうして本殿を見

遣ったあと、

「大阪府枚方《ひらかた》市天之川町……、そうしておいてもらってもよいかしら？」

と言った。不可解には思いながらも、縁はとりあえず、言われるままに記帳簿に記した。

縁が、墨が移らぬよう半紙を挟みこんで記帳簿を閉じたとき、伯母が授与所に上がりこんできた。

「当社の宮司でございます。どうも、たくさんお供えを戴きまして……。あの、ご旅行の途中かとお見受けいたしますが、お急ぎでしょうか？」

「いいえ」

女性が首を振ると、伯母は嬉しそうに、ある提案を持ちかけた。

「でしたら、こうなさいませんか？　私がこのまま代わりにお供えしてお撤下をお渡しするよりも、よろしければ、伏水様ご自身から神さまにお供えなさってはどうですか？」

要するに、ご祈禱もしくはそれに代わる昇殿参拝をしてはどうか、と勧めたのである。暫時女性が戸惑っていると、たたみかけるように伯母は言った。

「いえ、何も難しいことはございません。祭儀の方は、そこにおります事務員がすべてご奉仕いたしますから、伏水様は神さまとお二人で、心中ゆっくりお話しくださればよろしいのです」

思わず、何ですとー！　と、我が耳を疑わずにいられない縁をよそに、伯母はさっさと昇殿参拝の約束をとりつけてしまった。

「まあ、縁ちゃんがやってくれるのね。嬉しいわ」

笑顔の女性と伯母のあいだで、縁は半泣きになりながら、小忌衣《おみごろも》を羽織った。

縁にとって、それは斎主《いわいぬし》として奉仕する初めての祭だった。傍らで、進行を掌《つかさど》る典儀《てんぎ》を務めながら、伯母が見守っている。頗《すこぶ》る緊張と、絶対に失敗できないという責任感のなか、毎日の御饌祭の経験が大いに役立って、縁は大抵の式次を無事にこなすことができた。

だが、祭のハイライトである「玉串奉奠《たまくしほうてん》」は、見たことはあるとはいえ、縁自身は玉串に触るのは初めてでもあり、作法が覚束なくて、大変苦しい思いをした。

榊などに代表される常緑の小枝。そこに〝清浄〟を示す木綿や紙垂を括りつけ、「玉串《たまくし》」と称して、神へのお供え物とする。あるいは、その榊の葉の上に、自らの祈る心を載せて、神さまへの奉り物とする儀式のことだ。

そもそも、常若《とこわか》の樹木には、神さまが宿られるという。榊の葉は、神さまと人のまごころが出会う場所なのかもしれない。即ち、この、榊の葉を神前に奉るという行為は、榊の葉の上で神さまと人の心が相和し、その和した心を、めでたく有り難きものとして神さまへお捧げする……、もしくは再びお返しする所作なのかもしれなかった。

その意味で、この次第こそ、祭が「仲執持」である斎主の手を離れて、本来の主催者である参拝者の手に還る、大切な瞬間であると縁は考えていた。作法をきちんと知らないということが、介助人として参拝者の祈りを支えようとするときに、こんなにも心許なく感じられるなんて……。縁は、神さまへの畏れ多さと、祈願者への申し訳なさに、手が小刻みに震えるのをどうすることもできなかった。

そして、縁が奉仕者として敬虔な気持ちを抱いた、ちょうどそのときだった。縁は目にした。

神前の案に玉串を捧げる女性の眦《まなじり》から、一筋の涙が静かに零れるのを。

しかし女性は、拝礼が終わると、何事もなかったかのように、落ち着いて自らの座に復した。

縁は、きっと女性は、神さまと二人っきりで大切なお話をなさったのだと考えた。

薫のお神楽と鈴の祓えが終わると、女性は深々と頭を下げた。

「お声をかけてくださって、有り難う。二十年ぶりに本殿へ上げていただいて、懐かしかったわ。心まですっきりして、何だか、……とっても清々しいわ」

顔をあげた女性の表情は、見るからに晴れ晴れとしていた。

「それが、本来のあなたのお姿なんですよ。人間は元々無垢な存在です。それが、世間で生きてゆくなかで、様々な気負いや気遣いを背負わされて、次第次第に気力が弱ってゆく。心の病気、体の苦しみ……、〝穢れ〟って、本当はそういう気持ちの萎《な》えた状態をいうのではないでしょうか。〝気枯れ〟とか〝気離れ〟とか、いろいろと書き方を考えていらっしゃる方もあるようですが、ともかくも、そういう気持ちの萎えた状態を追い出して、新しい気持ちの満ちた状態に持ってゆければ……、そう、〝始まりの頃〟の若々しい気持ちを取り戻せたら、悩みも痛みも苦しみも、徐々に癒やされてゆくのではないかと、私は考えているんですよ」

伯母の言葉に、女性は何度も頷いていた。そして、

「〝始まりの頃〟……、いい響きですね。年を累《かさ》ねて経験を積んで、知恵袋のように熟練したものを体得してゆくのも素敵なことだけれど、未熟だからこそ持ちうる生まれたばかりのようなまっさらな気持ち、初々しいまでの心を、いつまでも失わないでいられるというのも、また素晴らしいことですよね。何も知らないからこそ、可能性が広がっている。限界を見つける日が来るまで、どこまでも羽ばたいてゆける。懼れに負けない、強さがある。……もし、最初からすべてを知ってしまっていたら、きっと新しい何かを起こそうなんて気力さえ、持てないかもしれないのですものね。〝始まりの頃〟……、現実は、忙しい日常がただ積み重なってゆくばかりの歳月だけれど……、人は時おりそういう場所へ、〝還る〟時間を持つべきなのかもしれない……」

と言った。

――人は時おり〝始まり〟の場所へ、〝還る〟時間を持つべきなのかもしれない。

「そのためのひとつの機会が、きっと〝祭〟という時間なんですよ」

伯母は笑って言った。

例祭のような大きな祭と、ご祈禱という個人的な小さなお祭と。祭の主旨は違えども、ある意味でそれらは皆、始まりの時間への回帰を求めているのかもしれない。

まっさらな自分、瑞々しいいのち。人生に迷い生活に彷徨うなかで、いつしか何が本当に大切だったのか、判らなくなってしまう。そんなとき、自分を見失わないために、もう一度、あの場所へ……。祭によって、原点に立ち還り、そして、かけがえのない自分自身を〝確認〟して、またこの現場へ戻ってくる。本当の自分に、甦る。

縁が二人の会話に考えを廻らせていると、ふいに女性が縁の方を向き直った。

「やっぱり、縁ちゃんにも来てもらいたいわ」

そして、伯母に向かって、唐突な頼み事をした。

「宮司さん、今日一日、縁ちゃんをお借りしてはいけないかしら？」

※

急な申し出ではあったが、直接に依頼されたことと、たまたま平日であったことも重なって、伯母は快く許可してくれた。私服に着替えた縁と女性は、一路駅へと向かった。

中書島から大阪方面の急行に乗り換えた二人は、約二十分後、とある駅で下車した。

「枚方市駅……」

記帳簿に女性が告げた住所と重なったため、縁は少し訝《いぶか》った。

改札を抜けると、女性は脇目もふらずに歩き出した。勝手知ったる町であることは、足取りで充分判った。けれど、ベッドタウンとはいえ、商業都市・大阪の影響が色濃い、繁華な地域であることは間違いない。移り変わりもあるだろう、それなのに……。

縁は、はぐれまいと、懸命に女性のあとをついていった。

二十分近くは歩いたのだろうか、女性はとある歩道橋の袂で立ち止まった。交通量の多い交差点に程近いその場所で、女性は腰を屈めて、抱えてきた白百合の花束を、橋梁に立てかけるようにして置いた。

そして、徐に鞄を開けて、なかからお菓子や果物をとり出したあと、併せて小さなマッチ箱と一束の線香も持ち出して、橋脚に向かって香華を手向けた。

女性は、しばらく静かに手を合わせていたが、やがて小さな声で話し始めた。

「……ずいぶん時間が経ってしまったわね。この頃は、なかなか出不精になってしまって、あなたも待ちくたびれたかしら。ごめんなさいね。でも、これでもかなり元気になったのよ」

そうして、思い出したかのように慌てて鞄を開けると、黄の色も鮮やかなひとつの蜜柑をとり出して、積みあげた供物の一番上に供えた。

「懐かしいでしょ、あなたの大好きな紀州の蜜柑よ。出がけに、近所のおばあさんが売りに来たのよ。籠にいっぱい、採れたてを詰めこんで……。そう、あの奥田のおばあちゃん、その人の娘さんが今、同《おんな》じように行商して歩いてるの」

女性は、恰もそこに、その人があるかのように話しかけていた。子供のように無邪気に、そして心底懐かしそうな顔をして……。

そこにいる人が、心から大切な人なのだということが、見ている縁には手にとるように伝わってきた。縁は何も言わずに、女性がひとしきり語らい終えるまで、じっと見守っていた。

半時間ほどして、線香が燃え尽きる頃、女性は腰をあげた。

「お待たせしちゃったわね」

女性の真剣な様子に打たれるところのあった縁は、無言のまま首を振った。

「ここ日陰だもの、冷えたでしょう。そこで少し温まっていきましょう」

と、女性は向かい側の瀟洒な喫茶店を指差した。

午後二時を廻って、ちょうどお昼とお三時の合間時にあたった店内は、ほどよく空いていた。

女性がはしゃぐようにして選んだ席には、大きく張り出した出窓を通して、太陽の光が眩いばかりに射しこんでいた。席に腰かけ、カーテンの向こうを見上げると、透明に輝く空が、目に飛びこんできた。風はまだ冷たいけれど、いつのまにか、春はすぐそこまでやって来ているようだ。

お空の上では、春の絵の具の準備がもう始まっている。

「びっくりしたでしょ」

女性は、お茶の滲出時間を計るために添えられた砂時計を、指先で軽く弄《いじ》りながら言った。

「遠慮しなくていいのよ。誰だって、いきなり理由も判らず連れてこられたら、びっくりしちゃうわ」

そして、ふーっと長い息を吐いて、

「時間なんて、ホントに残酷なものね」

とつぶやいた。

「何か、あったんですか……？」

訊いてよいものやら、須臾逡巡しながら、縁は敢えて問いかけた。それは、仮に彼女に話す気があるのならば、少なくとも自分は耳を傾ける余地があるという合図であった。あの浜辺で出会って以来、彼女のために何かをしたいと願いながらも、縁には、結局何もできないということだけが、判っていた。何もしてあげられないのなら、せめて……。

そうこうしているうちに、ちょうど三分が経った。縁が、ポットのなかのお茶を二つのカップに注ぎ入れていると、女性は、落ちきった砂時計を再び逆さまにして、そして話し出した。

「時間は、一体どこから来て、どこへゆくのかしら？　こうして逆さまにすると、砂はまた、元あった場所へ帰るわ。上から来た砂は、時間とともに下へ落ちて、溜まった砂は、また時間を経て最初の器に戻っていく。一刻一刻、確かに降り積もる時間と砂と……、無理だと判ってはいるけれど、……砂時計のように、時間を逆向けられたらいいのにね」

遠慮せずに召し上がってね、と卓上のお菓子を示して、女性は言葉を続けた。

※

会社に入って、いい加減仕事にも慣れた頃だったわ。意外な人に巡り逢ったの。高校の一年先輩だった、橘《たちばな》さん。ウチの会社は、紀州産の材木なんかを扱う物流会社でね、彼はずっと関西支社に勤めていたんだけれど、その年から本社との連絡係になって、新宮に戻ってきたの。最初は、そうでもなかった。でも、何度か皆で飲みにゆくうちに、同じ高校だったことも手伝って、いつしか憧れの人になっていたわ……。

そうね、新宮なんて小さな町でしょ。国鉄の駅で降りて、丘の上にある高校まで、毎朝学生たちがぞろぞろと列をなして歩いていくわけ。そのうちに、全員が顔なじみになってしまうの。あの頃は、佐野《さの》にある祖母の家から通っていたんだけれど、隣の三輪崎《みわさき》からあの人が乗ってきて。何だかんだで知ってたわけよ、お互いに。いいえ、顔だけじゃないわ。学校だから、試験があるでしょ。毎回全員の成績が張り出されるから、何の教科が何点で、持久走は何分で……、そんな細かなことまで判ってしまうくらい、小さな世界に住んでいたのよ。

そう大した出来事があったわけじゃないの。でも、彼の存在は、あたくしのなかでどんどん大きくなっていった。些細な日常のくりかえしのなかで、いつのまにか……。だから、彼が再び関西勤務になったとき、あたくし迷わずついていったの。もはやそんなに若い年頃でもなかったし、将来があるならば彼と……って、あたくしのなかでは心が決まっていたから。

でも……、それは間違いだった。あたくしが愚かだったの。

関西に出てきて、彼の近くにアパートを探したわ。そう、織姫と彦星で知られる〝天の川伝説〟にゆかりのある、この枚方の地にね。私の住まいは天之川町、彼の住まいは星ケ丘だった。近くには棚機津女《たなばたつめ》を祭った神社なんかもあるのよ。なかなかロマンチックな場所でしょ？

たまに休みが重なると、よく二人で出かけたりもしたわ。千里《せんり》の万博公園や法善寺《ほうぜんじ》横丁、春には造幣局の桜の通り抜けなんかも……。どこかへ遊びに行くというよりも、二人一緒にいられることの方が嬉しかったの。

肩を並べて、手をつないで……、傍目に見れば、あたくしたちは立派な恋人同士だったでしょう。けれど、一見好き合って見える二人が、実際どんな関係にあるか……、通りすがりの人たちには、決して判らないわね。

職場では、彼は優しく接してくれていた。休みの日でも、もちろんそうだったわ。だけど、月に二度、最初と最後のお休みの日にだけは、絶対連絡をくれるなといつも言ってた。どうしてなのか、理由を訊いても、彼は何も教えてくれなかった。

気にはなったわ。もしかしたら、彼には好きな女性があるのかもしれないと、考えたりもした。でも、毎日の変わらぬ彼の優しい態度に、あたくしは、彼を疑うことなどできなかった。彼を、信じていたかったの。

そうして、二年ばかりの年月が過ぎて。あたくしは二十六になっていた。ある晩、あたくしは、意を決して彼を誘い出したの。そう、あの「暗闇祭」に……。

暗闇祭の謂《いわ》れは、同じ淀川水系にある枚方でも有名だったわ。良縁祈願に子授け……。これまで、何度水をさし向けても梨の礫《つぶて》な彼に、今日こそは引導を渡してやろうと、意気込んで出かけたの。アセチレンの光の洪水のような屋台の谷間を、彼の手を引いて歩いた。参道いっぱいに満ち満ちた人々の騒《ざわめ》きや、溢れるばかりの熱気……。

やがて、街が暗闇に沈む。真っ暗ななかを、梵天と付き従う人々が神幸する。この行列に三年間通い詰めれば、どんな願いも叶えられるって、そういう話も聞いてたわ。

そして、扉が閉められる。なかには、男神が宿る一基の神輿。暗闇にとり残された人々が、さざめきながら〝時〟の満ちるのを待っている。熱心に祈りを捧げる人、照れくさそうに顔を背ける人……。その、暗闇とさざめきの交じり合った混沌とした宇宙で、あたくしは遂に、恋の口火を切ったの。

あなたを愛している、と……。

女性であるあたくしの方からプロポーズをするなんて、自分でも考えもしなかったことだけれど。彼の、海とも山ともつかない態度に、とうとう痺《しび》れを切らしちゃったのよね。要らない不安を抱くよりも、この際すべてをはっきりさせて、すっきりしてしまいたいって……。

好きだと言ってもらえるとは、正直に言うと、自信がなかった。言えるくらいなら、とっくに言ってくれてたはずですものね。でも、よもや拒まれようとは、それも考えつかなかった。だって、これまでの日々が、二人にはあったんですもの……。

告白の重さに慄《おのの》きながら、答えを待つ私に、彼は言ったわ。

婚約者がいるんだ、って……。

言葉も出ないあたくしに、彼はもう一度同《おん》じセリフをくりかえした。あたくしは、首を振った。嘘よ、って言って。

でも、嘘なんかじゃなかった。彼には、高校を卒業して以来ずっと、つきあってきた女性があったの。あたくしとなんかより、遥かに長い時間を、ともに過ごしてきた女性。その女性との深い契りに、あたくしとの縁など、到底うち克つことができなかった。

来年中には一緒になる予定だと言っていた。彼のなかでは、既に答えが出ていたのよね。そう告げる彼の顔に、迷いの色は全くなかった。淡々と事実を述べたあと、これで肩の荷が降りたって……。

ただ、あたくしに伝える暇がなかっただけ。すべてを語り終えて、ひと言の〝ごめん〟も、なかった――。

降り注ぐ大幣の白い紙吹雪のなかで、あたくしは一人号泣したわ。この世に生まれたとき以来というほど、そして、それ以降二度とないくらいに、激しく強く……。何度も嗚咽《おえつ》を重ね、乱れる髪もかまわずに……。こんなに大泣きしているのに、そう、きっと祭の喧騒のお蔭ね。誰もそんなあたくしに気がつかなかった。

覚悟していたはずなのにね。今さらながらに、どれほど彼に惚れていたのか、思い知ったの。そして、どれほど彼が、あたくしにとって必要不可欠な存在であったのかも。

でも、遅すぎたのよ。……彼の気持ちを知るのも、そして何より、自分の本当の想いに気がつくのも。すべては、真実の告解とともに、一瞬にして消え去ってしまったの。

爾来、彼は、どことなくあたくしを避けるようになった。会社でも、業務上の軽い挨拶を交わす程度になり、自宅へかける電話にも、一切出なくなってしまった。どうして……、答えの出ない問いを胸のなかでくりかえしてはみたけれど、彼に至る術は、日増しに少なくなっていくばかり。

一番大切なものを選んで、見返りに、自余のものを捨てていく……。

潔い言葉よね。でも、本当に、道はそれだけなのかしら。あたくしを捨てるなら、それでもいい。彼女を択ぶのなら、それもまた仕方のないことね。けれど、だからといって、こんなふうにいきなり、すべてを切り捨ててしまわなくてもいいじゃない。

彼女が好き、それは判った。彼女と一緒になる、だから他の女性とはつきあうわけにいかない。それも判るわ。……でも、でも。

あたくしは訊きたかったの。〝あたくしのことを、どう思っているのか〟と。届かない日々のなかで、柵《しがらみ》はもはやどうでもよかった。絡みつくあらゆる要素を断ち切って、ただ彼自身のあたくしへの想い、つまりあたくしの意味、それだけをどうしても教えてほしくて。

※

女性は、すっかり冷めきったカップに、やっと手をつけた。ハイビスカスの濃い紅い色が、カップの底で揺らめいている。その沈んだ緋色は、恰も彼女の心に秘められた情熱の炎のように、艶《あで》やかで、でも哀しい色に、緑には思えた。

「それからもう一度だけ、彼に逢ったわ。彼にはもう、終わったことのつもりだったのかもしれないけれど。けれど、あたくしは、こんな中途半端なままでは、とても諦めきれなかった。……寧ろ、〝別れる〟ために、どうしても逢いたかったのかもしれない」

……七夕の晩だった。退社しようとする彼を待ち構えて、あたくしは無理やり食事に誘ったの。嫌がる彼を腕ずくで引っ張って、自分の家に押し上げたわ。かつてそうしていたように、夕飯に手料理を食べさせたかった。

激しい雨の晩だった。オンボロなアパートじゃ、お互いの言葉さえ聞こえないくらいに。

食事が済んでから、あたくしは、縷々自分の想いを語った。彼に、言って聞かせたかったの。別に答えがほしいんじゃない、でも踏みにじらないで、と。無視することは、まごころじゃない。水に流すことも、優しさじゃない。たとえついていかせてもらえなくても、二人のあいだにあった信頼までは、奪ってしまわないで。自分だけ、ちゃんと断った〝つもり〟にならないでって。

あたくしには、一方的な彼の態度がやり切れなかったの。せめて弁解のチャンスくらい、与えてほしかった。

語りながら、あたくしは泣いてたわ。彼は、黙って聞いてた。諾いもせず、否みもせず、ひたすら遠くを見つめて……。

あたくしは、もはや前へ進むことも、後戻りすることもできなかった。あたくしに許されたのは、ただ〝今〟という目前の現実だけ。

あたくしには、後にも先にも、あの夜しかなかった。実はね、次の日には、お見合いを控えていたの。心配した母親が、とりなしてくれたものだったわ。……だから、あたくしには、あの夜こそが〝三瀬川《みつせがわ》〟。この世とあの世の境にかかる、渡れば二度と戻られぬ川。

もしこのまま、この深い絶望の闇夜が永遠に続くとしても、あたくしはそれでよかった。この期に及んでまで、偽りも辛抱も、二度と重ねたくなかったから。反対に、このまま朝が訪れて、すべてが還らぬものになっても、それでもあたくしはかまわなかった。それが自然の流れなら、この夜のうちにすべてが起きて、すべてが終わってしまえばよいと思った。朝とともに、昨日までのあたくしは、永遠に眠りにつく。そして彼は旅立って……、新しいあたくしが、生まれればよいと。

佐々波爾　宇都夜阿良礼農　多志陀志爾　韋泥弖牟能知波　比登波加由登母　宇流波斯登　佐泥斯佐泥弖婆　加理許母能　美陀礼婆美陀礼　佐泥斯佐泥弖婆
（笹葉に　打つや霰の　たしだしに　率寝てむ後は　人は離ゆとも　愛しと　さ寝しさ寝てば　刈薦の　乱れば乱れ　さ寝しさ寝てば）

笹の葉を打つ霰の音がたしだしと響くように、確かに共寝をしたならば、その後はあなたが私から離れていってもかまわないよ。いとしいままに確かに寝さえしたならば、〈刈薦の〉ばらばらに離れるなら離れてもかまわないよ。
確かに寝さえしたならば。

『古事記』下巻　允恭天皇　軽太子詠

彼はようやくにして、手をさしのべてくれた。三瀬川にかかる橋の中程で、あたくしに手招きしたの。〝来るなら、来い。お前に、この川を渡りきる覚悟が持てるのなら。再び此岸へ立ち戻れずとも、誰をも恨まぬというのなら〟。

……あたくしは、川を渡ったわ。そう、〝二度〟はないという覚悟の上で。浅薄《あさはか》な女の直心《ひたごころ》とお笑いになるかもしれないけれど……、でも――。

初めてにして、〝最期〟の夜。あたくしには、あの夜しかなかった――。

※

「時間が、なかったのよね」

女性は、自嘲するようにつぶやいた。

「今にして思えば、焦ってたのかもしれない。だけど、あのときは、これで精いっぱいだったの。朝が来て、彼は出てったわ。あたくしは約束どおり、母の薦める人とお見合いをした。彼とは、もうないと思っていたから。だから、ふり返る前に、すべてを断ち切ってしまいたかったの。戻れないいなら、先に進むしかない……、あたくしはそう考えたの」

そう言って、女性は一杯の冷《ひや》を頼んだ。注がれた透明な水をゆっくり飲み干して、女性は言葉を継いだ。

「あたくしは過去を忘れることにしたの。お見合いしたその日から、新しい人だけを見つめて。好きとか嫌いとか、自分の頭で考えるのじゃなく、〝あたくしはこの人を愛しているのだ〟と、心に暗示をかけたの。……だから、たった三ヶ月で、その人と結婚しちゃった」

女性は、軽く失笑した。そして、

「だって、結婚したときには、あの子を身籠っていたんですもの」

とつけ足した。縁は、念のために訊き返した。

「あの子って、……蒼志君のことですか？」

すると、女性は驚嘆の声をあげて、あら、他にどんな子があって？　と笑った。

「縁ちゃんには、ずいぶんお世話になったわよね。あの子ったら、お夕飯のときになると、いつも縁ちゃんの話ばかりしてたのよ。テストの日に消しゴム忘れちゃって、縁ちゃんが自分の消しゴムを「半分こ」してくれて助かったとか、英語の辞書を貸してくれたとか、お腹こわして保健室で寝てた日に、縁ちゃんがずっと待っててくれて、一緒に帰ってくれたこととか……。縁ちゃんがいなかったら、きっと、やっていけてなかったわよ」

「そんな……、いつも〝トロくさい奴だ〟って、叱られてばかりいるんですよ」

縁が首を振ると、女性は、まあ、なら自分はどんなに俊敏な男のつもりなのかしらね、と戯けたあとで、

「きっと縁ちゃんの前では、カッコつけてたかったのよ」

と言った。そして、へえ〜っと、頻《しき》りに頷いては、

「我が息子ながら、意外と可愛いところもあったのね」

と零した。

縁は、一人、合点する女性の顔を見た。楽しげでいて儚く、淋しげであって強く……、誰かを激しく恋い慕いながら、同時に静かに人生を見つめ、恋人と妻と母親と……、ときにそれらを身に纏い、やがてすべてを脱ぎ捨てて、生きてきた彼女の半生。

縁は、〝一人生きる〟女性の顔を、彼女に見出していた。

「――ホントに、誰に似たんだか……」

小さく溜息を吐き捨てて、彼女は立ちあがった。

「帰りましょうか」

縁も、あとに従った。

※

喫茶店には長居をしてしまった。外へ出ると、夕陽が、今しも沈みかけているところだった。真っ赤に燃えたオレンジ色のまんまるは、いつもよりずっと大きく見えた。あたたかくなってきたとはいえ、まだ如月《きさらぎ》。霞が晴れているからだろうか、太陽の光は周囲に滲むことはなく、まっすぐに中空を円形に象《かたど》っている。

優しい紅《くれない》の輝き。女性が最後に手向けた、美しい蜜柑を、縁は思い起こしていた。

空には、一面の水色が広がっている。交じり合わない、オレンジとブルーの光彩。空は空、夕陽は夕陽と、広いキャンバスがくっきりと二色に塗り分けられている。

あなたはあなた。わたしはわたし。

だけれど、その美しさは、ひとりよがりのモノフォニーじゃない。空があって、夕陽はなお赤く、夕陽の光に、空はさらに青さを増す。互いの輝きが、互いを一層、輝かせる。

あなたがいて、わたしがいる。

夕間暮れの世界は、光と影、……去ろうとする今日の輝きと、訪れる明日への暗闇とが交錯して、二度とない〝今〟を作り出す魔法のひととき。天空に響き渡る、妙なる調べ。それは、紛れもなく、一期一会、奇跡のポリフォニー。

「きれいな青ね。この色を見ると、胸が痛くなるわ。……若い頃、あたくしはこの色が大好きだったの。時間があるといつも、空を見上げてた。よく晴れ渡ったお昼時の、明るい空色や、日没直後の、静寂に包まれた原色のような青色。夜の帳が広がり始めた頃の、紺碧の夕闇や、朝日が昇る直前の、目に滲みるようなまぶしい青……。青い空は、一瞬として同じ顔を見せてはくれないから。もしかしたら、こんなにきれいな空は、今日が最後かもしれない。今しっかり捉えておかなきゃ、もう二度と、見上げることができなくなるんじゃないかって、……不安で堪らなくって、つい見上げてしまってたの。今をずっと、とり逃してしまいたくなくて。本当に、どの空も、選びとり難いくらいに素敵なのよ。……でもね、敢えてもし、ひとつだけを択《と》るとするなら……、あたくしやっぱり、今時分の季節の、夕暮れの空を選びたいわ」

女性は、不意に歩道橋へ駆けあがった。

「縁ちゃん、いらっしゃい。ここからなら、まだ、夕陽の残り灯に追いつけるわ」

西の彼方を指差して、女性は子供のように呼んだ。縁が階段を上り終えると、女性は飛びつくようにして、縁の肩を抱き寄せた。

「ねえ、縁ちゃん。あの空を見て。そう、オレンジ色の少し上のあたり。とっても透きとおった水色があるでしょう。きれいでしょう、青とはいえ、温かな色をしてるでしょう。あんな可愛らしい、水色のお洋服を着られたらいいなって、……あたくしの憧れの色なの」

女性に示されたあたりには、まさしくスカイブルーと呼ぶべき明るい水色が、穏やかに広がりを見せている。

「浅い渚の浜辺みたい……」

縁は思わず、つぶやいた。と、女性は縁の体を、くるっと回れ右させた。後ろをふり返って、縁は小さく驚いた。

「深い……」

息を呑む縁の目の前には、青というよりも黒といった方がふさわしいような、寒々とした色が広がっている。もう、すぐそこまで夜が押し寄せているということが、すぐに見てとれる。

「しばらくは目がぼやけて、判りにくいかしらね。……ホントに、冷たい色でしょう。ときに、黒い闇の粒子が、空中に紛れていたりして。深くて、深くて、底なしの海を見つめているみたいに、怖くなるときがあるわ。どこまで沈んでいくのか、果てしも知れぬ宇宙の底に、どんどん引きずりこまれていくみたいで、不安で不安で、いたたまれなくなる」

肩を摑む女性の手が、小さく震えていた。縁もまた、彼女の気持ちが判るような気がして、暗い空の前に立ち尽くした。

「でもね、縁ちゃん。もう一度、よーく眺めてみて。この闇の粒子の満ち溢れた向こうに広がっている青い空が、本当は、どんな色をしているのかを……」

女性は再び、天空を指差した。縁は、じっと空を振り仰いだ。女性の白い指の奥に、暗い海原が広がっている。

如何ばかりの時が流れたのだろう。やがて、縁の目に、遥かな宇宙の姿が浮かびあがってきた。果てしない、一面の空。澄み渡る、混じりけのない青。……でも、それだけじゃない。この闇のような青空には、〝広がり〟だけじゃない〝深み〟がある。否、もっといえば〝高み〟……。

空を超えて、さらなる処へ。何よりも清澄にして、遠く限りない……。そしてこの空は、僅かだけれど、でも確かに、〝自ら〟輝きを放っている。深いけれども、明るい、清らかな光に溢れているのだ。

「貴《とうと》い色……」

真理の如き空の姿に、縁は懸命の頌詞を贈った。

女性は翻って、再度、西の空を望んだ。

「日が落ちて、だいぶ青くなってきたけれど、あの山の稜線を眺めて。縁取りに、……気がつくかしら。うっすら桃色の虹が懸かっているの。薄暗い夕暮れ時に、ああして薄桃の霞の虹が懸かるようになったら、春が来るのは時間の問題。じきに温かな風となって、あたくしたちの許を訪れてくれるわ」

　そして、ゆっくりと駅への道をたどりながら、縁に言い聞かせるように言った。

「今日は、本当に有り難う。あのときお参りしたお宮へ行って、心のこもったお祭をしてもらって……、そして、こうしてここへ来て、彼に逢い、あなたとお話しすることができた。――今日は彼の月命日だったの。諦めたはずだったのに、どこかで諦めきれなくて、……あのあと一度だけ、手紙を書いたわ。あたくしが結婚したことを報せる内容で、ついでに生まれた子供の写真を添えて。でも、それからまもなく、八月の暑い日に、彼はここで逝ってしまった。一番大切な人と、結局入籍も果たさぬままで……。あたくしに宛てられた、たどたどしいメモ書きだけを残して」

　残された〝ありがとう〟の言葉。その片切れを手に、彼女はどれほど泣いたのだろう。

「あたくし、どうしたらよいのか判らなくなってしまって。気がついたら、新宮行きの電車に飛び乗っていたの。あの頃を過ごした佐野のあたりや、あの人の暮らした三輪崎……。車窓に映る景色はどれも過酷で、生きているのが辛すぎて。途方に暮れたまま、町を彷徨い歩くうち、いつしか太平洋を見おろす高台まで来ていたわ。そう、懐かしいあたくしたちの母校のある……。高校から、駅とは反対方向に一気に坂を駆け下ると、夏にあなたにお会いした王子が浜に出られるの。あたくしは、その浜まで来て、ずっと海を眺めていたわ。どうしたらいいのか、……いいえ、悲しくはなかったわ。ただ悔しくて。〝どうしてあのとき〟と、自分の過去の行動が悔やまれてならなかったの。何も悲しくない、さみしくない……、でもひたすら、あたくしにはあたくしが、どうしても〝許せなかった〟……」

涙なんて、とっくに乾涸《ひから》びていて……、何時間、何日、そこにいても満たされることはなかった、と彼女は言った。

「とても生きていられなくて……、でも、死ねはしなかった。まっすぐな水平線、ずっと向こうから絶え間なく波が寄せてくる。波打ち際に敷き詰められた荒い石が、潮騒に洗われて、カラカラと優しい子守唄のような音色を立てるの。遮るもののない、空と海の、目が痛くなるような水天一碧の世界。この渺茫《びょうぼく》たる海に沈んでしまいたいのに、……あまりにも美しすぎて、死ねなかった」

縁は、夏に見た新宮の空と海を思い出していた。熊野という地が、どうして神の降り坐す聖なる場所になったのか、縁は寡聞にして知らない。けれど、あれだけスケールが大きくて真っ青な空と海は、他では絶対に見られないものであるように、縁には感じられた。

「それから何度も、この世とあの世の狭間で、あたくしは彷徨い続けた。彼の命日である二十二日、特に祥月命日である八月の二十二日には、どうしようもなく生きているのが苦しくなるの。何度も死のうとして、でも、そのたびに〝何か〟に引き止められて……。海と空、この青い色がいけないんだと、あたくしは天地を恨んだ。いつか、あたくしの血潮で真っ赤に染めあげてやりたいのに、と……」

青と赤、混ぜ合わせたようなかの日のドレスの色は、彼女の心の色合いだったのに違いない。

「苦しかったわ。生きてる自分が弱虫みたいで、惨めで堪らなかった。本当に……。でも、やっぱり、死ねなくてよかったんだと思う。——ねえ、縁ちゃん。人生って、思わぬことで、深い懊悩の淵に沈められちゃうときがあるものよ。懸命に足掻いているのに、それでも抜け出せなくて。誰も助けてくれないかもしれないし、誰にも手助けできないようなことかもしれない。いつまで続くのか、いつかはちゃんと乗り越えられるのか……。だけどね、人生って素晴らしいものよ。そのときには、そうは思えなかったとしても、いつかはきっと、そう感じられる日が来るものなの」

そう言って、女性は、桃山までの二人分の切符を買った。はい、と手渡しながら、女性は縁にもう一度強く言った。

「生きていてね」

縁は、はっとして顔をあげた。女性は、微笑んだ。

「仮に、本気で死のうとすれば、あたくしだって死ねたかもしれない。死ぬのが怖かったんじゃないの。でも……、あの浜で、あたくしは目を閉じたくなかったの。……たとえ、あたくしが見ていなくても、この青い空は、ずっと青い空のまま、きっと輝いていることでしょう。それでも、空の青さは、刻々と移り変わってゆくものだから。自殺したら、閻魔様に叱られて地獄へ行く、そんなことは知らないけれど。でも、少なくとも、死んだらこの〝青い空〟は、もう見ることができない……。そのことだけは、間違ってないでしょう？

あたくしが帰りたいと願っている場所は、この〝青い空〟。どんなときも一緒に生きてきた、この空なの。今、死んだら、もうそこに帰ることは、絶対にできない……。――だから、生きていかなくちゃ。何があっても、生き続けていかなくちゃって、あたくしは思ったの」

――どうか、生きていってね。

別れ際、女性はもう一度くりかえして、その言葉を縁に告げた。

第九章　望《もち》の今《いま》

社務所の暦も一枚捲《めく》られ、朗らかな陽気に満ちた日が続いている。冬のあいだ、家の内に閉じ籠りがちであったお年寄りたちも、麗《うら》らかな日和に誘われて、のんびりと軒先を散歩している。

参拝者の数は、徐々に戻りつつある。縁自身、必死の態で頑張った甲斐あって、二月末日までには報告書類の目処をつけることができた。

社務所内では、来年度から勤めてくれる新しい仕女さんを迎える準備が、着々と進められている。高校三年生ということで、ひとあし先に春休みに入っていることもあり、今月中に何度か神社に来てもらって、四月からの仕事についての説明を、ひと通り聞いておいてもらおうというのである。伯母は、仕女としてお仕えする心構えを身につけてもらうため、などと言ってはいるが、要するに新人のための研修期間のようなものである。

若い仕女が入ってくることで、縁の職分は、再び純粋な事務職員へ戻ることになった。静香から受け継いだ緋袴と千早をその高校生に託して、縁は社務所で、午後からの神道講話で使う資料をコピーしていた。

『日本書紀』や『古事記』に記された、天地開闢神話や伊邪那岐命《いざなき》・伊邪那美命《いざなみ》の物語、出雲の神話や天孫降臨のくだり……。そして、奉務社である木花神社のご祭神、木花之佐久夜毘売命のお話も、忘れずにコピーした。

天上世界である高天原《たかまのはら》から、この葦原中津国《あしはらのなかつくに》へ降ってこられた、天照大御神《あまてらすおおみかみ》の子孫《うまご》・瓊瓊杵《ににぎ》尊（邇々芸命）。天神《あまつかみ》である瓊瓊杵尊に嫁した地祇《くにつかみ》・大山祇神《おおやまつみ》（大山津見神）の娘、木花開耶姫命（木花之佐久夜毘売命）は、たった一夜の語らいで、子を身籠ってしまったことを知る。自分の子であるはずがない、と姫命の心延《こころば》えを疑う夫尊。姫命は、自らの潔白と子の正統を証しするために、盈月《うみがつき》の産屋に火を放つ。〝まこと天神の子なら、必ずや無事で生まれてくるに違いない〟と、固く信じて。やがて、三柱の健やかな男の御子たちが生まれる。夫尊は言う。〝私も本心では決して疑っていたわけではない。されど、かように速《と》く子を身籠られては、周囲の者たちとて確信が得られまい。そなたが身を以て証ししてくれたので、誰もが皆、かの子神たちを天神の蘖《ひこばえ》と信じるであろう〟と。

天の系譜と地の系譜。それらは互いに対極なのか、それとも将又《はたまた》対偶なのか。両者が結ばれたところに、新しいいのちが誕生する。……そんな縁起譚に頼みを寄せてか、木花神社に詣でる女性の多くが、良縁成就や安産祈願を願っている。縁は、あらためてこのお社で奉仕することの重みを感じた。

縁は次に、伯母のノートをコピー機にかけた。伯母自身が神職同士の勉強会で書きとってきたもので、『万葉集』の歌とその解釈とが、流れるような筆跡で記されている。項目別の「神」のくだりを二、三頁写しておいて、と言われていたので、縁はパラパラと頁を繰った。

・神――カミ、シン。またカム（神さび・神南備）、カン（神主・神戸）、コウ（神々しい）など。ときにミ（神酒・神籤）、ミワ（大神神社）・ヒ（神籬）、ホ（神倉）と訓《よ》むこともある。

項目のあとには、「神」に因むいくつかの歌が並べられていた。好きに選んでいい、とのことなので、どの歌をコピーしようかとノートを見渡したとき、縁の目は、とある一首にくぎづけになった。

苦しくも降り来る雨か神之埼狭野の渡りに家もあらなくに

幸か不幸か、「神之埼」には注がつけられ、「かみのさき」という旧訓が二重線で消された上に、新たに「みわのさき」というふりがなが振られていた。

「みわのさき……、さの……」

縁は、矢も楯も堪らず、社務所備付けの時刻表を摑むと、和歌山県南部周辺の地図を開いた。海岸線に沿って紀勢線を伝ってゆくと、ＪＲ西日本管轄の列車の終着駅であり、ＪＲ東海との境界をなす「新宮」駅に程近いところに、「三輪崎」と「紀伊佐野」の両駅を見つけ出した。

時が経って、地名の表記は幾分変わっているけれども、万葉集の歌はこの地を舞台としているものに違いない。そう、かの女性と彼とが、若い日を過ごした……。

万葉の詠い手は、己が身の不運を嘆いている。

〝ああ、なんと皮肉なことだろう。このような場所で雨に降られようとは……。この神坐す岬といわれる三輪崎から佐野のあたりにかけては、雨宿りのための軒を貸してくれるような家も見当たらないというのに〟

伯母はまた、この三輪崎に関して、もう一首の万葉歌をノートしている。


神前荒磯《みわのさきありそ》も見えず波立ちぬいづくゆ行かむ避《よ》き道《じ》はなしに

〝三輪崎の海はまるで、磯も見えないまでに荒波がうち寄せている。どこを通っていくというのか、まわり道もないのに〟

往古の旅人にとって、この三輪崎から紀伊佐野にかけての約一里半は、新宮から那智へ至る道程の難所であったのかもしれない。人目も枯れ果てた見渡す限りの茅野《かやの》と、山塊すれすれに僅かに残る通い路と……。降りしきる冷たい雨と怒濤の如く逆巻く波に脅かされながら、避けどころのない道を、頼るあてもなく一人行かざるをえない旅人の胸中は、如何ばかり心許なかったであろう。

歌に詠みこまれた荒涼たる光景に、縁はかの日の女性の心象風景を准えて、熊野という土地のもうひとつの顔を見出すような気がした。

本州で一番早く〝春〟の来る場所。南に広がる海に向かって開けた海岸に黒潮が押し寄せ、あたたかな陽光と咲き乱れる暖地の花々。半島の随所に散在する出湯での湯治や夏の海水浴など、〝南紀〟の名にふさわしく、熊野といえばとかく明るいイメージが先行しがちだ。

それは確かに、三山と呼ばれる聖地を抱える、熊野のひとつの姿であろう。長らく旅をしてきて、やっとたどり着いた熊野権現の楽土の明るさや清さ、頼もしさ。神々に手を合わせる人々の喜ばしく満ち足りた表情は、この土地の持つひとつの性格を間違いなく表している。

だが、その一方で、万葉歌に感じられる不安や物憂さ、あるいは暗さといったものも、偽らざるこの土地の印象なのである。

熊野はかつて「隠國《こもりく》」と称されることがあった。隠國とは、山々に囲まれた場所をさす言葉であるという。古代、文化の中心であった畿内から熊野を目指せば、幾日も険しい紀伊山地の山また山の道を忍ばなければならなかった。現在熊野と言えば、名古屋方面から目指そうと大阪方面から目指そうと、長らく海を眺めながらの旅程となるが、かつてはその海にたどり着くまで、はるばると山峡の隘路をゆく、いわば深山の弥終《いやはて》に待つ神々の郷であったのである。

まぶしさと、視界を阻む柴榑雨《しばくれあめ》と。対照的な二つの要素を、熊野という土地は素顔に持っている。

その両方の姿を、自分の心の色として持つ女性……。相反する二つの色を抱きながら生きてゆく道は、どれほど優しくどれほど凝《こご》しい世界を、彼女に見せつけてきたのだろう。

「彼女は、どちらにも肯《うけが》わなかった……」

縁は思い出していた。

※

「つい先日、離婚いたしましたの」

離婚という言葉の響きとは裏腹に、明るい声が飛びこんできた。

「ちょうど立春の日でしたわ。お役所に行って、きっぱり過去にけじめをつけてきましたの。新しい春、新しいあたくし。まだ、何から手をつければよいのかさっぱり判らないけれど、ともかくも〝ふりだし〟に戻って、一から出直すことに致しましたの」

嬉しそうに言って、女性は希望に目を輝かせた。

「新宮に、帰られるんですか？」

縁が尋ねると、女性は首を振った。

「いいえ。行くあてもないから、初めはそのつもりでしたけど、……今日あなたにお逢いして、やっぱりやめることにしましたわ。あの町は懐かしいけれど、あすこへ戻れば、あたくしはまた過去に囚われてしまう。せっかく新しい人生を始めようというんですもの、どこか別な場所に越して、新鮮な気持ちでスタートを切りたいわ」

そして、信楽《しがらき》で焼き物などするのも素敵かしらね、と無邪気に笑った。

「じゃ、……蒼志君はどうするんですか」

父親が家を捨て、今また母親が出てゆこうとしている。残された彼は、どうなってゆくのだろう。なるほど、もはや親の保護下にある年齢でもないが、かといって両親とは全く関係ないというほど成熟した年齢でもあるまい。

縁の問いに、女性はちょっと神妙な面持ちになったが、

「あたくしはあの子に、ずいぶん長いこと、辛い思いをさせてきたから……。だからもう、このまま、自由に羽ばたいていってほしいの」

と答えた。

「あの子はもう、自分の力で活路を拓いていける。父親との関係も、あたくしほどは浅くないし、それなりに収入を得る術も持っているでしょう。あたくしという重荷さえいなくなれば、精神的にも経済的にも楽になって、あの子にはもっといろんな可能性が開けるはず。……小さな頃からずっと、淋しい思いばかりさせてきたわ。あたくしと夫との関係は冷えきっていたし、あたくしの病みがちな心と生活の貧しさから、好きなことをやらせてあげることもできなかった。あたくしたち夫婦の皺寄《しわよ》せは、全部あの子に圧《の》しかかっていたの。……今まで、何もかもあの子任せできたから、そろそろ翼を与えてあげたい。親という枷《かせ》を解いて、せめて心の赴くままに歩んでいける自由を。今頃遅すぎると罵《ののし》られるかもしれないけれど、何ひとつ親らしいものを与えてやれなかったから、せめて……」

縁の脳裏に、〝結婚しようと思ってるんだ〟と告げる蒼志の顔が浮かんだ。そして、〝いい加減、早く退院してほしいよ〟という深い溜息が、耳の奥に谺した。

「蒼志君も、出てっちゃうのかな……？」

縁は、曇りがちな車窓を流れる街の明かりを見送りながら、ふと、淋しさに躓《つまず》いた。彼が零した〝まだ〟というセリフには、いつまでもここにはいられないという、彼自身の巣立ちへの自覚がこもっている。

と、突然女性が、思いもかけない言葉を発した。

「縁ちゃん、あなたは本当に、あたくしたち親子にとって、かけがえのない〝恩人〟ね」

「えっ……」

縁がふり向くと、女性は言った。

「あなたがいてくださったお蔭で、あたくしたちきっと、人並みにやってこられたんだわ。あなたは〝恩人〟、あたくしにとっても、あの子にとっても」

女性の意図が摑めない縁に、彼女はさらに言葉を続けた。

「あたくしにとって、縁ちゃんあなたは、かなり年の若い、でも大切な〝お友達〟よ。そして、恐らくあの子にとっても、大切な……。――そんな素敵な人がいてくれるのに……、どうして皆、違う方ばかり向いてしまうのかしら？　可笑しいわよね。なぜかあたくしたち人間というもの、真に必要な〝かけがえのない〟ものより、〝魅かれる〟ものに目を奪われてしまいがちで」

女性は溜息をついた。

「ね、周りを見渡してみて、不思議だと思わない？　心から信じ合える人と、惚れこんじゃえる人とは、違うのよね。そしてまた、本当に好きな人と、現実に結ばれる人とは、微妙にずれていたり……。どうして人は、一番大切なものを〝一番目〟に持ってくることができないのかしら」

そして、意味深長なセリフを洩らした。

「男って、いつまで経っても稚《いとけな》いものよね。一体、どれだけたくさんの女性と巡り逢えたら、やっと夢から醒めるのかしら。……ホントに、誰に似ちゃったんだか」

縁は、彼女の言う〝男〟が、詰まるところ誰を指しているのか、心中で玩索した。家族を捨て、自らの色財の欲に従って奔逸な生活を送る前夫をいうのか、それとも彼女の純情に胡坐《あぐら》を掻いたかつての想い人をいうのか。あるいは他面、自分の息子をさすのか、……ないしは〝男〟に言寄せて、己自身を嘆息するのか。

「杏子さん、お確かめしてもよろしいでしょうか？」

縁は、思いきって女性に問いかけた。それは、今日一日を女性とともに過ごすなか、避け難い疑念として浮上してきた問いだった。

「橘さん……、下のお名前は、何て仰るのですか」

縁の意を決した発問に、女性はくすりと笑みを零した。そして、傍らの電車の窓に、指で〝蒼《そう》介《すけ》〟と書きつけた。その名前に、縁はひとつ大きく息を吸って、ゆっくりと核心へ踏みこんだ。

「蒼志君のお父さんって、……本当は何方《どなた》なんですか？」

〝父親の名前から、一字とってつけたんだ〟と、本人は言っていた。桜井澄志、橘蒼介。そのいずれに因んだものであったとしても、彼の名前は成立しうる。たった一夜の寝語りと、胸裡に悲しみを秘めた結約と。いずれ儚い泡沫の契りに、彼女が宿したいのちの花は、桜と橘、どちらに根ざしているのだろう。

そんな縁の内心を知ってかどうか、女性はただ静かに、縁を見つめていた。一向《ひたすら》に、穏やかな微笑を浮かべながら。

「……さあ、どうだったかしら。あたくしも確かめていないわ」

少しの沈黙のあと、風のような微笑を残して、女性は言の葉を閉ざした。

――彼女は、どちらにも肯わなかった。

縁は一人、つぶやいた。

※

してみれば、我が家は気楽なものである。いつものように父はテレビを喰い入るように見つめ、母は黙々と夕支度を進めている。夕飯だけは実家で、という奇妙な拘りを持つ愚弟は、ちゃっかり食卓の前に座している。

「平和だなぁ」

思わず縁が声に出して言うと、

「そりゃ、姉ちゃんはな」

と、鋭い口調で黄金に断られた。来月にはいよいよ高校三年生、進路選択を控えた弟は、よく見れば、いつものマンガ雑誌に替えて進学情報誌などを広げている。

「あんた、大学なんて行く気あるの？」

釣瓶落としに降下して、まもなく井戸の底に着きそうな成績しか収めない黄金に、縁は呆れかえって尋ねた。

「大学はぁ、……行けそうなトコって、ないみたいだけどな」

偏差値の一覧表を流覧しつつ、黄金はあっけらかんと放言した。

「中学のときは並の成績だったのにね。毎日遊んでばかりなんだから」

ごはんをよそいながら、母が託《かこ》った。

「やっぱ、専門学校にするっきゃないかなぁ。申し込み順とかだったら、試験ないしさ」

「あんた、そこまで勉強する気がないのに、進学してどうするのよ。何かやりたいことでもあるわけ？」

と黄金は、
どうも目的意識が感じられない本末転倒な進路設定に、縁もついつい愚痴っぽくなった。する

「えー、だって、ゴンセイカイっていうのが要るんだろ？　それには学校行って勉強しないとダメだって、サナダムシが言ってたぜ」

と、またしても突飛な言葉を発した。ちなみにサナダムシとは、彼の進路指導の担当教員、真田先生のことである。

「ちょっと、権正階って、まさか本当に伯母さんの神社、継ぐつもりなの⁉」

縁の大声にびっくりして、母が、淹れたばかりの湯呑を覆しそうになった。

「オレが神主になるって、母さんが火傷しなきゃなんないくらい、変なのかよ」

いきおい、黄金も神経質な言い草になる。

「何ワケの判んないこと言って怒ってんのよ。……それより、本気で神職になるつもりなの？」

「だったら悪いのかよ」

不満げな顔つきで、黄金は反問した。

「別に悪くはないけど……。でも、神職になるって、そんなに楽なことじゃないわよ。あんた、それだけの根性あるの？」

〝根性〟と問われて、黄金は少し口を尖らせたが、

「自信はないけど、……頑張るしかないだろーが」

と答えた。普段よりいくらか殊勝な口ぶりに、弟のなかにも多少は真剣なものが育ちつつある

らしいと、縁は今日のところはそれ以上の追及をやめることにした。

「まあまあ、本決まりまでにはしばらく時間があるのだから、いろいろあたってみなさい。何か他にやりたいことが見つかったなら、それをやればいいし、本当に神主さんになるんだったら、専門の養成機関に入らなくてはね。でも、神職の修行は厳しいから、あんたは相当気張らないと、途中で脱落するかもしれないよ。後悔しない腹積もりができたなら、また言いなさいね」

母が諭すように言ったところで、夕飯の時間となった。

今夜はすき焼きだった。卓上に置かれた鍋のなかから、各人が好き勝手に、卵の入った手元の小皿にとり分けていく。〝同じ釜のメシ〟などという単語が、何とはなしに似合う光景である。

……家族、なんだなぁ。

縁はしみじみと考えた。

いつも不干渉で、肝心なときに頼りにならない父親と、絵に描いたような放蕩息子。何事にも中途半端な自分と、過去の半生をひた隠しに生きてきた母。何だかちぐはぐで、まとまりがないようにも思えるけれど、……でも、どこかでちゃんと繋がり合っている。お互いに、不器用な配慮が見え隠れして、ときどき無性にくすぐったいくらい。

私、知ってる。深夜、早版の新聞が届けられるとすぐに、お父さんがとりにいっていること。面と向かって関わりたくなくて、そ知らぬふりをしていても、やっぱり黄金のことが心配なんだね。まだ帰ってこない晩には、彼が使う勝手口の足許灯を、ちゃんと点けてあげるんだから。

不眠症《インソムニア》の深夜徘徊。見えなかった親子の絆を、私に気づかせてくれたんだ。

……そんな思い遣りがあるからなのかな、私たちはまだ〝ひとつ〟でいられる。帰ってこられる場所がある。

縁は、ひそかに嬉しくなった。

※

三月も半ばを過ぎた。ここのところしばらく、天気が悪い。せっかく見習いさんが来てくれているのに、連日内務のお手伝いばかりしてもらっている気がする。

「では、神饌の盛付け方を説明いたします」

薫ちゃんが、手取り足取り、詳細な説明を行なっている。考えてみると、薫ちゃんにとって初めての後輩さんになるわけだ。なるほど、熱も入るよね。新しい仕女さんは、根がまじめな子なのだろう、薫に言われるとおり、一生懸命に野菜を三方に積みあげている。

自分の仕事をしながら、縁が様子を見ていると、

「思い出すわねー」

脇から伯母が顔を出した。

「縁ちゃんが初めて神饌をお飾りしてくれたとき。静香ちゃんの指導で盛付けて、いざ運ぼうとしたら……」

くすくすと楽しそうに笑う伯母に、見習いさんがこちらを見遣った。

「よそ見しちゃいけません」

すかさず薫の忠告が飛んだが、見習いさんの手が、積みあげられた野菜に触れる方が、一瞬早かった。

「あーあ」

賑やかな音を立てて、野菜の山が崩れ落ちた。

「すみません」

慌てる見習いさんを真ん中に、一同声を立てて哄笑した。

「大丈夫、私も同《おんな》じミス、やらかしたから」

縁は、転がってきた大根を拾いあげながら言った。

「ところで縁ちゃん」

ふいに、伯母が声をかけた。ふり向くと、伯母は袂から薄い冊子をとり出して縁に渡した。見慣れぬ装丁に、何だろうと覗きこむと、

「直、階、検定……？　伯母さん、これっ‼」

思わず大きな声を出して、縁は問い返した。しかし伯母は、またそんな鳩が豆鉄砲喰らったような顔して、と飄々とした態度でこう言った。

「神主さん、なってみない？」

神社本庁では、木花神社のようにその傘下にある神社に奉仕する神職に対し、上から「浄階」「明階」「正階」「権正階」「直階」の五段階の階位を授与している。一般に、〝神職になるための資格〟というが、結局は、これらの階位を取得することが、神職として神社に奉仕する第一歩となるのである。

通常、明階から上を高等課程、正階以下を普通課程と呼んでいる。神社の規模や拝命する役職などによって、必要となる階位は変わってくるのだが、しかし、実際の奉仕の場においては、寧ろ奉仕期間の長短や、「身分」と呼ばれる等級づけの方が重要視されるため、多くの場合、階位の種類に拘泥する必要はあまりないといえる。殊に木花神社のように、ほとんど自家の出身者のみでお祭りしている鎮守社の場合、階位の高低はおよそ問題にならない。

ただ、そうした村の鎮守社であっても、神社の代表であり、宗教法人法でいうところの代表役員にあたる「宮司」の役職を得るためには、如何せん「権正階」以上の階位が必要となってくる。

そして、この権正階を受けるには、基本的に、あらかじめ「直階」を取得しておく必要があるのである。

階位を受けるには、高等課程ならば、その課程を設置している大学へ進学するのが一番手っ取り早いのだが、縁にしろ黄金にしろ、今さら大学へ進学できるような状況にはない。そこで普通課程となるのだが、これには養成機関と呼ばれる専門学校様の機関へ入門したり、各学校で開かれる講習会などに参加したり、各都道府県の神社庁が開催する講習を受けたりして、神社本庁で行なわれる資格試験に合格する方法があるので、そうしたなかから最も自分に適した手段を選ぶことになる。(平成十一年当時)

黄金が考えているのが、養成機関への入門である。目指す階位によって、入門資格も修業期間も変わるのだが、高校卒業後に二年間、寮生活を行ないながら学ぶ、というのが最も一般的なスタイルである。機関によって年齢や性別による制限もあり、受け容れ人数にも差があるため、ときには志願者が殺到して、入学前から熾烈な競争が繰り広げられることもあるという。

無論、指導はかなり厳しい。実際に社頭に立っての奉仕もあるため、実習生とはいえ、甘い考えではとてもこなしてゆけない。一方で、一般家庭からの進学も多い大学とは違い、神明奉仕を自分の課題として真剣に考えている仲間に出会えることは、互いに励まし合ったり、悩みをうち明けたり、奉務神社に帰ってからも何かと支えになってくれたりと、心強いものである。

気を引き締め、みっちり精神を修養し、知識や技能を習得したいというのなら、養成機関に如くはなかろう。しかし、例えば縁のように、一旦事務員や見習いなどという形で先に奉職してしまったり、あるいは会社勤めをしながら土日は神職をするといったように、何らかの都合で途中で階位を取得しなければならなくなった場合には、数年に亘る長い期間を、離職して神職の勉学一本に励むというわけにはいかないのが普通だ。また専攻分野が違ったりして、大学に進学したものの、そのままでは階位を取得できない若い人たちもいる。

こうした人たちのために、夏休みなどの休暇中に、二ヶ月ほどの短期間で勉強する機会を与えてくれるのが講習会の制度である。主に大学などで開かれているが、年齢や学歴などに制限があり、また将来奉仕する神社や神社庁の推薦書なども必要なため、真に階位を必要とする人にしか門戸が開かれていないという厳しい面もある。

縁の場合は、大学に入学したことがなかったため、学歴の条件から講習会には参加することができなかった。

ちなみに、かつて伯母がとった方法は、養成機関による通信教育である。普段は自宅で学習し、時おりスクーリングとして学校に出かけ、祭式作法などの実務を学ぶ。神職であった夫が亡くなり、急遽あとを継がねばならなくなった際の非常手段であった。

このように、資格を得るには様々な方法があり、気持ちさえあれば、道は比較的開かれているほうだ。しかし、前述したように、資格を持っていることと神主であるということは、全く別物なのである。

「新しい仕女さんも来てくれたことだし、縁ちゃんも少しは時間ができるでしょう。勤務の合間でいいから、手の空いた時間に勉強してごらんなさい。作法は、実際のご奉仕のなかで教えていくし、知識は、伯母さんのテキストを貸してあげるから」

即ち伯母は、神社庁で行なわれる検定試験を受けてみないか、と言うのである。

「ちょっと待ってください。私、神職なんて……。それに、あんなだから信じられないかもしれないけれど、弟も……」

「黄金君のことは、咲月から聞いてるわ」

伯母は、縁の言葉を遮って続けた。

「確かに、黄金君が木花神社を守っていってくれることには、伯母さん反対しない。今はツッパっちゃって、糸の切れた凧みたいにふらふらしてるけれど、小さい頃からよくお手伝いしてくれてたものね。うちの神社がどんなお社かってこと、頭じゃまだまだ追っつかなくても、きっと心では判っているのよ。……まあ、あの子の場合、この先の二年間を耐えられるかどうかが分かれ目でしょうね。今はいいのよ。先代の宮司、あなたの伯父さんだって、若い頃はかなり好き勝手してたんだから。……ただ、〝始まって〟からが問題。ちゃんとそこで切り替えて、新しく始め直せるかが大切なの。黄金君の場合、まだそこまで来てないでしょ。だから伯母さん、黄金君のことはまだ当分、返事を〝お預け〟にしてあるの」

「でも……」

「縁ちゃんは、この神社の神さまにお仕えするようになって、どれくらいの歳月が経ったか判る？」

と、訊かれて縁が口ごもると、

「この四月から三年目に入ります」

珍しく、薫が口を挟んだ。滅多なことでは他人の会話に口を入れない薫が、こうして自ら言葉を発するのは、あるいは彼女もまた縁と同様に、三年目を迎える立場だからかもしれない。

「そう、三年目。……丸二年という歳月は、決して長いものではないけれど、かといって短いものでもないわね。毎日こうしてお仕えしてきて、この神社のこと、かなり見えてきたでしょう。縁ちゃんは、とってもいいものを持っている子よ。これまでずっと見てきて、事務員のまま終わらせてしまうなんて、すごくもったいないことだと思うの」

「そんな、……伯母さんの気持ちはとても有り難いと思います。でも、私には、神仕えの道は険しすぎます。本物の仕女さんにもなれない、こんな中途半端な私に、女子神職なんて無茶です。薫ちゃんにも、笑われちゃう……」

縁は、自責の念に耐えかねて、顔を伏せた。

「そうかしら？」

伯母は、優しく縁の髪に手をやった。

「ねえ、神仕えの道って、最初から選ばれた者にしか許されていないのかしら？　こういう立場の人じゃないといけないとか、こういう人柄じゃなきゃいけないとか……。もちろん、ある程度の制約や理想みたいなものはあるでしょう。でも、それがすべてじゃないはずよね。あんまり最初から〝こうじゃなきゃダメ〟って決めつけてしまわないで、まずは気楽に始めてみてはどうかしら。ホントにダメなときには、神さまの方から〝限界〟を示してくださるはずだもの。……機が熟しているのに、あんまり自分の方から、条件だの弁解だのをつけて押し返してしまうのって、却ってそっちの方が、〝人の賢《さか》しら〟って言うんじゃないかしら？」

――ホントにダメなときには、神さまの方から〝限界〟を示してくださるはずだから。

「わたくしも、縁さんはきっと、素晴らしい神職に成長されると思います」

「薫ちゃん……」

いつになく強い調子の薫の声に、縁は顔をあげた。

「でも、私、いつも薫ちゃんや伯母さんの世話になってばかりで……。薫ちゃんのような気合いも、伯母さんのような逞しさも、今ひとつ足りなくて」

悪足掻きでもするかのように言葉を重ねる縁に、薫は再び、強く言い放った。

「けれど、――縁さんには、わたくしにはできないことがおできになりますから」

縁さんには縁さんなりにできることがある。それで充分じゃないですか、と薫は言った。

縁は驚いた。普段何かと引け目ばかりを感じていた縁は、薫の思いがけない言葉に励まされると同時に、薫の新しい側面を見つけた気がした。

てっきり自分は、〝できない子〟と軽蔑されているとばかり思っていたのに、自身でも見つけられなかった縁の長所や必要性といったものを、薫はきちんと見出してくれていたのだ。

「薫ちゃんも、こう言ってくれていることだし……、少しは自分に自信を持ってみたら？」

伯母は、促すように縁に言葉をかけた。二人からの温かな言葉を受けて、縁は静かにこう言った。

「少し、考えさせてください」

伯母は、深く頷いた。

「ええ。誰だって、大きな決意を固めるときには、時間が必要だわ。それがいい加減なものじゃなくて、真剣なものであればあるほど、確かな覚悟が要るのだから」

伯母は、検定の教本を縁に託して、社務所を出ていった。

※

弥生も遂に今日までとなった。朝の雨も寝ぼけ眼の幻だったかと思うほど、嘘のような青空が広がっている。非番の嬉しさに、縁は買い物に出かけることにした。ひと月後には、父の誕生日がある。いつも憮然とした表情でごはんを食べているだけの父だけれど、黄金のこともあるし、こんな自分のことも、やっぱりどこかで心配してくれているのかもしれない。たまには、ちょっぴり親孝行してみるのも悪くないよね。

電車は滑るように走っていく。カタン、コトンと、軽やかな枕木のハミングが、僅かに空けられた窓の隙間から聞こえてくる。目を移せば、宇治川の土手に咲いた菜の花が、黄色いぼんぼりのように、緑の絨毯の上に浮かんで揺れている。愛らしいな、と縁は幽かに微笑んだ。

中書島駅で乗り換えて、出町柳行きに乗りこんだ。進行方向とは逆向きになったが、端の方に空いている座席を見つけて、縁は座った。ほどなく、電車は丹波橋駅に着き、たくさんの人が席を立った。この駅は、近鉄電車との総合駅で、いわゆる乗換駅となっている。扉の前に、降りる人が列を成しているその隙に、縁はまんまと進行方向の座席に移り変わった。

よかったよかった、と一人満足しながら、何とはなしに外を見遣ると、乗り降りする人々の往来のなかに、縁はとある人影を見つけた。思わず、向かいの空き席に荷物を放り投げて場所とりをすると、高く手をあげて縁はその名を呼んだ。

「桜井君！」

ぴくっと身を震わせて、人影はこちらをふり向いた。手招きされて、男は縁の向かいの座席に座った。

「絶対、バレないと思ったんだけどな」

色の濃いサングラスを外して、蒼志は苦笑いした。

「いくら私がトロくさい奴だからって、そう簡単に三匹目の泥鰌はくれてやらないわよ」

縁が言うと、蒼志は、「せっかくカムフラージュしたのに」とつぶやきながら、サングラスを胸ポケットにしまいこんだ。

「ちょっと待って。……ってコトは、私が乗ってること、桜井君が乗るときには既に気づいてたってこと？」

語勢の荒い縁の言葉に、一瞬きょとんと不思議そうな顔をして、それから、

「当たり前でしょ。縁さん、嬉しそうな顔して、向かい側の席に座り直してたじゃん」

と言った。縁は内心、また負けたと悔しかった。

「何よ、それじゃまるで、逢いたくないみたいな言い草じゃない」

少々いじけて、縁は口を尖らせた。

「そういうわけでもないんだけどね。まあ、何やらご満悦な様子だったたし、このままそっとして

おいた方がいいかなってくらいに思って」

「ホントかなぁ？」

どことなく言い訳じみた言い回しに、わざと疑るような眼差しをさし向けてみる。すると、

「まあ、結局こうして見つかっちゃったわけだし、勘弁してほしいな。……それより、どこ行くの？」

軽く宥《なだ》めるような口調で縁の追及を受け流して、蒼志は話題を変えた。

「お天気もよくなったし、買い物でも行こうかと思って。桜井君は？」

「実は、久しぶりで父さんと会ってきた。何か、この春から事業を拡大することにしたから、手伝わないかって言ってきたから」

「事業？」

「うん、父さん経営会計コンサルタントの事務所やってるから。……てっきり愛人と子供でも作っちゃってるかと思ってたんだけど、そうでもないみたい。ゼロから一代で築きあげたから愛着もある事務所なんだろうけど、やっぱり俺に継いでほしいって」

「そっか。……でも、お元気そうでよかったね」

縁が言うと、蒼志は再び苦笑した。

「正直、ここまでくるのが大変だったんだけどね……。父さんが起こした事務所も、最初は母さ

んと二人で廻してたみたいなんだけど、母さん元からあんまり丈夫じゃないし、精神的にも不安定でさ。父さんも開業費用を借金してたから、一日も早く仕事を軌道に乗せようと必死だったでしょ。……俺が小さい頃から、よく罵り合ってたよ。父さんか母さんか、どっちか帰ってこない夜もけっこうあったし、深酒してグデングデンになって帰ってくる朝もあった。母さんは、病弱な自分を見捨てたと言って父さんに噛みつくし、顔を見ればヒステリーを起こす母さんに愛想をつかして、父さんも事務所の若い補助員と浮気してしまうし……。ケンカをしては、体裁や俺の存在が足枷になって舞い戻ってくる。でも、結局続かなくて、また出ていってしまう」

「……」

「ダメなんだよね、やっぱり、一度ケンカしちゃうと。何度仲直りしてみせても、いつか〝また〟くりかえしてしまう。——そんなこんなで、あるとき父さんの方から、別居を切り出したんだ。確か、小学校を卒業する直前の頃だったかな。俺も聞いてたから、よく覚えてるんだけど……、父さんとしては、この別居を、来るべき離婚への準備段階として提案したわけじゃなかったんだ。お互い自分のことしか見えなくなっているから、一旦距離を置いて、冷却期間をとってみて、もう一度考え直してみるキッカケにしようって。でも、言い方が悪くてさ。怒髪天を突く勢いの母さんは、それを〝最後通告〟と受けとってしまったんだよね。……襖に耳をくっつけて様子を窺っていた俺は、二人の怒声がどんどん激しくなっていくのを、ただじっと音楽でもかけてるみたいに、不思議な気分で聴いていた。……そして、朝になって、父さんは俺の額にそっと口づけして出ていった。子供の三文芝居《たぬきねいり》も見抜けないなんて、大した親父じゃないけどね」

蒼志は小さく笑った。縁は、先日の女性のセリフを思い出していた。

――あたくしはあの子に、ずいぶん長いこと、辛い思いをさせてきたから。

「それで、保護者欄がお母さんの名前になってたんだ……。ホントに、あの頃も、ものすごく大変だったんだね。桜井君、何にも言わなかったから……」

いつも明るく振る舞っていた笑顔の影で、蒼志の胸に秘められた想いに気づいてあげられなかったことが、縁にはあらためて申し訳なく感じられた。

「縁さんのせいじゃないよ。こっちこそごめん、変な話して。……ともかく、その頃から母さんのヒステリーが一層酷くなってってたのは事実だけれど、父さんがきちんと離婚の手続きを踏んでくれたことが、却って薬になったみたいでね。最近は叫ぶこともなくなったし、医者の話では、ベッドの上で住宅情報誌を広げたりして、新しい生活への意欲も見られるそうだしね。そのうち、退院して様子を見るって感じになるんじゃないかな。父さんの方も、母さんと正式に離婚して、少しふっ切れた部分があったみたいで。しばらくは仕事専心でいくって言ってたよ」

「そっか」

蒼志の声のトーンが若干明るい兆しを含むのを感じて、縁は少し安堵した。記憶のなかの女性の表情をたどっても、強《あなが》ちこの希望的観測は誤ってはいないだろう。

「それじゃ、桜井君はお父さんを手伝うの？」

縁が問うと、蒼志は首を横に振った。

「いい話だとは思ったんだけどね。……今、ホントのところ、俺ちょっとへこんでるからさ」

「どうかしたの？」

「うん……」

躊躇いながら、蒼志は言葉を紡いだ。

「彼女と、別れたんだ」

「……えっ」

驚く縁に、蒼志は言葉を継ぎ足した。

「些細なことだったんだけどね、小さなケンカが発端だった。今となっては、何が気に喰わなかったのか、自分でも判らないほど、ホントに小さなすれ違いだったんだけどね。それが、お互いに言い争っているうちに、四方八方に飛び火して、……いろんなこと言い合ってくなかで、ひとつだけ、はっきりしてきたことがあってさ」

「どんな、こと？」

「彼女は俺を必要としていないってこと」

「……そんなふうには、見えなかったけど」

俄には得心がいかず、縁は言葉に詰まった。

「必要としてないって言うと、ちょっと言いすぎかもしれないけれど、……少なくとも今の彼女には、俺を見つめる余裕がなかった。イラストレーターになりたいっていう夢と、過去のトラウマと、……彼女自身が生きていくだけで、ホントに精いっぱいだったんだ」

そう言い切って、蒼志は小さな溜息をひとつ、ついた。

「そして、何より俺自身が、自分のことで手いっぱいだったんだ。家のこと、仕事のこと……、抱えてることがややこしすぎて、処理が追っつかなくなってさ。あれこれ溜めこんじゃってるうちに、自分自身が追い詰められていたんだよ。俺たちはお互いに何かを、……たぶん誰・か・の手助けを求めていたんだけれど、俺たち同士じゃ、お互いを援けることができなかった。〝必要なときに、ちっとも役に立たない〟。そこに焦りと不満が募ってきて、結局、お互いに駆逐し合うしかなくなってしまった。……自業自得ってヤツだけどね」

縁は、励ます術もない自分を、心底歯がゆく思っていた。必要なときに役に立たないとは、まさに今の自分のことを言うのだ。

「〝出てけ〟って怒鳴りつけたあと、自分の部屋に籠っていると、余計に気が滅入ってきたんだけど……。その点、女の子の方がずっと毅然としてるね。しばらくして荷物をまとめてきた彼女は、ひと言〝お世話になりました〟って言うと、重そうな鞄を肩に背負いあげて、淡々と出てったよ。あとで友人を介して尋ねてみたら、その足で、東京のデザインスクールに入学したんだって。ちゃんと前々から、自分の方向性を見定めて、どうしたらいいか調べてあったんだね……。〝やられたー〟って、何だか自分がとってても情けなく感じられてしまって。焦燥に駆られながらも、曠日弥久として時間を費やして、遂には大事なものを失って、未練だけ残してしまうなんて……、最後までみっともないよね」

内容は重いわりに、妙にあっけらかんとした声音なのは、蒼志の性癖なのだろう。傷ついているくせに、落ちこんだ顔つきが素直にできない。〝強がり〟は、小さな頃に身につけた、愚拙で健気な処世術。

蒼志が見せた唯一の泣き所。昨冬直々に相談を受けた縁自身が、誰より判っている。蒼志が誰を一番必要としているのか、何を最も懼れていたのか。……それが悪い形で成就してしまった今、一体自分には、何ができるのだろう。

「これから、どうするつもりなの?」

縁の問いに、蒼志は首を捻《ひね》った。

「さあ……。でも、父さんの厚意には、まだ甘えるわけにはいかないし。今の俺、精神的にはほとんど〝ご破算〟状態だからね。将来の方向性にしても、……それほど緻密な計画があったわけじゃないけれど、ある意味でゼロに戻ってしまったわけだから。そんな状態のときに、もし安易に人に頼ってしまったら、もう二度と自力では歩いていけなくなってしまいそうで、ちょっと怖いんだよね」

はぐらかすように笑う蒼志の危惧が、縁には何となく判るような気がした。

これまで無意識にアテにしていたもの。しかも、自覚に乏しければ乏しいほど、実は深く頼みこんでしまっていたもの。長い間ずっと、それを自らの定規とし、進むべき方向の目印としてきたものが、不意に崩れてしまったときの〝アテのなさ〟、心許なさは、縁自身も身に抓《つ》まされて思い知っているところである。

眠れない夜の、その理由。

そんなとき、できることなら誰か先を行く人に、支えてほしい、道を示してほしいと願ってしまうけれど。でも、そこで示される〝答え〟は、決して自分のものじゃないから……。

人に誂《あつら》えてもらった解答じゃ、本物の解決には至らない。迷っても、苦しんでも、どうとかして自分の力で納得できる答えを見つけ出さない限り、自分はこの不安定の闇から抜け出すことができないし、……仮に逃避してみたとしても、また戻ってきてしまうことになるだろう。

そんな不安と、懸命の抵抗《レジスタンス》。

「じゃあ、……今の仕事を続けるの？」

「とりあえずはね。でも、ひと区切りついたら、これを機に、仕事も一から出直すよ。確かに高給なのは有り難いけど、正直いつまでもこんな日の当たらない場所にはいたくないし、今後は出費も減ってくだろうから、もうちょっと堅気なところを探そうかな。まあ、前歴があるだけに最初は苦労するだろうケド、何とか自分を立て直していきたいしね。頑張っていくよ」

そう言い終えると、蒼志は席を立った。微かに手を振って、そのまま途中の駅で降りていった。

縁もまた、次の駅で電車を降りた。不自然に半ばあげかけた掌が、まだ落ち着く場所を得ないほど、僅かの時差だった。

※

陽もだいぶ長くなった。時計の針はけっこう遅い時間を示しているのに、肉眼でも充分歩ける明るさが残っている。

家へあと少しの角を曲がったとき、縁はばったり、父親と遭遇した。

「おかえり」

照れくさそうに小声で言う父に、縁も「ただいま」と短く返した。

「何、今時分からどこかへ出かけるの？」

問うてはみたものの、眼前の父は、草履履きに丹前羽織りと、明らかに家着のままである。

「た、煙草……」

ぼそっとくぐもるように言って、父は肩を竦《すく》めて、一人角を曲がろうとした。縁は、そんな父のぎこちない影を見送っていたが、

「なら、私もついてこっかな」

と独り言でも言うように、父の隣に駆け寄った。

「困る？」

縁が問うと、

「いや」

と、父は目を逸らしながら答えた。

「何か、すっごい嫌そうだよ」

縁はわざと大きな声で言って、「そうだ」とひと呼吸置いて、父の腕をぎゅっと掴んだ。

「たまにはいいでしょう？」

しがみつくようにして腕を組むと、父はますます肩を竦めて、顔を背けるようにして歩き出した。あまりにガチゴチになっている父に、縁が、

「やっぱり、嫌？」

と訊くと、

「嫌やないよ」

朴訥そのままの声が、頭の少し上から降ってきた。

しばらく歩いて、父は近所の酒屋の前にある自動販売機で、煙草を一箱買った。

余談だが、専業主婦家庭の縁の家では、父のお小遣いは少ない。もちろん勤めに出るようになってからは、縁も生活費を家に納めるようになったが、縁たちが小さい頃からの〝しきたり〟で、自分の稼ぎのうち、父が自由に使える金額は、この煙草代くらいであった。

「ちょっと、廻ってくか」

帰り道、珍しく父の方から声がかかった。

「いいよ」

縁が諾うと、父は、かつて自分も通った小学校のある丘へあがっていった。

古い寺を見おろす高台の上に立つと、薄暗くなった灰色の静寂に、燈り始めた町々の明かりが浮かんでいる。父は、その光景を無言で眺めていたが、やがて、

「お前……、〝十五夜お月さん〟の歌って、歌えるか」

と言った。

「十五夜、お月さん……？」

縁は、久しくその名を聞いたことがないように思った。

「〝十五夜お月さん、ご機嫌さん〟って」

たどたどしい口調で、父が口ずさんだ。その音色を聴いているうちに、縁はやっと、その歌を思い出した。

「ああ、何か昔、お風呂で歌ってもらったっけ。懐かしいね」

父と黄金と三人で、背中を擦り合ったりしている景色が、急に脳裏にプレイバックされる。と、父が言った。

「ちょっと、歌《うと》て」

父に頼まれごとをされるのは稀なので、縁は少し驚いた。

「えっ、ここで……？」

人通りは絶えているとはいえ、戸外である。若干の戸惑いをこめて縁が問うと、

「そう。ここで」

いつになく父は、はっきりと告げた。

さすがに気が引けるものはあったが、父のたってての頼みでもあるので、仕方なく縁は、小さな声で嘯き始めた。

十五夜お月さん　ご機嫌さん
婆やは　お暇《いとま》とりました
十五夜お月さん　妹は
田舎へ　貰《も》られてゆきました
十五夜お月さん　母《かか》さんに
も一度　わたしは逢ひたいな

野口雨情『金の船』（大正九年九月号）

なぜ、この歌を歌わせようとするのか、縁には父の意図が怪しかった。最後の音が切れて、余韻が静寂に吸いこまれていったあとも、父はじっと町の明かりを見つめていた。

「子供の時分、ウチを放《ほ》り出されると、よくここへ来た。こうして、暮れていく町を見おろして……。口下手やし、言いたいこと、なかなかうまく言えへん。判ってくれたのは、ばあちゃんだけ。そのばあちゃんも死んで、一人になった。……よう歌《うと》てん、迎えが来るまで。あの頃は、みんな忙しかったからな。いつも真っ暗になった」

十五夜お月さん　母さんに
も一度　わたしは逢ひたいな

「母さんと一緒になって、やっぱりここへ来た。あれは、夏の頃やった。夕月が大きくて、つい歌《うと》てしまった。そしたら、母さんに叱られた」

「……どうして？」

「そんなさみしい歌、やめてって。せっかくの満月が、台無しになる。そう言って、代わりに、〝雨降りお月〟の歌を歌いはった」

雨降りお月さん　雲の蔭
お嫁にゆくときや　誰とゆく
ひとりで傘《からかさ》さしてゆく
傘ないときや　誰とゆく
シャラシャラ　シャンシャン　鈴つけた
お馬にゆられて　ぬれてゆく

「雨降りお月さん」『コドモノクニ』（大正十四年正月増刊号）

急がにゃお馬よ　夜があけよう
手綱の下から　ちよいと見たりゃ
お袖でお顔を　隠してる
お袖はぬれても　乾しやかわく
雨降りお月さん　雲の蔭
お馬にゆられて　ぬれてゆく

「雲の蔭」『コドモノクニ』（大正十四年三月号）
のちに両者を併せて「雨降りお月」　野口雨情

「そして、こう言いはった。〝お月さんの歌にはさみしいものも多いけど、お月さんはひと月ごとに、欠けてもまた満ちてくる。その強さを見倣いましょう〟って。そうやなって、思った。今でも〝十五夜お月さん〟の歌は好きやけど……、最近また、そうやなって思う」

山入端《やまのは》に昇ってきた月が、町を照らしている。白く照り返しているのは、川の流れと、お寺の甍《いらか》。

「〝欠けたることのなしと思へば〟、……道長さんのような豪勢なことは言えなくても、今ここにあるもんだけで充分やないかって。焦ることも、嘆くこともない。上を見たらキリないけど、現に生きてるんや。不足言うより、今を粋《いき》に感じて、このまんま〝満月〟の気分でいけたらええんやないかって」

縁は父を見遣った。父は、煌々と照りつける月を、恰も〝心の満月〟のように、まぶしそうに見上げていた。

刹那主義じゃない、もっと素朴に〝今〟を大事に生きること。

その、子供のように純真な表情を見て、縁もまた、隣で月を見上げた。

「満月の気分、かぁ……」

普段、自分たちにあまり口出ししない父の、無骨でこそばゆい思い遣りに触れて、縁は心の器が満たされるように思った。

あれこれ疑って、迷うのはもうやめよう。何も摑んでいないのに、思案に暮れていたって埒は明かない。今あるもの、この足許を起点に考え出さなきゃ、いつまで経っても、確かなものには届かない。

私はここから、始めよう。三日月だって、弾んだ心で見透かせば、望月のように強い輝きを持っている。

今宵の月は、父の心の形なのだな、と縁は思った。

第十章　天海《あまみ》の歌《うた》

十一時。郵便屋さんが、配達に来る時間だ。いつも授与所の窓口へ渡しに来てくださるので、今日は新しい仕女さんが受けとって、事務室まで持ってきてくれた。ちょうど宮司も詰めている折だったので、彼女は伯母の机の上に書簡の束を置いた。

「有り難う、仕女ちゃん」

伯母は、その若い仕女さんのことを、〝仕女ちゃん〟と愛呼している。つい先日まで見習いさんだった彼女も、新年度が明け、今や立派な本職さんとなっているのだ。

と、そのとき。

「まあ、生まれたのね！」

いきなり伯母が大きな声をあげた。縁はびっくりして、奉納目録を思わず一枚、書き損じてしまった。だが、そんなことはおかまいなしに、伯母は嬉しそうに縁に声をかけた。

「見てごらんなさい、縁ちゃん。このハガキ！」

さし出されたハガキを受けとると、そこには紙面いっぱいに、生まれてまもない赤ちゃんの写真が印刷されていた。くるっと表を返してみると、〝若原静香《わかはら》〟とある。

「静香さんの赤ちゃんなんだ！」

縁は、その女の子の写真をもう一度眺めた。なるほど、目元がどことなく静香に似ている。

「お母さん似だね……」

縁が言うと、伯母も頷いた。

「きっと、美人になるわよ。それにしても静香ちゃん、勉強したのね。〝東風香《あゆか》〟なんて、『万葉集』からとってきたのね。今の季節にぴったり、春らしい名前をつけたこと」

糸のように目を細めながら、伯母は自分の孫でも見るかのように、写真の赤ちゃんを撫でた。

「健やかに育つように、大神様にお願いしておかなくちゃね」

そう言って、伯母はさっそく、本殿に上がっていった。上に詰めている薫に見せたあと、二人で神さまにご奉告するつもりなのだろう。

そうかぁ。もうそんな頃合なんだ。

縁は、時間の廻る早さに驚いていた。ここで静香の寿退職を祝ったのが、つい先月のように感じられていたのであるが、……あれから、もう半年が経ったのか。

何だか、不思議な感じだな、と縁は思った。半年前には、〝一人〟だった静香が、いつのまにか〝二人〟になっている。

もちろん、子供は親の分身じゃない。確固たるひとつの人格を持った別の生命であることは、自分と自分の親を比べてみても充分に判る。

それでも、……ホントによく似ているなぁ、と縁はつくづく思うのである。やっぱり、子供はどこかで親の〝半身〟なのかな。お母さんから来た分と、お父さんから来た分と、……そして子供自身の分と。

愛を以て結ばれ合った二人と、それから、祖父母にあたる彼らのご両親と。否もっと、遠い遙かな祖先から、受け継がれてここに生《あ》るいのち。長い時間のなか、どこかで途絶えていたら、ここまで至ることさえなかったね。そう思うと、ひとつひとつのいのちが、とっても大切な、かけがえのない尊いいのち。大事にしなくちゃ、いけないね。

ようこそ、新しいいのちさん。つまらないこともあるけれど、二つとないこの世界へあなたを迎えられて、私はとっても嬉しいよ。

縁は、止め処もない愛おしさをこめて、静香の赤ちゃんに呼びかけた。

※

最近、黄金は妙に早く家に帰ってくるようになった。遅くても、せいぜい夜の十時半。朝帰りが続いていた黄金にしては、驚嘆すべき自己革命である。どうやら神職養成機関への進学を本気で考え出しているようで、ごくたまに勉強らしきものをしている姿も見かけるようになった。

伯母の打診を、縁は黄金には伝えていない。せっかくやる気を起こしているのに、水を注すようなマネはしたくなかったし、自分のなかで答えが出せるまでは、黙っておいた方がよいと思ったからである。

とはいえ、何となく気にはかかるもので、食卓で黄金が古典の単語集などを広げていた晩には、自室へ戻ってから、縁も伯母に渡された教本を開いてみたりするのだった。

「だけど、……まるで象形文字だわ」

神道の専門用語には、古い言葉が多く使われている。神学書などのお堅い漢文だけでなく、発音上は一見なめらかな大和言葉でさえ、表記となるや当て字のごとき難読漢字の山となってしまうのだ。しかも旧字体はごまんと出てくるし、いきおい古文書を解読しているような気分に陥ってしまう。……況してや、伯母のメモ書きときたら、よほど急いで書きとったに違いなく、蚯蚓《みみず》書きがあちらこちらに飛散しているのである。

「相当勉強しなきゃいけないみたいなのに、こんな闇雲な手のつけ方で、……受かるのかしら?」

〝古文書〟と向き合うたびに、縁の不安は募る一方だった。けれど、神職を目指す以上は、いずれあの弟も学ぶ内容ではある。姉として、さらには先に神社人として歩み始めた者として、やはり易々と敗北を宣言してしまうのは口惜しい。

「辛抱のしどころ、かな」

そう言って、閉じかけた教本の頁を、また開き直す。我ながら、変なところで意地っ張りだなぁと、可笑しさを噛み殺しながら読み進めてゆく。

ふと、ある言葉を思い出す。

〝運びこまれた不幸でも、自分の課題だから〟

縁はこの頃にしてようやく、この言葉の本当の意味が理解できるような気がしていた。

字面は前向きなようでいて、響きにそこはかとなく自虐的な音色があるこの言葉を言ったのは、蒼志である。

あの日、澹々とした口調で、過去と現在における自分の苦悩を語った蒼志は、ふと小さな嘆息を洩らして、こうつぶやいた。

「……誰も、俺に期待してないから」

それは、車内の騒きのなか、消え入りそうに零れ落ちた言葉だったが、縁にはそれが、溜息にこめられた蒼志の本心のように感じられて、聞き流すことができなかった。

両親にとっての係累。大切なものの力になれない惨めさ。

……そんなやり切れなさから溢れ出た、自己認識。蒼志を包む現状からすれば、それもまた無理もない感覚かもしれない。

でも、それを肯定することは、縁としては絶対にできなかった。うまく言えないけれど、この、どこか自棄《やけ》で哀しい言い訳を認めるなんて、悔しすぎるのだ。

「そんなことって、ないと思う。これまではずっと、辛いことが多かったかもしれないけれど……、でもこれからは、きっと変わっていくから。ご両親だって、ご自分のことで手いっぱいだったときもあるでしょうけど、やっぱり桜井君のことを、大事に想ってらっしゃるときがあったはずだよ。桜井君だって、ご両親のことを大切にしてきたわけでしょう？　いつか、判り合える日が絶対に来るよ」

祈るように抗う縁に、蒼志は、似非《えせ》笑いを浮かべるように冷たく言った。

「相変わらずだね、縁さんは。まだ人間同士の〝繋がり〟なんてものに信頼を置いてられるんだ。俺は、……もう充分。相手の都合で振り回されるのには、飽きたんだ」

「そんな、桜井君は手駒じゃないんだよ！」

縁が首を強かに振ると、蒼志は言った。

「ずっと何度も、やり直そう、何とかして繋ぎ留めようって足掻いてみたけれど、伝わらないものは伝わらない。散々転んで、やっと、〝諦めるしかない〟ってルールを飲みこんだ。一度切れたら、それで終わりなんだよ。……こんなふうに無駄に苦しんで、何の取得《とりえ》もないなんて、〝絆〟

なんて、信じてみたって仕方がないんだ」

蒼志の目はもはや、何ものをも捉えてはいなかった。すぐそこにいるにも拘わらず、届かないところに去ってしまう蒼志の想い。閉ざされた心の窓を覗きこんでいると、縁は泣きたくなった。

「……それでも、一度きりじゃないよ」

やっとのことで縁は、喘ぐように言葉を吐いた。

「ご両親のことも、彼女さんのことも……、生きてる限り、またチャンスはあるよ」

そんな縁に、蒼志は瞬きひとつせず、こう返した。

「恋人だったらすぐ作れるけど、……人生の伴侶は、そんな簡単に見つけられないよ」

蒼志の言葉は、底ひなき泉に落ちてゆく小石のように、縁の心に深く沈みこんでいった。

確かに、蒼志の言うことは一部当を得ている。恋愛と結婚では、伴う責任の重みが違う。畢竟、恋愛は、その〝瞬間〟と〝相手一人〟の存在があれば成立しうる。いわば〝点〟のような現象である。

対して、結婚となると、その〝点〟に、家族だの社会性だの人生だのといった要素が付加され、そこから先の時間が共有される〝道〟のような細長いものになってゆく。そこには、一時の好悪や情熱だけでは克服できない、忍耐と理解の試練が伴われている。

生半《なまなか》な決断で、鶉《うずら》立《だ》ちできるものではない。

とはいえ、ただの一度がすべてというのも、あまりにも過酷な判定基準ではなかろうか。そのようにして性急に結論を急ぐことは、結果的に、与えられた可能性を自ら狭めてしまうことになりはしないか。

「当の彼女さんだって、迷っているのかもしれないよ。たまたま今度のことがキッカケとなって、今は自分の夢を追いかけるときだと判断したのかもしれないけれど、いつまたどうなるか、先のことは彼女さん自身にだって判らないんだから。あれこれチャレンジしてみて、そこで摑むことだってあるはずじゃない。焦らないで、機が熟すのを待っ……」

「信頼に足る人間でなきゃ、待たれる価値もないからね」

遮るように蒼志は言い捨てた。

それは、彼女もまた、蒼志を待つことなどないという、相決別の意思表示であった。蒼志にとって、この一度が彼女との絶縁を齎《もたら》したように、彼女にとってもこの一度は、蒼志との辞別を決定づける関頭となったはずだというのである。

誰にも期待されていないという、蒼志自身の自己認識。そして、それゆえに誰にも期待をかけないという、蒼志の孤陋《ころう》な生き方。その心に潜む孤独は、どんな色を呈しているのだろう……。

励ましたいのに、想いを伝える言葉が出てこない。どうすれば、忤視《ごし》するようにしてしか生きてゆけない蒼志の心を引き戻してやることができるのだろう。どんな言葉なら、蒼志の孤愁に届くのか。……それとも、こんな自分では、蒼志の心に介入することはできないのか。やはり、彼女でなければ……。

自己の非力に煩悶するばかりの縁であったが、何とかして蒼志を力づけたい一心で、矢庭にその口をついて出たのは、縁自身、思いもかけない言葉であった。

「私、……桜井君のこと、好きなのかな？」

蒼志が見つけた、天涯孤独をこの世の究極的真理とする理解を、僅かでも覆《くつがえ》したい。けれども、世の玄理など知るべくもない縁にとって、為しうる反駁はごく些細な涓埃《けんあい》程度のものにすぎない。それでも……。

せめてもの抗言として、〝そうは思わない〟という自分自身を、縁は蒼志にぶつけてみたのである。どんな巧言麗句も効を発さない今、直截《ちょくせつ》にすぎるかもしれないが、それはある種捨て身の、蒼志に対して縁がとりうる〝最後の手段〟であった。

けれども。

「縁さんなら、俺をまだ信じてくれるってわけ？」

そう言い放った蒼志は、言下俄に縁の腕を掴むと、力ずくでその袖を捲りあげた。突然の出来事に、縁が身じろぎもできずにいると、蒼志は冷ややかな声で、こう責問した。

「仮に今、俺がこうして縁さんの腕に覚醒剤を打ちこんだとしても、……縁さんなら、俺のことを信じられると言うの？」

蒼志は試すように縁を一瞥した。その一瞬の冷淡な表情に、縁は息を詰まらせ凍りついた。

自分の知ってる蒼志の顔じゃない……。

縁がこれまで一度も見たことのない、険しい顔つきの蒼志が、そこにいた。驚愕したまま何も言えずにいる縁に、蒼志はさらに追い詰めるかの如く、こう言った。

「俺が生きてきたのは、こういう世界なんだ。縁さんが知っているのは、俺の素顔の、ほんの一面だけなんだよ」

射抜くような鋭い眼光をさし向けられて、縁は思わず目を伏せた。

本音、怯えていた。カタカタと体が音を立てて震えてくるのを、留めることができなかった。

縁は、初めて、蒼志を〝怖い〟と感じていた。

「縁さん、前に言ってくれたよね。彼女は俺のことを〝信じたい〟って思っているはずだって。たぶん、今の縁さんも、俺のことを〝信じたい〟って思ってくれているんだと思う。そのことは、正直有り難いと思っているし、すごく嬉しいよ。だけど、それと〝信じてる〟とは、別物なんだ。〝信じたい〟と思うってことは、まだ〝信じられてない〟からでしょう？　現に今、縁さんは俺の問いかけに、すぐに答えることができなかった。縁さんは、俺の一面は信じてくれているけれど、残りの部分では、まだ信じることができない……、はっきり言えば、恐れてしまっているくらいなんだよね」

ここまで言うと、蒼志は、捲りあげた縁の袖を、丁寧におろした。

「信じるに足る人間なんて、滅多にいないんだ。だから、……もし自分でも信じられて、相手もまた自分を信じてくれるような人と出逢えたのなら、それって、ものすごい奇跡なんだよ。でも、そんな機会は、そうそう転がっているわけじゃないから。その貴重な〝一回〟のチャンスを逃したら、今度はいつ廻ってくるのか判らない。もしかしたら、生きてるうちには、もう二度と廻ってこないかもしれない。……〝諦め〟も覚えるよ。生きてくためには、強くならなきゃいけないから」

そして、ちらりと周りの景色を確かめたあと、もう一度、話しかけるように言った。声色は、縁の聞き慣れた普段のトーンに戻っていた。

「少なくとも、俺が生きてきた場所では、人の繋がりなんて、アテにできるようなものじゃないから。でも、心配してくれなくて大丈夫だよ。俺は俺なりに、きちんと生きていけるから。ああいう家族の許に生まれたのも俺の運命だし、生活のためにこういう場所に足を突っこんだのも俺の選択なんだし。こうして生きてきたっていうのは、全部俺自身の人生であって、他の誰のものでもないんだから。……確かに、よそから運びこまれてきた要因っていうのもあるけれど、それも、今さら押し返せるわけでもなく、誰かに転嫁できるものでもないしね。……俺は、〝運びこまれた不幸も、全部自分の課題〟だって考えているから」

――運びこまれた不幸でも、自分の課題だから。

あの日、蒼志はそう言って、結局すべてのめぐり合わせを自分の責に引き受けていった。蒼志を貫く強さの根源にある言葉。彼は、この言葉を唯一の支えに、自分を立ち行かせようとしていた。

どうしたらよいのか見失ってしまったとき、触れただけで毀《こぼ》れてきそうな危うい強さにしがみつきながら、答えを模索して生きてきた蒼志。縁とは対照的な、……何とかして反論し、その心に温もりを届けてあげたくなるような、……でも、どこかで近いところがあるその生き方に、近頃縁は、奇妙な共感をも覚えるのだった。

運命を、すべて自分の思い通りにコントロールできる人なんていない。

能力やめぐり合わせといった様々の条件は、およそ〝与えられたもの〟であって、こちらの予定どおりに設定できるものではない。ごく稀に、お誂え向きに持ち合わせていたり、頗る努力を重ねて開発できちゃったりする場合もあるけれど、大抵は宛行扶持《あてがいぶち》……、もしくは、寧ろひたすら待ち仕事といった趣なのだ。

その意味で、人生はほとんど〝運びこまれた〟ものの塊《かたまり》、といえるのかもしれない。

どこかから、何らかの事情で、勝手に人の人生に上がりこんできた〝与えられたもの〟の山たち。嬉しい偶然もあるけれど、コントロール不可なだけに、厄介な鉢合わせもけっこう多い。

いいものが集まってくるように策略を廻らすのも一法だけど、いいものだけを集めるのは無理があるから、やっぱり勝負どころは、厭《いや》なものとどうつきあえるか、になる。

厭なものを削ぎ落とすのじゃなく、それなりにやり過ごせたら……、否いっそのこと、災厄転じてハッピーに変換できちゃったなら。厭なものだって飛躍のチャンス、歓迎しなきゃいけないくらいかもしれない。

重要なのは、〝運びこまれた〟ものたちを、受け止めるときの〝心構え〟。どんなつもりで受けとるのかで、それから始まるつきあいようが変わってくるから。

不貞腐れるか、愛想笑いか、逃避か、柔和な迎合か、……あるいは虎視眈々と挑むのか。

解決を図るからこそ、〝課題〟と呼べる。降りかかった厄介事なら、逃げずに受けて立とうじゃないか！

「原動力は、……片意地だけど」

縁は、古文書をもう一頁繰りあげた。

※

春の雨になった。辛うじて葉蔭に名残っていた桜も、今日で散り果ててしまうだろう。明日は総出で、積もった花の雪掻きとなるに違いない。花散らしの雨にふさわしい大粒の雫音《しずくね》を聞きながら、縁はぼーっと境内を見渡していた。

「頑張ってるわねー、感心感心」

背後から伯母が、やたらと高い声で言った。ぼんやり上の空で庭を眺めていたことを、しっかり見咎められている。

「すみません、つい……。雨に烟《けむ》るお庭の木々が、水墨画みたいで、あんまりきれいだったものですから」

我ながら下手な言い訳だなと、縁が笑うと、

「あら、そうやって外の世界を眺めることも、大切なことなのよ。ひとつひとつのいのちには、みんな神さまが宿っておられるのだから、そういった一々のことを看過ごさないで心に留めてゆくことも、忘れてはならない心がけよ」

と、冗談とも本気ともつかない口調で伯母は言った。なるほどなぁと思いながらも、見逃してもらえたみたいでよかった、と内心ホッとする縁であった。

「それはそうと、縁ちゃん。こないだの話、前向きに考えてもらったかしら？」

前向きに、にめいっぱい力をこめて、伯母が尋ねた。

「は、はぁ……」

伯母の意気込みに呑まれて、縁はうっかり曖昧な生返事を返してしまった。すると、伯母は、〝戴きっ！〟と言わんばかりに、

「なら、来月からは、縁ちゃんにもご祈禱をやってもらうわね。こないだ一遍できたから、大丈夫でしょ。何事も、実践に勝る教育はないものね」

と言った。

「ちょっと待ってください。私、まだ作法ってそんなに……」

「ちゃんと教えてあげるから。そうね、いきなり全部っていうのは辛いでしょうから、まずは、ご祈禱の最初に参拝者の方に受けていただく〝お祓い〟のところを、縁ちゃんにやってもらいましょう」

伯母は浮き足立って、縁の肩をポンポンと軽く叩いた。

「えっ、あの……」

面喰らって目を白黒させている縁に、伯母は明るく問い詰めた。

「嫌なの？」

「……いいえ」

厭なことでも頑張ると決めた手前、縁はぐうの音を飲みこんで首肯した。受け容れるよりほか

に、道はなかった。

修祓《しゅばつ》、かぁ。

縁は、祭式次第を書いた本の頁を思い出してみた。

修祓とは、最初に祓詞《はらえことば》の奏上があり、それから大麻《おおぬさ》で以て、バサバサと罪穢を祓う儀礼のことである。しばしば、テレビなんかでお祭のワン・シーンとして放送されてしまう、いわゆるアレだ。

祭というと、ホントは祝詞奏上か玉串奉奠のあたりがメインだろうに、神社とくればバサバサとやられてしまうほど、誰もが一度は見かけたことのあるアレである。本来は、祭に付随するものとはいえ、注目度が高いだけに、片腹痛くもなる儀式なのだ。

……絶対に、ミスできない。

「ねえ、伯母さん。ひとつ教えてほしいことがあるの」

運びこまれた運命を引き受ける代わりに、縁は伯母にひとつの教えを乞うた。

「伯母さんは、旦那さんが亡くなったから、あとを継いでこの神社を守るため神職になったでしょう？　神職って、神さまのお祭をする人のことだよね。仕女さんは、言うなれば、神さまのお世話をする人。……じゃあ、伯母さんみたいな女子神職って、どんな人なの？　女子神職と仕女さんって、どう違うの？」

女子神職というものが、戦後の混乱のなか、比較的新しく創設された身分であることは、縁もよく知っていた。また、仕女が、かつてはより神さまに近いところで奉仕し、男性神職の助手的な今日の役割とは違う働きを長らく有してきたことも、一応は聞いている。

それでも今、あらためて縁が問うたのは、こうして神さまに仕える者としての女性に二つの形があって、自分が、敢えて仕女ではなく神職を目指すということの意味を探りたいと思ったからである。

「難しいことを訊くわね」

伯母もさすがに一息ついて、考えを廻らせていた。

「そうねぇ……、今や女子神職は、男性神職と同じ働きをするわけだもの、男性神職さえ充実していれば、わざわざ女子神職なんて、いなくったっていいような気もしてくるわよね。う〜ん、難しいわね」

伯母は「難しい」を連発しながら、熊のように社務所を歩き回っていたが、やがて、独り言でも洩らすかのように、こうつぶやいた。

「根拠に基づいて、理論的に説明しろって言われたら、ちょっと伯母さんにはできないわね。でも、感覚でなら、〝違う〟ってこと、主張できると思う。……女子神職は、仕女さんとも、男性神職とも、確かに違う。うまく言えないけれど、伯母さんの場合、お祭にご奉仕しているときに、

〝違い〟を感じることが多い気がするわ」

そして、首を捻っては、どう言ったらいいのかしら、とひとりごちていた。

「違いって……？」

縁が問いかけても、伯母はしばらく考えこんでいたが、

「そうだわ！」

と、突然大きな声を出した。

「これは、あくまで伯母さんの感覚だから、他の人の場合、どうか判らないけれど。……伯母さんね、お祭に奉仕しているときの女子神職って、もしかしたら、神懸りする太古の巫女や沖縄の祝女《のろ》さんに、ちょっと近い存在なんじゃないかって、勝手に思っているの。そう、神さまが降りてこられたり、神さまと一体となってお祭を受けて、その言葉を告げたりする……。お祭を執り行ない、祭儀が進んでゆくなかで、いつしか我・という個人を離れて、神さまのお心と〝ひとつ〟になっていく。もちろん、実際は自分が神さまだとは思わないし、自分の発言が神さまの言葉だというつもりもないけれど、……何だか、漠然とそこに神さまがおられて、その神さまを自分たちが必死でお祭りしているんだって気分には、ならないのよね」

「神さまと、ひとつになる……？」

「決して、自分自身が神さまに〝なる〟んじゃなくてね。心が神さまの方へ〝近づいてゆく〟っ

ていうか……。うまく言えないから、下手をすると、誤解を招いてしまいそうだけれど。……神さまって、尊い存在でしょ。だから非礼があってはいけないし、崇め奉って大切にお祭りしなくちゃいけないって、伯母さんだって思っているのよ。でも、どうしてか伯母さん、お祭をご奉仕してる最中にね、神さまをそんなに〝遠い〟存在には思えなくなってしまうの。本当に畏れ多くて尊い存在なんだけれど、どこか〝慕わしく〟て〝温かい〟、そんなふうに感じてしまうのよ。あるいは男性の神職さんだって、現代の仕女さんだって、そういうふうに感じてらっしゃるときがあるのかもしれないけれど、……お祭を掌る〝神職〟でありながら、神さまのお世話をさせていただく〝女性〟でもある。そんな微妙な役割の交錯する位置にある〝女子神職〟という立場ならでは、こんな大それた、でも安らかな感覚を、心親しく戴くことができるんだって言えるのかもしれないわね」

伯母の言葉に、縁はふと思い出す光景があった。子供の頃、祖父に連れてゆかれて見た、村祭の一幕である。

神さまのお傍にありながら、仏頂面をしたまま、淡白になすべき務めを果たしている一人の神職。恐らく、真剣に祭を斎行していたためであろうが、子供心にも、ひどく事務的で、つまらなく感じたことを覚えている。

対照的に、幼い縁の心に映えたのは、お神楽の笛を吹いていたおじいさんの姿だった。普段は書道教室の先生をしていたこのおじいさんは、一度笛を吹き始めると、まもなく楽器と一体となり、斎庭《ゆにわ》を駆けめぐる風となって、清らかな音色を献じ続けた。長の演目を絶えることなく奏で続けるおじいさんは、もはや周囲の状況がどうなっているのかなど全く関知せぬ様子で、ときに激しくときに穏やかに、笛の響きの表す世界さながら、霊妙な表情を浮かべつつ、心のままに吹き回していた。

自分が消え、人が〝器〟になる瞬間。

それは、この世のものとは思えない、実に不思議な表情として、縁の記憶に残された。

しかしながら、その日、縁が目にしたもののなかで、最も忘れ難かったものは、四時間に及ぶ曲目を奏しきったとき、唇を離した直後に浮かんだ、おじいさんの笑顔だった。

ある種、魂魄すさまじいまでのおじいさんの演奏を、〝神懸り〟と呼ぼうと呼ぶまいと、それはかまわない。けれど、それにも増して、あの笑顔……。

大任を今年も無事果たしきったという清々しさと、達成感。安堵の気持ちもあったろう。何より、今年もこの祭に笛を吹くことができたという〝よろこび〟。あれこれの想いを胸に、満ち足りた気持ちから溢れ出た笑顔が、この祭のすべてを物語っていた。

……神さまもきっと、今、あんなお気持ちなんだね。

古来、神さまと人とは、祭を通して想いを共有してきた、とする説がある。神人合一。神さま

への お供え物をみんなで頒ち合って食べる〝共食〟の儀礼は、その一端だともいわれている。

神さまをお祭りするということと、神さまと想いを共有するということは、僅かにその機能が異なっている。けれども、神さまのお心を離れたところには祭が成立しないというのも、またひとつ、もっともな話であろう。

神さまのお心に近づき、想いを通わせる術は、他にいくつもありえるだろう。……ただ、もし仮に、伯母が〝女子神職〟をすることによってその境地に迫りうるというのなら、それもまた、彼女が女子神職たるべき根拠としては充分だ。

縁はそう考えて、伯母の言葉に頷いた。

「縁ちゃんも、実際になってみたら、判るかもしれないわね。もちろん、縁ちゃんなりの見解を得られたのなら、それも素敵なことよ」

伯母の言葉に、縁は二度頷いた。

だが、そこまで得心づいたところで、縁には、もうひとつ、別の問いが湧き起こってくるのだった。

ここ数ヶ月、何とはなしに胸裡を往来しては、忙しさに紛れて消えてゆく疑問。自分では、まだこれといった答えを設けてはいないけれど、……もし、伯母に問うてみたら、彼女は何と解くだろう。

「ね、伯母さん。もひとつ、いい？」

降りしきる雨に託《かこつ》けて、縁は試しに問うことにした。

「なあに？」

伯母は無邪気に訊き返した。

「どうして、……」

言いかけて、縁は首を振った。この問い口は、まずい。訊き方を変えよう。

縁は仕切り直して、もう一度伯母に問いかけた。

「女子神職って、〝恋〟をしてもいいですか？」

※

四月も半ばの金曜日。東側にある縁の部屋は、家中で一番早く朝が訪れる場所である。夢路半ばの瞼《まぶた》に朝陽の直撃を受けて、縁は目を覚ました。

「は、早い……」

手にとった目覚まし時計を、再び枕元に据え直す。外では、鳥の声が賑やかに響いている。

しばれるような寒さが身を貫く季節とは違い、この頃は早朝でも充分に暖かいため、縁はすぐに布団から出ることができた。

思いっきり伸びをして、朝陽に向かって挨拶をする。

「お早うございます！」

家族はまだ誰も起きていない。それでも、始発の電車は走り出そうとしている。

出勤時刻までには、まだ充分時間がある。縁は忍び足で身支度を調えたあと、こっそり家を抜け出した。

駅へと向かう道は、清爽《かわらか》な朝の空気が満ちていて、自ずから背筋がシャンと伸びてくる。心なしか、目線もいつもより上向きに、深く息を吸いこんで、堂々とした足取りで歩いてしまう。

夜のあいだに満ちてくる宇宙の気（その名もズバリ「元気」というらしい）を体にとり入れるために、朝イチで深呼吸する運動が、〝太極拳〟だという説明を聞いたことがある。

なるほど、この清々しさをとりこめたら、間違いなく健康になれるだろう。たまに、中国の老人たちが公園に集って太極拳をしている様子なんかをニュースで見ることがあるが、案外由緒正しい朝の過ごし方なのかもしれない、と縁は思った。

いつもはひっきりなしに遮断機がおりて、往来の人と車でごったがえす駅周辺も、今朝は、ひっそりと落ち着き払った表情を見せている。人影が疎《まば》らにちらついてはいるが、本当なら、自分の住んでいた町はこんなに静穏な場所だったのか、と今さらながらに縁は驚いた。

駅を通りすぎて、小さな橋を渡る。自宅から僅かに十五分程度、別段遠いところでもないのに、ずいぶん久しぶりにここを通る自分に縁は気がついた。

小学校の通学区域が、ここで異なっているからかもしれない。橋の向こうは自分たちの領域外だ、という気持ちが、ずっとあった。

同じ中学校に進むのにね。

橋のこちらとあちらとで、クラスメートの気質も、だいぶ違っていたような気がする。わりと少人数でおとなしく固まっている東小出身の子供たちと、底抜けに明るくて、横の繫がりが広い南小出身の子供たち。

気にしなければそれまでなのだが、縁には、その見えない境界線を守らなければならないという意識がなぜかしら働いて、滅多なことがない限り、この線を越えて南小の校区に足を踏み入れることがなかった。もちろん、お遣いなんかで、ここを越えて出かけたことはある。それでも、この小さな橋は、縁にとって境縄《さかいなわ》の役割を充分に果たすものだった。

小さな橋は、小さな川に架かっている。山科から京の東野を貫流してきたこの川は、観月橋の手前で、本流たる宇治川に合流する。

余談だが、宇治の市花は「山吹」である。ちょうど今時分には、山手から川へ、零れんばかりに黄色い花が咲き誇り、川面に小さな花筏を並べている。川沿いの小さな堤《つつみ》に登ってみると、緑の若草に山吹の濃い黄色が、何とも鮮やかな彩りである。

道なりに、南へ下ってゆく。すると、十分足らずで、大規模な団地地帯に出る。

何十と棟を連ねるこの団地には、中学時代の友人の住まいも多い。そのうち、出勤なんかで誰か出てくるかもしれない。久方ぶりで友人と顔を合わせることへの期待と微かな緊張に、縁は鼓動が高鳴るのを感じた。

別に、縁が通りかかっていけないわけではないのだが、住人ではない人間が、団地という集居住域内に用もなく入りこむことが、ある種、社会的なタブーを犯すような心地がするのだ。それもこんな早朝に、自分はその友人に、何と説明する気なのか。……さすがに怪しく思われるだろうな、と考えると、ちょっと気が引けてきた。

見上げるような高楼が、明けの空に突き立っている。林立する棟の、どれが何棟なのか、俄には判らない。それなりに順番には並んでいるのだろうけれど、郵便屋さんはよくも間違わずに配達してくれるものだ、と縁は感嘆の息をついた。

住所にして、桃山町大島と桃山南大島町に跨《また》がる地域の大部分。宇治川によって対岸の向島《むかいじま》と区切られるまでの土地めいっぱいが、公団の住宅地になっている。縁はふらふらと、棟の林のなかに分け入った。

まるで巨大迷路のような林を、一人歩いていく。ふと、自転車を押しながら出ていく女性とすれ違った。

「お早うございます」

にこやかに彼女は、会釈をしていった。慌てて、自分も挨拶を返す。立入りを認めてもらえたようで、縁は嬉しかった。

朝の散歩。目的などない、ただの散策。……けれど、本当に自分は、アテもなく彷徨っているのだろうか。

確かに、自宅周辺において、他にこれといった散策路はないのであるが、かといって、朝っぱらからよその団地内を歩き回るというのも、ずいぶん変わった経路である。しかも、あの山科川を渡って。

真に朝の散歩を楽しみたいのなら、そこで堤伝いに観月橋まで歩く方が、よっぽど妥当であろう。縁は、自分の弁解じみた性格が厭になった。

確か、あれは何棟だっただろう……？

数字を当て探るまでもなく、縁はひとつの棟の前にいた。数字より、一度来た経験の記憶の方が、よっぽど実用的だ。

中学二年の冬の思い出。位置座標は、しっかり脳裏に灼きついている。

縁は、階段を上った。目指す場所はわりと上層階にあるため、エレベータを利用すればいいのだが、縁の性格からして、そんなことは到底できない。仇《あだ》の動きを窺う斥候《うかみ》か隠密か……。息をも潜め、身をも跼る《せくぐま》勢いの縁は、一歩一歩踏みしめるようにして、ゆっくりと目的地へ迫っていった。

迂闊に投足すれば、朝の静寂に靴音が響く。時おり、ダッシュで家を飛び出すのだろう、激しく扉を開け閉めする音が聞こえるたびに、縁は緊張で、生きた心地もしなかった。

階の涯で、縁は大きく息をついた。ここからは、住人ら共用の廊下となっている。通る人もあれば、廊下に面した窓から、こちらを覗かれる可能性だってある。暫時、瞳を閉じて覚悟を決めた縁は、徐に足を踏み出した。

端から二つ目の部屋。そこが、記憶にある桜井家の場所だった。

縁は、その部屋の前に立ち、やおら小さな声で、ある言葉を口にしかけて、瞬間、その言葉を飲みこんだ。そうして、ほんの二、三分、その場に立ち尽くし、やがて踵《きびす》を返して、階段を駆けおりていった。

小さな後悔が胸のなかで生まれて、次第に縁の全身を包みこんでいった。どうしてよいのか判らない戸惑いと、とり返しのつかないしくじりを犯してしまったという悔恨と。

突如として見舞った予期せぬ事態に、縁の思考回路は乱れ惑った。幾人かの、駅へ向かう制服姿の男女が、びっくりした顔つきでふり返ったが、疾駆する縁には、平静を保った人々の日常的光景は、もはや目に入らなかった。

ただ、眼前に広がる青い青い、どこまでも青く晴れ渡った朝空に向かって、自分が堕ちてゆくように感じられるばかりであった。

※

その日は、蒼志が二十一歳になるはずの日だった。

〝お誕生日、おめでとう〟

ただそのひと言が伝えたくて、縁は朝焼けの町を、南へ下っていったのである。

しかし、「とき」は、それさえも縁に許してはくれなかった。

扉の前で、まさにその言葉をつぶやこうとした瞬間、縁が目にしたもの。それは、昨日までの自分とは、明らかに変わってゆかねばならないという、新しい生まれ変わりを縁に催促するものであった。

「伯母さん、私やっぱり、神職になるの、よそうかな」

社務所に入るなりそう零す縁に、伯母は「急にどうしたの?」と訊いた。

「私ね、小さな頃から、自分は将来〝神さまにお仕えするんだ〟って、ずっと思ってた。別に、誰かに思いこまされたとか、特別な宗教的体験を経験したとか、そんなんじゃなくて……、ただ自然にそう考えていたの。お正月なんかに伯母さんの神社をお手伝いしたりして、いつのまにか自分は、そういう道に行くんだって……。あんまり難しいことを考えてたわけじゃないけど、高校生の頃には、卒業したら仕女になるんだろうなって、漠然と考えてた」

虚ろな眼差しのまま、ぽつりぽつりと語り出すのを見て、伯母は話が長くなることを察したらしい。縁を台所の椅子に腰かけさせたあと、社務を薫に委ねる指示を出した。

「さあ、これで気にせず、話してちょうだいね」

伯母は扉を閉めきると、向かい側に腰をおろした。

「ごめんなさい……」

縁が頭を下げると、伯母は、いいのよ、と言った。

「そんな日もあるわよ」

伯母の言葉に救われて、縁はそろそろと、自分の想いを言葉に訳す努力を始めた。

「実際には、仕女じゃなくて事務員になったけど、薫ちゃんの補助やお祭の準備なんかをさせてもらってたから、気持ちは、仕女とほとんど変わらないつもりだった。ちゃんと舞も習ったし、身なりも言葉遣いも、仕女と誤解されても大丈夫なように気をつけてきた。そのことはたぶん、女子神職になったあとでも、変わらないと思う。……でも。ごめんなさい。私、笑顔の自信、失くしちゃった」

言葉に詰まる縁の髪を、伯母は優しく撫でた。その気持ちが嬉しくて、縁は懸命に、次なる言葉を弄《まさぐ》った。

「神さまの前に控えるとき、できるだけ爽やかな心持ちがいいって、伯母さん、いつも言ってるよね。お祭が済んだあとのような、さっぱりした、生まれたての気持ちがいいって……。不器用な私だから、そんな晴朗な心をずっと保つのはなかなか難しいけれど、なるべく、いつも笑顔で神さまをお迎えできたらいいなって、それだけは心がけてきたの。だけどね、今日は……、どうしても微笑めそうにないから」

「……何か、辛いことがあったのね」

伯母は縁を促した。

「神さまの前で明るい心でいるために、叶う範囲で前向きに歩いてきたの。小さなことだけれど、人を羨んだり呪ったりせずに、心に暗いところを持たないでいいように、まっすぐ生きてゆけるよう努力してきたわ。だからこそ、あのときだって……。あの頃は、ただ〝神さまがご覧になっているから〟、それだけで抵抗もなく素直な心持ちでいられた。でも、これから先は、無理かもしれない。暗い想いが、ずっと、私のなかに痼《しこ》ってしまいそうで」

縁の瞼の奥に、風に舞う、一葉の薄緑色の紙切れが翻った。

「私ね、馬鹿だったの。何にも考えてなかったの。自分のこと、何にも見えてなくて……。静香さんや黄金が、何度も〝気づけよ〟ってメッセージ、出してくれていたのに。能天気で、そのくせ思いこみが強すぎて、理想を追い求めるあまりに、自分がどれほどの人物なのか、全く勘定に入れてなかったの。……近頃、やっと自分の大きさに気がついて、〝こんなにちっちゃかったんだ〟って驚いて、……それでも、ようやく本当のスタートラインに立てたところなのに。いっぱい遠回りして、遂にスタートに立ったとき、私をここに立たせてくれた人たちは、もうとっくに、どこかへ行ってしまっていたの……」

縁が扉の前で見たもの。それは、ガス会社がメーターにつけた、閉栓を示す紙の札だった。

一家は、恰も桜の花びらが風に攫《さら》われて、跡形もなく掌から消え失せてしまうように、それぞれに新しい方便《たづき》の場を求めて、散っていったのである。

「ずっと大切にしてきた黄金律《ルール》が崩れ、頼るべき別の律法が必要となったときに、その指針となるべきものが、すっぽり抜け落ちてしまって、……どうしたらいいか、判らなくなっちゃった。どこへ行けば見つかるのか、どうすれば摑むことができるのか、さっぱり見当もつかない。……私、何にも判ってなかったの。ずっと無意識に傍に置いてきたものが、こんなに大事だったなんて……！」

縁は俯いた。悔しさと無念とで、喉がクウと音を立てた。

だが、涙は一粒も出てこなかった。悲しみより、自分に対する呆れと落胆と、未来への不安の方が遥かに大きくて、女々しくも泣き出すことを、自分で許せなかったのだ。

縁は知っていた。

ひとたび意を決して旅立っていったからには、生半可なことで戻ってくることはないだろう。蒼志とは、そういう男である。

たとえ思い通りにゆかず、惨めな気持ちを味わったとしても、何とかそれを乗り越えて、それなりの到達点に届くまで、必ずや移ったその場所で粘るはずなのだ。親切な誰かの招きに甘え、気心の知れた古巣に帰着するようなことは、よほどのしくじりをしでかしたときであっても、決してなす彼ではない。

どんなに苦しくても、そこで頑張る……。それは、厳密には〝捨てる〟こととは異なる行為であったとしても、事実上、〝捨てられた〟のと同じ作用を、古巣に齎す行為である。

旅立った若者を呼び戻す方法など、もはや縁には残されていなかった。

「私はホントに世間知らずで、……まだまだ訊きたいこと、教えてほしいことがたくさんあったのに」

人は、縛られる場所がある方が幸せなのか、それとも何の束縛もない方が気楽なのか。

どこかでなければならない場所を持たない蒼志は、どこへだって行くことができる。迎え入れてくれる故郷を失くしても、生きてゆく場所を探す力は、却って強く与えられるから。

確固たる故郷のある人よりも、より自由で奔放な〝流浪の民〟たち。常に流れる水は淀まない。逆風は激しくとも、柳絮《りゅうじょ》のように軽やかに、どこまでも飛んでゆけるのだから。

「せめて、お守り代わりの写真でもあればよかった……」

捉えどころのない旅人に、問いかける術はない。ほんの少し先を行く、その〝強さ〟に、或《ある》は頼もしく、或は痛みに感じて、いつも導かれていた。

ただの気休めでもいい、躓いたときに、せめて拠りどころとなるメモリアルでもあればいいのに、……些細な思い出の跡でさえ、偲ぶよすがは、自分には残されていない。

見つかるのだろうか、新しい人生の目標は。誰かの背を借りないでも、生きてゆける〝強さの源〟を、自分もまた持てるのだろうか。

「伯母さん、どうして私が神さまにお仕えしていくのか、理由が〝消え〟ちゃったの……」

縁は泣き出しそうな瞳で、伯母を見上げた。

伯母は、縁の髪を指で梳《す》きながら、微かに相槌を打ちつつ聴いていたが、ゆっくりと立ちあがって焜炉《こんろ》のところへゆき、薫がかけておいた薬罐《やかん》を火からおろした。

「そうね……」

伯母は、薬罐に茶っ葉を放りこんで、テーブルの台敷きの上に置いた。

「縁ちゃんがね、神職になるのが辛いっていうのなら、伯母さんとしては無理強いするつもりはないわ。黄金君もいるし、何だったら、よそから来てもらってもいいんだし。……でも、〝自分はどうして神職になるのか判らない〟っていうのが辞退の理由なんだったら、伯母さん、もう少し待ってほしいかな」

伯母は、戸棚から抹茶塗《まぶ》しの豆をとり出して、小盆にザラッっと開けた。

「縁ちゃんがね、ずっと真剣な気持ちで神さまと向き合ってきたこと、伯母さんよく知ってるの。だからこそ、縁ちゃんにならこの神社、任せてもいいかなって思ったんだから。だけどね、誰しも、出発のときから完璧な覚悟を持って……、なんて無理なのよ。もちろん、考えに考えて、自分のなかでしっかり決着をつけてからとりかかるのは、とても大切なことよ。でも、始まる前に、始まってからの中身すべてを予想するなんて、できるわけがないじゃない。だから、始まってから、〝やっぱり違う〟って初めて気がつくことだって、けっこうあるものよ」

椅子に深く腰かけ、伯母は話を続けた。

「どうにも越えられない〝違い〟もあるでしょう。そのときは、せっかく始めたことだけど、ふりだしに戻らなきゃいけないときだってあるわ。無理をして、かけがえのないその人自身が壊れちゃったら、どうにもならないんだから。……でも、工夫次第で越えられる〝違い〟だってあるのよ。最初は、予想外の出来事に〝えらいこっちゃ〟ってとり乱したりもするけれど、自分の気の持ちようを変えてみたり、余裕のある人の手助けを得たりすることで、〝ああ、こうしたらいいんだ〟って見えてきて……、いつかそれが、貴重な〝糧〟となっていけばいいのだから。……出発時点の覚悟は、あくまで出発時点での覚悟であればいいの。実際始まってから、〝行ける〟って思ったり〝だめだ〟って思ったり、進んだり後退したり、そんなことをくりかえしながら、徐々に〝こんなもんだ〟っていう自分なりの解釈にたどり着く。それで充分なのよ」

伯母は、茶漉《こ》しを、縁の湯呑の上に置いた。こぽこぽと、雪解けのせせらぎのような穏やかな音を立てて、芳しい焙じ香が上ってゆく。

「今はね、大切な支えが失われて、とっても不安で……。しばらくは、心許ない日々が続くでしょうけど、でも、考えてもみて。仮に今、ここでこの道程を外れちゃったとしたら、……縁ちゃん、一体どこへ行くつもりなの？」

縁は、しばし黙《もだ》して、小さく首を振った。

「神職になるって覚悟を決めることを、就職試験に通ることと同《おんな》じように考えないで。〝決心が揺らぐから、申し訳なくて神職にはなれない、だから別の道を探すんだ〟って考えているんでしょうけど、それっていい方法じゃないわよ。決心がつかないってことは、試験に落ちることとは意味が違うの。就職試験だったら、受からなきゃ通用しないものだから、その道に進む資格を失くしてしまうのかもしれない。……でも、覚悟っていうのは、そんな相対評価的な試練じゃなくて、いわば道なりに存在するひとつの〝通過点〟だと思うの。そこを通れば、先へ進めるわけで、そこをいつ通るかは、歩く人の速さ次第でしょ？　急ぐ人や都合がいい人は、さっさと通っていっちゃう。でも、調子の悪い人やお年寄りは、ゆっくりゆっくり這ってゆくでしょう。なかには、途中で落とし物をして、行きつ戻りつ、探しながら進んでいく人もあるかもしれない……。それでいいじゃない。縁ちゃんが、神職になる意義を見つけ出せるなら、それがいつのことになったとしても。諦めない限り、いつかはたどり着けるものなのだから」

「……」

「〝神職やるのが厭じゃないんだったら、試しに足を突っこんでみてはどう？　曖昧なところがはっきりしていいわよ〟って、伯母さん、そう訊いているのよ」

伯母は、パリポリと豆をつまみながら、お茶を飲んだ。伯母が、数少ない女子神職として、長い間苦労を重ねながらこの神社を守ってきたことを知っている縁としては、伯母の言葉は重かった。彼女自身が半生を通して悟ってきたものの考え方を、惜しげもなく、若い縁に披見してくれているのがよく判るからだ。

「ちゃんとした次の道筋が見つかったなら、この神社を離れていったってかまわないのよ。でも、それまでの時間を、結局無駄に過ごしてしまうくらいなら、ここで神さまと向かい合って生きてみてはどうかしら。きっと、何かの足しにはなるわよ」

伯母はくいっと、残りの茶の湯を飲み干した。

※

やおらお茶をすすっていると、「それと縁ちゃん。こんな話、知ってる？」と、伯母は急に昔語を始めた。

昔々、とある乙女が小川の辺《ほとり》で洗濯をしておりました。そこへ、一人の若い青年が通りかかりました。青年は乙女を見て、その姿がたいそう美しかったので、名を問いました。乙女が名告ると、青年は「まもなく迎えにくるから、他の男には嫁がぬように」と言い残して帰ってゆきました。あな尊しや、青年は天皇《すめらみこと》だったのです。

それから、何年もの月日が流れました。あるとき、宮中に、数えきれないほどの贈り物を持って、一人の老女が訪ねてきました。天皇は問いました。「お前はどこの者か。何の用で参ったのか」。老女は申し上げました。

「わたくしは去る日、あなた様にお召しの約束を受けた者でございます。仰せに従って、今日まで待ち続けておりましたが、ご覧のとおり、今ではすっかり年老いて、若き日の見る影もございません。今さらとは存じますが、けれどもせめて、待ち続けておりましたわたくしのまごころだけはお伝えしたいと思い、こうして参ったのでございます」
天皇は、かつてそういう約束をしたことをすっかり忘れていたのに気がついて、大いに驚かれました。そして、自分の命《めい》を守って、空しく盛りの年を過ごしてしまった老女に対し、大変《いたわ》しく思われたのですが、かといってお互いに、もはや結婚できるような年頃でもありません。そのことを悲しんで、天皇は歌を詠まれました。

美母呂能　伊都加斯賀母登　加斯賀母登　由々斯伎加母　加志波良袁登売
（御諸の　厳白檮が下　白檮が下　忌々しきかも　白檮原童女）
神の降り坐せる御諸の、神聖な樫の木のもと、その樫の木のもとにいる、神聖で近寄り難い、樫原の乙女よ。

比気多能　和加久流須婆良　和加久閉爾　韋禰弖麻斯母能　淤伊爾祁流加母
（引田の　若栗栖原　若くへに　率寝てましもの　老いにけるかも）
引田の若い栗林よ、若い頃に共寝をしておけばよかったなぁ。すっかり年老いてしまったことだよ。

応えて、老女も歌いました。

美母呂爾　都久夜多麻加岐　都岐阿麻斯　多爾加母余良牟　加微能美夜比登

（御諸に　築くや玉垣　つき余し　誰にかも依らむ　神の宮人）

神の降り坐せる御諸の、尊いお社に築く玉垣。その玉垣のように、神のお傍を離れずに付き従って暮らしてきた私ですが、今となっては一体、誰に頼って生きてゆけばよいのでしょう。このように、神のお傍にずっと仕えてきた私は。

久佐迦延能　伊理延能波知須　波那婆知須　微能佐加理毘登　々母志岐呂加母

（日下江の　入り江の蓮　花蓮　身の盛り人　羨しきろかも）

日下の入り江に咲いている蓮の、その蓮の花のように、身も盛りに美しい若い人が羨ましゅうございます。

そして、天皇はたくさんの贈り物を持たせて、老女を帰してやりました。

「『古事記』に伝わる引田部赤猪子《ひけたべのあかいこ》の話よ。赤猪子は天皇のお言葉を信じて、八十年もの長い間、待ち続けたそうよ。他の誰とも結ばれることなく……。そして、もはや自分が徹底的に若くはないことを知ったとき、彼女が最も望んだこと。それは、ならぬ逢瀬を無理強いすることでも、〝待て〟と言った人を恨むことでもなくて、ただ自分が疑うこともなく〝待った〟――ただ、その事実を相手に伝えたいってことだったのよね」

伯母は、ふぅっと深く息をついた。

「〝待つ〟という行為は、つまらない行為よね。外から見ただけじゃ、何をやっているのか……、何もやっていないようにしか見えないものよ。だけど、赤猪子は八十年間、本当に何にもやらないでできたのかしら？　……赤猪子は、〝待つ〟という行為の蔭で、ずっと〝信じて〟きたのでしょう。お召しのあること、それだけじゃなくて、〝待て〟と言った人自身のことを。仮に、その言葉を言った人が、赤猪子にとって全く信用の置けない人物だったら……。いくら大きな約束だからといって、さすがに途中で諦めるでしょう。それでも赤猪子が、八十年という歳月を、二心なく待てたということ……。八十年よ、八十年。人生のほとんどすべての時間じゃないの。それって、赤猪子にとって、〝待て〟と言ってくれた人が、信じられる大切な人であったからじゃないのかしら？」

「待つ、ことは、……信じること？」

縁のつぶやきに、伯母は力強く頷いた。

「ええ、そうよ。少なくとも、伯母さんはそう信じてる。……ねえ、恋とか愛情とかって、実際目に見える〝かたち〟だけで価値が決められてしまうものなのかしら？　愛し合っているから結婚した、そこまでならありえるかもしれないわね。じゃあ、結婚してる二人だから愛し合っている。これって、ホントに百パーセントそうなのかしら。あの二人は他人である、だからただの顔なじみにすぎない。これも、言い切れないわよね。……たとえ夫婦となっても、愛しきれないで苦しんでいる人があるように、事情があって離れ離れになったり、想いが伝えられなかったり、そんな状況下でさえ、ホントのまごころを貫いて生きている人もある。……だから、こんなふうに言ってしまうと、若い縁ちゃんにはどうかとも思うけれど」

伯母は、きちんと掌を重ねて、正しく座り直した。

「相手を大切に想う気持ちとか、愛情って、言い換えたらね、結局は〝自分一人の心のなかで完結してるもの〟なのかもしれないわね」

そして、縁の着物の乱れを直しながら、つぶやくように言った。

「想いとか情って、本来、自分と相手と〝行き交う〟ものだけれど。でも、表向きその方法が失くなってしまっても、それで絶たれるものじゃないと思うの。たとえ、その姿が見えなくても、さしのべる手を届けられなくても、ずっと〝信じ〟て、〝大切に〟思い遣ってあげることは、きっと相手のためになるはずだと。……伯母さんは、信じてるわよ。私が隆之さんを大切に思っている気持ちは、絶対に天国にも届いているって。そして、隆之さんは今でも、私のことを大事に思ってくれていて、ずっと天国から応援してくれているんだって。……だから、〝待って〟るわ。伯母さんは隆之さんのこと、ずっと待ってる。だって、〝信じて〟いるんだもの。だからきっと、いつか〝逢える〟。そう信じているからこそ、辛いときにも頑張れるんだから」

信じているから、待っている。

　だからこそ、頑張れる。

「……但し、それを確かめる方法は、ないわよ。でも、相手を〝大切に想っている〟。その気持ちは、誰に押し付けられるものでも、誰から奪われるものでもないのだから。……自分のなかで生まれた、かけがえのない祈り。それを抱くことも、そして失くしてしまうことも、最終的には全部、自分のなかだけの出来事なのよ」

「自分の、なかだけ……？」

「ああ、誤解しないでね。〝独善〟だとか、〝一方通行〟ということとは、また違うのよ。……縁ちゃんがね、今抱いている想いがあるとして、その想いを守り続けるのか、捨てるのか、それは縁ちゃんの気持ちひとつで選べばいいってことよ。そして、願い求めている〝幸せの國〟は、どこか遠い幻の彼方にあるのじゃなくて、私たちの〝心のなか〟にこそ実現しうるものなんだって言いたいのよ」

　伯母は、縁の頬を優しく擦った。

「こないだ縁ちゃん、私に訊いたわよね。女子神職は恋をしてもいいんですかって。いいのよ、全然。だから、好きな人があるのなら、恥じることはない、まっすぐ〝好き〟でいなさい。神さまは、それを咎めだてたりなど、なさらないわ。最近いろんなドラマや事件なんかが起こるから、恋愛ってなんだか嫉妬じみた行為みたいに見えちゃうけれど……、誰かを愛するって、ホントはとっても〝清らかな〟ことよ。自分じゃない、赤の他人のことを、誰よりも大切に思える……、ときには、自分をかなぐり捨てても厭わぬほどに、相手のために尽くしてやれる。相手の〝幸せ〟を願い、その実現を自らの〝幸せ〟と感じられる……。そんな利他の極地みたいな〝無償の慈悲〟も、修行ではなかなか得られないけれど、誰かを〝愛する〟ことでなら、みんなが叶いうる境地になるのよ。……素晴らしいことじゃない。自信を持って、〝自分にとって大事な人だ〟って、神さまの前に、はっきり告白すればいいわ」

「でも、私……」

「だから、いつ言ったってかまわないの。……さっきも言ったでしょう、縁ちゃんが戸惑っていることはみんな、〝道〟なの。いつじゃなきゃいけないとか、どんなふうに進めなきゃいけないとか、模範解答は何にも決まっていないのよ。それだけに、縁ちゃんも不安になってしまうのでしょうけれど……。縁ちゃんが終わったと思っていることは、実はまだ始まってもいないのかもしれないでしょ。〝始まる前に終わっちゃった〟なんて、勝手に拗《す》ねていないで、神職のことも、好きな人のことも……、始めるか始めないか、終わるか諦めないか、全～部、縁ちゃんの気持ちひとつなのよ」

始めるか始めないか、終わるか諦めないか……。

縁は、伯母の言葉を反芻した。

「いい。今の縁ちゃんの前にあるのは、ただ〝まっさら〟の道なの。すべては、縁ちゃんの掌のなかにあるわ。……歩きたいと思ったなら、とりあえず歩いてみなさい。初めは慣れなくて、無理なんじゃないかって思いがちだけれど……。でも、心からしたいと感じたことなら、そのための方法は、ちゃんとどこかに持っているものよ。――〝まっさら〟なの。昨日までの経験を下敷きに、明日からの夢を描いて、行きつ戻りつしながら進んでいく……。今、悩んだり苦しんだりしているのは、縁ちゃんの生き方に過ちがあったからではなくて、いろんな出来事をキッカケに、きっと縁ちゃんは今、人生という旅路の〝まっさら〟な原点に、再び還ってきたところなのよ」

――縁ちゃんは今〝まっさら〟な原点に、再び還ってきたところなのよ。

縁は、伯母のこの言葉に躓いた。

〝まっさら〟な原点に、再び還ってきたところなの。

〝まっさら〟な原点に、再び還ってきたの。

二度、三度……。捉えようのない直感の理由を追って、口のなかで幾度となくくりかえしているうちに、縁は、自分の内側に、迸《ほとばし》るような衝動が湧き起こってくるのを感じていた。

「伯母さん、私……」

縁は、言いようのない感動を、伯母の言葉に受けた。そして、頬に宛がわれた伯母の手をとると、椅子からおりて、床に跪《ひざまず》いて縁は言った。

「伯母さん、長い間、同じコトばかり不平を言ってごめんなさい。私、……まだうまく言えないけれど、でも、今ちょっと、ようやく何か〝見えてきた〟気がする……！」

縁の目が、俄に生気を取り戻しつつあった。伯母は、優しく微笑んで、縁の手をしっかりと握り返した。

「想いに反するのならともかく、やる気があるのなら、やれるところまで、やってみましょうよ。ダメなら、ダメでいいじゃない。条件は刻々と変わっていくモノ……。そのときそのとき、そのままの、ありのままの自分に、自信を持てばいいの」

そして、瞳を瞑って、こう言った。

「あなたの恋はダテじゃない！　……伯母さん、そう感じているわ」

伯母の力強い微笑に、縁もまた、しっかりと頷いた。

※

数日後、縁は正式に神職を目指すことを、家族にうち明けた。「オレはどうなるの！」と黄金が慌てていたが、取得できる階位も異なっており、また、お互いにそんなに遠い将来のことまでは判らないという理由で、彼の進路は維持されることとなった。

「姉ちゃんが、女子神職にねぇ」

黄金は、「神さまもずいぶん物好きなお方で」と、頭を振った。

「何よぅ、馬鹿にしないでよ」

口を尖らせながらも、縁は内心愉快だった。

あの日の経験が契機となって、縁はこう考えるようになった。

自分はこれまで宿命的な流れとして、神職になる人生を受け容れてきた。しかしそれは、覚悟を決めて選んできたようで、あくまで受動的な動機にすぎなかったのだ。それが今、自分は、もう一度、自分自身の視点と決意とを以て、神職になる道を再び選びとってゆくのだ、と。

何も気がつかないままで、何もかもちゃんと判ってるつもりだった自分。だからこそ、一生懸命ではあったものの、ここという正念場で揺らぎが生じ、いつもいつも曖昧だった自分。そんな自分の目を醒まさせてくれたのは、苦しみの果てに、〝まっさら〟な原点に再び還ってきたあの〝瞬間〟。

生まれて、何かを求めて歩き出し、いつしか傷つき、救いを乞うて、再び彷徨い歩き始める。人は誰しも、大なり小なり、そうしてこの世を生きていく。美しかったものが、やがて穢され……、でも、またいつか、もう一度〝甦る〟。そう、〝始まりの頃〟の、若々しさの満ちた気持ちと再び巡り逢う、その瞬間に。

救いって、きっとそういう巡り逢い。そうした心の働きを積極的に招こうとするのが、例えばきっと、〝祭〟なんだね。

だったら私は、進んで祭を執り行なおう。そんな〝清々しい心〟や〝まっさらな気持ち〟、「生命力」を求める人々を、まさにそれそのものともいえる働きを有されている神さまと、お引き合わせするために。

神と人、人と神との橋渡し。そして、……そんな日々のなか、人と人をも繋ぎ留められたなら。信じられるものが見えなくなって、……不安定に漂流し続けることが増えた時代だけれど。それでもまだ、見つけられさえすれば、間に合う時間だから。私はみんなのいろんな想いを、汲みとり、神さまにお伝えしよう。どこかの誰かへ、お届けしよう。

「そう……、待つことは、信じることだもの。何もしていないいんじゃない、あなたがたみんなを、私は〝愛し〟ているんだわ」

縁は、燦々と照り注ぐ「穀雨」の日の太陽の光を、満ち足りた想いで振り仰いだ。そして、手にしていた鋏《はさみ》で、いつしか背の中程にまで伸びていた長い髪を、すっぱりと切り落とした。

夕刻、縁は宇治川の袂に来ていた。この川は、木花神社の裏を流れ、伏見を北流して、淀《よど》の地で桂川、鴨川と合流し、やがて大阪湾へと注ぎこむ。かつては、宮中で、天皇の身の上を祓い清めるために人形を流した「七瀬《ななせ》の祓《はらえ》」が行なわれた場所のひとつともされ、この地に伝わる神事や仏事で、町内に蔓延《はびこ》る疫だの災いだのを、大幣や形代《かたしろ》に移して流す〝祓いの川〟でもある。

そして、当の縁の家も、蒼志がいた団地も、すべてはこの川の岸辺に点在しているのだ。

縁は、ふと思った。

この川に、これまで一体、どれほどの穢れが流されたのだろう。

穢れは〝気枯れ〟……。川は、人々の悩みや苦しみ、悲しみを受けて、遠く海まで運び出してくれる。

海は、大いなる癒やしの待つところ。海に慰められた御魂は、もう一度、遙かな天へと還ってゆく。

菟道稚郎子命。この皇子は、宮主矢河枝比売《みやぬしのやかわえひめ》という、「川の神に仕える神女」を表す名の女性を母に持つ。説にもよるが、皇子は入水したとも伝わる。この川に入ることで、皇子が流してしまいたかったものは、一体どんな穢れであったか……。

縁は、白紙と木綿《ゆう》で束ねたひと房の髪の毛を、掌から離し、川面へ落とした。髪の毛は、川浪寄せる岸辺から、流れに乗って、どんどん沖へと遠ざかってゆく。

仕女ではないのだから、もう長い髪は要らない。

未練がましく過去へと引き戻す、後ろ髪だって邪魔になるだけ。

私は今日から新しく、自分の意志で歩いてゆきたい。今日までの想いよ、稚《いわけな》き日々よ……、どうかこの髪とともに、瀬々を渡って、安らかに〝始まり〟の昔に還りたまえ。

有り難う。また一歩、私は前へと進むから……。

帰り道、縁は一通の手紙をポストに投函した。これが、届く保証はない。けれど、もし叶うとならば、恐らく唯一の道しるべだろう。

空は、透明なまでに輝いて、頭上を一筋の飛行機雲が、一直線に突き抜けている。

そうだ、この空だけは、世界中、どこへだって繋がっているんだ。空を伝っていけば、どこにだって行くことができる。みんなが、同《おんな》じ空を、見上げている。

〝私もずっと、好きだったんだ〟

縁は、しみじみと思った。ホントに、ずっと昔から、ずっとずっと好きだったんだ。

そして、もう一度、考えてみた。もし、あのときと同じ質問をここでくりかえされたなら……、自分は何と答えるだろう。

——縁さんなら、まだ俺のことを信じられると言ってくれるの？

縁は再び、空を見上げた。空は、依然として紺碧であった。

今度は、そう、きっとこう答えよう。躊躇わずに、まっすぐに。

「それでも、私は好きだよ」

小さな声で、でも、きりりとした唇で、縁ははっきりと、空に向かってつぶやいた。

※

清らかなものは、ずっと変わらないと思っていた
信じていた
大切なものは、きっと守られると
この小さな手のひら、でも一生懸命さし出せば
温かな思い遣りのなかに包みこんで
どこまでも、いつまでも
守っていけると信じてた……

眼に滲みるような、一面の青
まぶしくて、痛いほど、心を射し透す
あの高い空
伸ばしても届かない、不可侵の輝き

懐かしくて愛おしい、幾重もの青
優しくて、悲しいほど、心に満ちてくる
あの遠い海
求めても引き返す、不可逆の煌き

どうして失われてしまったのだろう
なぜ変わらなければならなかったのか
どこへ行ってしまったのだろう
あの、かけがえのない澄んだ瞳は
……かつて、清らかな青を、紛れもなくそこに映し出していたというのに

清らかなものは、ずっと壊れないと思っていた
信じていた
大切なものは、守られるはずなんだと
その小さな手のひら、損ないたくなかったのは

ただこの臆病な心だけじゃない

澄んだ瞳が、どこまでも、いつまでも
青い空を憧れるように
青い海を愛するように……
たとえこの名は失われようとも
清らかなものが、ずっと清らかでいられるように
すべてをかけて、守りたかった

ただ、あなたに届けたかったのは
ひたすら、「ありがとう」という言葉の神髄

どこで失くしてしまったのか
あの頃の輝き
あの頃の夢
あの頃のまごころ

どうして取り戻す
あの頃の無邪気さ
あの頃の信頼
あの頃の強さ

もう、ほんとに、要らなくなってしまったの……

私には、まだ、やっぱり「必要」だよ……

※

今年のゴールデンウィークは、晴れたり曇ったりのお天気ながら、気温は汗ばむほどの陽気となり、二十九日のみどりの日に始まって、三十日の金曜日を挟み、以降五日連続の文字通りの大型連休となったため、どこも人でいっぱいで、気を抜いていると人酔いしてしまいそうなくらいの盛況ぶりであった。

そんな烈火の勢いの連休が済んだ木曜日。一週間ぶりの平穏な境内に、ようやく肩のコリがほぐれる思いがする。

「山蕗出仕、お手紙が届きました」

夕方の便で届けられた手紙の束を、薫が運びこんできた。宮司宛が二通、神社宛が三通……。

住込みの薫宛にも、彼女の郷里、求菩提《くぼて》から、ご機嫌伺いのハガキが届いている。

社務所備付けのそれぞれの書机ごとに仕分けをしていると、そのうちの一枚が自分宛であることに、縁は気がついた。

浅葱色のハガキに、上品な筆触《ふでざわり》で白い橘の花の絵が描かれている。うまいなぁと思いながら裏を返すと、末尾に「杏子」と、細く優美な署名が添えてあった。

五月待《さつき》つ　花たちばなの　香をかげば　昔の人の袖の香ぞする

『古今集』の読み人知らずの歌が、ふと過る。ちょうどこれからの季節に似つかわしい画題である。

裏面いっぱいに、白い小さな文字がぎっしりと詰まっている。参拝の人足も絶えたのを幸いに、縁はその芸術的なまでのハガキに目を通した。

こんにちは　お元気にしていらっしゃるかしら　私は現在　伊賀の山奥で　お師匠様のところにお世話になりながら　焼き物の勉強をしています　五十の手習い　どこまで成長できるか判りませんが　いつか自分の窯《かま》を持てる日を夢見て　毎日頑張っています

私、貴女に謝らなくては……　先日貴女のお手紙が　こちらへ届けられました　引っ越しのときに　転送の手続きをしていったのが　私だけだったのでしょう　それで、読んでしまいましたの　私、貴女のお手紙を　ごめんなさいね

でも　嬉しかったわ　貴女のお気持ちが　それで今こうして　貴女へお返事を書いています本当に嬉しかった　有り難う　……でも　ホントにごめんなさい

生きていくのって　判らないことばかりね　嬉しいこと　悲しいこと　謎だらけで　何にもできなくて　いっそ全部　捨ててしまいたくなるときもあるけれど　それでもそんながらくたを寄せ集めてできているのが　きっと〝私たち〟なんでしょう

神さまの目で眺めれば　無駄なものなんて　きっと何ひとつないから

それをゴミで終わらせるか　たからものにしてゆくか　すべては私たち自身の人生なのでしょう

貴女に出逢えて　心から嬉しい　きっと、想い出のあの人と出逢えたときと同じか　それ以上に大切な　出逢いだったと思っています　有り難う　本当に、生きてきてくださって有り難う

これからも　どうか生きていってください　何にもできていないようでも　生きてるって
とっても素晴らしいことなんですから

――何を守るより、まず自分の〝心〟を守れ
　そこに、〝いのちの源〟がある――

旧約聖書の箴言《しんげん》にある言葉を記して、そのハガキは終わっていた。縁は、空を見上げた。

暦の上では、今日が「立夏」の日。芽吹き始めた杜の若葉が、沈みゆくオレンジ色の日影に匂っている。梢の向こうに透ける空は、相変わらず雄大で、山際に弧を描くように滲む朱の輝きが、縁に世界の〝かたち〟を知らしめている。

「ほんっとに、……地球って円いね」

喜びも悲しみも痛みも苦しみも、いのちの営みは皆、この大地の上で起こっている。天地のあいだに広がる世界は、どこまでも果てしなく、……でも、明らかに円い。一度断ち切られた望みも、めぐりめぐって、いつか再び〝始まり〟の頃に還ってくるかもしれないのだから。

終わりは天の定めもの。

自分から諦めるなんて、もったいない。いのちある限り、信じて望んで、生きてゆこう。

今宵の月は、寝待月《ねまちづき》。曙に飲まれて消える月。欠けたところが儚げで、何だか心許ないけれど。開け放たれた窓から、風が舞いこむ。切り揃えられた首筋に、若夏の風が優しく触れて、縁に昔の歌を思い出させた。

「橘の馨る軒端の、窓近く蛍飛び交ひ……、怠《おこたり》諌《いさむ》る、夏は来ぬ」

暁の月だって、立派に闇夜を照らし出してる。お陽様の光が届いてなくたって、月はホントはまんまるい星。満ち足りた心の目で眺めたら、お月様はいつだって、ちゃんと満月に見えるから。

卯の花の　匂ふ垣根に　不如帰《ほととぎす》　早も来鳴きて　忍び音洩らす　夏は来ぬ
五月雨《さみだれ》の　注ぐ山田に　早乙女が　裳裾濡らして　玉苗植うる　夏は来ぬ
楝《おうち》散る　川辺の宿の　門遠く水鶏《くいな》声して　夕月涼しき　夏は来ぬ
五月闇　蛍飛び交ひ　水鶏鳴き　卯の花咲きて　早苗植ゑ渡す　夏は来ぬ

佐々木信綱「夏は来ぬ」

小声で童謡を口ずさみながら、縁は髪に留めていた挿し櫛を、そっと外した。

今日の社務も、おしまい。もうじきみんな、あがってくるだろう。こんな変わりばえしない毎日が、自分はホントに愛おしい。

明日もきっと、いい一日になるね。

縁はハガキを、書机の引出しに、大切にしまった。

急いで答えを求めたら、途方に暮れてしまうだろう。この手には、何にも持ち合わせていないから。でも、だからこそ私には、乗り越えるべき課題がたくさんある。なすべき務めが、山とある。退屈してる暇なんかない。行く手には、人生のお楽しみ、〝がらくた〟たちが待っている。

一生懸命歩いていたら、いつか必ず、逢えるよね。私はそう、諦めないよ。ずっと信じて、生きていくから。

心の目で眺めながら、満月を待とう。この青い空と大地に、いつかたどり着く海に、私の〝想い〟を託しながら。

結

自跋

こんにちは。大島菊代でございます。皆様に於かれましては、ご機嫌如何にお過ごしでございましょうか。

さて、本作を『碧天』という題号の下にまとめ始めました折の一番の着眼点は、「よく晴れた日の、澄んだ青い空のような心を、私たちが持てるように」という願いに拠って筆を執る、ということでした。

ご一読即ちご承知の如く、私は才ある執筆家ではございません。心躍るような工夫に満ちた物語や、深遠なる道理を書き表すには、あまりにも未熟な若輩者にございます。本当なら、羞ずかしくて、とても世間様にお見せできるような状況にはございませんが、それでも何故に、押して筆を執るのかと申せば、やはり先に述べましたような願いが在るからでございます。

ですから、非才なる私は、およそ自分の本分に則って、芸術とも娯楽ともなりえなくとも、いつか何方かのお役に立てる……、いわば「道具」ともなるべき作品を綴りゆけましたら、と願っている次第でございます。

私どもが、艱難と出遭ったとき、迷いながら躓きながらもそれを克服し、逞しく生きてゆかれる方々のお姿に、そのヒントを学びとりたい……。あるいは、悩み苦しめる最中《さなか》の人々の姿というものも、また人間らしい美しい姿ではなかろうかと、卑近な例かも存じませんが、私が巡り逢わせていただきました様々な人々のいのちの綾を書き留めることで、僅かなりともそのご用に役立てていただけましたならと存じ、こうして非力をも顧みず書き綴っているところでございます。

今回、この物語を書き綴らせていただいた動機のひとつとなりましたのが、まことに個人的な出来事で恐縮ではございますが、ある友人女史への鎮魂の想いでございます。

なぜ私たち人は、かけがえのないたったひとつのこのいのちを、自らの手で絶つ道を選ぶときがあるのでしょうか。自分の心の傷を他人に曝け出そうとする〝お涙頂戴〟のためではなく、それ以外の道が見つからずに、〝やむを得ぬ〟結果として……。

私自身、かつて苛まれた懊悩のなかでふと思い至ったのは、〝身は断たれても、自分の心だけは守りたい〟という気持ちが原動力ではないか、ということでした。そして、聖書のなかの言葉と出会ったとき、その確信が一層強くなったのを覚えております。

人の世には、どうしても願いどおりにならないことが起きてまいります。それは、ご本人にもある程度帰すべき責のある場合と、ご本人の与《あずか》り知らぬところで湧き起こってくる場合とございましょう。努力次第で乗り越えられるものと、どうしても一人踠《もが》くだけではなかなかに活路を見出せないときと……。何が身の上に降ってくるのか、いつ襲いかかるのか、私たちの世は、何かにつけてままならぬことの多い憂世でございます。

それでも、辛いことばかりがすべてというわけでもございません。視点を移せば、確かに喜ばしき報せの種が、あちこちに散らばっているものでございます。

一人では苦しくとも、互いに支え合えば、耐えられることもございましょう。どうにも行き詰まってしまったときには、勇気を持って目の前の壁を壊すか、思いきってゼロに戻り、一から出直すのも手でございましょう。その一瞬一瞬で評価すれば〝どんでもないこと〟になった〟のかもしれませんが、そこで歩みを止めてしまえば〝とんでもないこと〟のまま、けれども歩き続けてゆけば、いつか〝そんなこともあった〟に変わる日も来るでしょうし、もっと〝寧ろあのときがあったからこそ〟と言えるようになるかも判らないのです。

私には、お約束できる言葉はありません。それでも、未来のために、誰かのために、絶対に忘れてしまいたくない想いならあります。私の目には、とても乗り越えられないと映った出来事を、乗り越えていった人があること……、その「可能性」が万人に与えられているということだけは、偽りではないと信じております。

先程の聖句もまた、心を守らんがために身を断てと勧めているのではなく、心を守ろうとすることで、人は強められ、生きてゆくことができるのだと教えているのでございましょう。

誰か既に仰った言葉かもしれませんが、私は近頃、めまぐるしく変化するこの現代社会において、「二十歳」はもうひとつの〝思春期〟ではないかという想いが致しております。

友人女史もまた、悩み多き方でした。もっと近くにいられたら……、愚かな私は、彼女を救ってあげる術など持ち合わせておりませんが、それでもせめて、〝あなた一人きりじゃないよ〟という心だけは、何としても伝えてさしあげたかったのです。

苦しいとき、気持ちはひとりでに追い詰められて、ますます孤独に陥ってしまいがちですが、自分の隣に誰かいる、そのことに、もし気がつくことができたなら、それはとても大きな力になってくれるはずです。仮に、直接その誰かは役に立てなくても、誰かを通して誰かと繫がり、世界に繫がり、……どこかにある、越えていく力と巡り逢えるキッカケくらいにはなりえるでしょう。

ほんのささやかな、お米の油ほどの力づけにしかならないかもしれませんが、それでもせめて、彼女の心の隣にいてあげられたら、彼女と想いを頒ち合えたなら……。それが私に、『碧天』〜鎮魂の巻〜の筆を執らせたのでございます。

「鎮魂」は〝たましずめ〟。その人の胸の想いを慰め、悩みのゆえに、ふらふらと彷徨い出てしまった魂を、その体へ招き入れ、留める祭のことを申します。

魂を、元通り、自己の内部に鎮めおくから〝たましずめ〟。魂がきちんと体に宿っているからこそ、健康で安定した心持ちで生きてゆくことができる……、古来人々はそう考えてきたようでございます。

それゆえでしょうか、「鎮魂」と申しますと、やたらとレクイエム的な響きが先に立ちますが、大和言葉ではもうひと方《かた》、〝たまふり〟とも訓んでいたようでございます。

気持ちが奮い立ち、溌溂とした気分で生きてゆけるように……、そうした活動的な面をも併せて、私たちの祖先は「鎮魂」という言葉に、人の精神の働きを託していたのでございましょう。

〝たましずめ〟から〝たまふり〟へ……。

それは、友人女史に対する私の祈りであり、同時に私自身の願いであり、この天地のあいだに、ともに生きとし生けるすべてのいのちたちへの望みでもあります。

さて、こうした願いの下に綴ってまいりました「鎮魂」の巻でございますが、今回この作品を書くにあたっての「鍵」となりましたのが、〝祭〟が私たちに齎してくれる作用でございました。

この作品に表れましたのは、もちろん文学的な意趣であり、現実に携わっておられる方々や研究の現場などでは、認められていない解釈かもしれません。ただ、私自身が感じているところ、その認識ではございます。

一庶民として、私が祭の輪のなかへ参加させていただいたとき、また何方かのおとりなしを戴いて、私自身が何らかのお祭を主宰させていただいたとき……、感じた心の瑞々しさを、まっすぐに人々へお伝えしてみたい。その想いを〝かたち〟と致しましたのが、この作品に表れた〝祭〟でございます。

その意味から、僭越ながら、ぜひ出生地である山城地方の祭を描きたいと思い、数ある年中行事のなかからひとつを選んで、その趣向を参考とさせていただきました。物語の流れから、この祭を例祭とされる神社を舞台と設定（社名は仮）いたしましたが、もちろんこれらはあくまでも架空の存在であり、小説の内に出てまいります、如何なる地名、団体名など一切の固有名詞は、実在の地名、団体および祭などとは何ら関係がないことを、ここにはっきりとお断り申し上げておきます。

またこの祭に関しまして、仄聞するところ、専門家や研究者のあいだでは、様々な見解や学説、また主張などが拮抗しており、論の分かれ目ともなっているようですが、今回執筆する上では、（学術論文を書くわけではありませんから）現実の祭の委細には立脚せず、あくまで趣向の一典拠とさせていただいたにすぎず、私の側から何らかの見解を示すものではないことも、ここに申し添えておきます。

念のため、今回は、物語の背景とした平成十年前後の様子に基づいて描写いたしましたが、昭和から平成という移り変わりの時代を経て、各地の祭もまた、転換の時期を迎えているようでございます。原稿を上げてより出版に至るまでのこの十数年のうちに、本作の祭も、地元を舞台とした何某のアニメに描かれたとのことで、お若い参拝者の方も俄に増えて、活気づいてまいりました。多くの方々に関心を抱いていただき、有り難いことと存じ上げますとともに、どうか皆様も、徒《いたずら》に興味本位で騒ぎに向かわれるのではなく、素直に虚構としての物語の世界に遊ばれるとともに、長い歳月を通して伝えられてきた〝祭〟の持つ、おおらかで清らかな感動を味わうためにこそ、足をお運びくださいますように。

なお、先述のアニメの制作会社の皆様方につき、地元民の一人として、また、偶然にも今作の舞台が、貴社の所在地と両者ともどもに重なっておりました奇縁にも拠りまして、……志半ばにして逝かれた無念のたましずめを想い、さらには、残された方々の立ち行きと新たな出立のたまふりを祈って、本作の意《こころ》を捧げる次第でございます。

およそ人の住むところ、いずれのところにも、誇るべき伝統、風習たるべき〝祭〟がございましょう。それは、単に、一宗一派の宗教的儀式ばかりをさしていうのではなく、寧ろ「文化」とも呼ぶべき、人の心の〝軌跡〟をも併せて称するものでございます。

古き伝統、祭を伝えてゆくのは生易しいことではなく、幾多の困難もございましょうが、何卒人々の祈りの系譜であり、いのちの甦りどころである〝祭〟が、絶えることなく、後の世に受け継がれてゆきますように。それが、私の願いでございます。

最後になりましたが、今回の執筆作業を支えてくださった皆様、祭に関する膨大な資料や貴重な論文を披見してくださったYS氏、神職および神社についてご教示くださったK大学の関係者の皆様、情報蒐集や資料管理に尽力くださったNさんを始めとする友人諸氏、貧窮を押して体調の思わしくない私の遅々たる歩みを促してくれた両親、作品に〝形〟を与え、ともに磨き上げてくださった文芸社の田口小百合女史、宮田敦是氏、素敵なイメージ画を描いて構図に示唆を与えてくださった漫画家の片岡人生先生、またそれを活かしながら見事な表紙絵を描き上げてくださいました画家の五十嵐雪様、末筆乍ら田鍬到一様、上野顯様・潤様御父子、ならびにこれまでの作品をご高読いただき拙い双葉を応援してくださった読者の皆様、そして今作に触れていただきましたすべての方々に、心より感謝の辞を申し上げます。まことに、有り難うございました。

またいつか、皆様と巡り逢えましたら……。そのときに、よく晴れた日の、澄んだ青い空のような心を、感じとることができましたなら。きっとまた、私は筆を執るでしょう。そんな頃、皆様と、再びお逢いできましたなら幸いです。それまで、お健やかで、お幸せに。

真澄鏡《まそかがみ》　碧きみ空の　隈《くま》なきを　天翔けぬべし　君がみ許に

著著　皇紀貳仟陸陌陸拾參年（平成拾伍年）仲冬霜月吉日

上梓　皇紀貳阡陸陌捌拾壹年（令和參年）初春正月吉日

大島菊代

読者諸兄諸姉様

御窓下

著者プロフィール

大島 菊代（おおしま きくよ）

　長らく年下ばかりの職場に勤めていたことから「もう若くはない」とさっさと諦めていたところ、同年代の多い職場へ移った途端に「自分からそんなに老けこまないで」と言われてしまうくらいのお年頃。たまにお声が掛かると神職や巫女の真似事をしながらも、普段は大きな倉庫で重たい箱に子供たちの夢をめいっぱいに詰め込んで厳しい配送ルールや腰痛と闘う日々を送る（気分だけは）サンタさん。大学卒業時に恩賜賞を二度も戴きながらこんな小説を書いていて大丈夫であろうかと畏れ多さに震える小心者。趣味は音楽と社寺参詣。好きなものは友愛と敬和。嫌なものは嫉妬。苦手なものは我儘や身勝手。大事なものは仲間。守りたいものは信頼。嬉しいものはさり気ない手援け。これまで『碧天～夢の巻～』（碧天舎）ほか、寡作ながらも古典や和歌の素養を踏まえ、いのちへの優しさと祈りに溢れた独特の作品群を上梓する。

碧天《あおきみそら》 ～鎮魂《たましずめ・たまふり》の巻～

2021年７月15日　初版第１刷発行

著　者　大島 菊代
発行者　瓜谷 綱延
発行所　株式会社文芸社
〒160-0022　東京都新宿区新宿1－10－1
電話　03-5369-3060（代表）
03-5369-2299（販売）

印刷所　株式会社フクイン

ISBN978-4-286-22278-3